文治
© wénzhi books

不在场证明谜案

[日] 辻堂梦 著
张佳东 译

贵州出版集团
贵州人民出版社

目录

序 001

第一章 冤罪
003

第二章 凶手
083

第三章 计划
165

第四章 真相
239

尾声 319

序

曾经我以为,这是十分普遍的想法。

每当玩着父母新买的玩具火车和汽车时,我总是忍不住环顾四周,心想:这些玩具真能由我一人独享吗?

当我搭建积木,顺利地将它们堆积成想要的形状时,内心却没有一丝成就感,反而感到心神不定。

我以为这是再正常不过的感受,所以从未向大人倾诉过。即使被他们问及,想必我也无法解释清楚。当时我内心的波动正是如此微妙。

不过只有一次,我发出了求救信号。

那应该是我刚进小学后不久。一天,吃晚餐时,我和爸爸妈妈,一家三口齐聚一堂。

当时我对他们说,好想有个弟弟或者妹妹。

班里的同学有两个弟弟，邻居家的孩子也有比他大一岁的哥哥，为什么我就不能有一个呢？

父母面面相觑，随即摇了摇头。

"别人是别人，我们是我们。独生子也没什么不好吧？不管电视节目还是玩具、零食，都能一人独享。要是有个弟弟或者妹妹，情况就不一样了，对不对？"

望着他们紧皱的眉头，我点了点头，对他们说："是啊，还是当独生子更好。"

可事实上，我感到内心受了伤。

一个原本存在的人如今却不在身边——我从小便心怀这种感受。事实上，我只是想稍稍填补一下这种无尽的孤独而已。

第一章

冤罪

二〇一五年，二月。
原本应是平平无奇，
与往常别无二致的一天。

※

被挤出人满为患的电梯厢，桐谷雅树顺着人流前行。他刷了刷挂在脖子上的IC卡，走过安全门，再穿过有着高大天花板的前台大厅。直到走近透进阳光的自动门时，肩膀的僵硬才稍稍得到缓解。

自从四个月前来到这家人寿保险公司担任系统工程师后，午休时间便一直是十二点到一点，雷打不动。每到这段时间，别说公司餐厅座无虚席，就连大厦附近的餐馆也都挤满了这里的员工。雅树实在不愿成为他们当中的一分子，便如往常那样，走向大厦门口的路边便当摊。

雅树对二月的气温还是抱有一丝侥幸心理，因为只是短暂出门，所以穿得较少。但他还是大意了，一阵楼间风从背后吹来，所有裸露在外的皮肤顿时如针扎般刺痛。他从钱包里掏出五百日元硬币，又放进西装外套的口袋里。摆满饭盒的长桌前，已经排了好几个人。

"感谢惠顾……好的，汉堡肉便当，对吧？五百日元……感谢惠顾！"

在这四个月里，雅树已经牢牢记住了这位年轻女店员的面孔。此时，她正一个又一个地接待着身着西装的上班族们。她看起来大约二十五岁，与雅树年龄相仿，或者比他更年轻。无论天气多冷,她都会用和蔼可亲的态度对待客人。她能很快区分出新客与熟客,并分别加以应对。日常的工作枯燥乏味,这幅情景倒是为雅树的生活增添了不少色彩。

排队等待的过程中,雅树盯着人行道上的石子,心里回想着先前结束的例会。

由于新产品推出,系统也要做相应修改,接下来的一段时间会非常忙碌。初次被委以需求定义的重任,自己能够毫无遗漏地整理出对方的需求吗?研究生毕业两年了,似乎已经不能再单纯遵从领导和前辈的指示,仅仅完成简单的工作了。

"下一位,请!"

爽朗的声音传来,雅树慌忙抬起头。不知不觉他已经排到了队伍最前端。

"啊,我要姜汁烧肉便当——"

女店员正要重复他点的餐品,却冷不防倒吸了一口凉气。她盯着雅树的脸上下打量,扭头望向旁边正将便当装进塑料袋里的男店员,嘴唇不安地颤动,似乎想对他说些什么。

"请问,有什么问题吗?"

听到雅树询问,女店员摇了摇头:"啊,没事。"当雅树递过五百日元硬币后,那明朗的标志性笑容重新回到了她的脸上。

"正好五百日元。感谢惠顾,欢迎下次光临!"

与女店员截然不同,那位男店员的眼神甚至都不与客人交流。从他手中接过袋子后,雅树转身走回了办公楼。

雅树习惯在工位上吃便当，组内其他成员也大都如此。即便是系统工程师，也需具备与客户对接和细致沟通的能力。不过大家依然没有熟到可以在午休时间结伴外出买饭的程度。

走进自动门，穿过宽敞到令人有些不安的前台大厅。安全门内仍有员工源源不绝地向外涌出。

应该只是微不足道的不适吧。

每次与人擦肩而过，雅树都会感到一种奇妙的不适——仿佛有无数汗毛般细小而柔软的针尖扑面而来，令他的身体一阵刺痒。

他环顾四周，感觉与他人目光交会的次数比平时更多——难道所有人都在盯着我？不，倒也说不上来是所有人。

这种不适感在回想起那名便当摊女店员的目光后变得更加明显。

难道我脸上沾了什么脏东西？雅树边走边掏出手机，用前置摄像头看了看自己的脸。画面中那张熟悉的面孔上，连一颗痘痘也看不见。

对原因毫无头绪，却依然持续感受到他人的目光。雅树还是第一次遇见这种事，感到格外困惑。

雅树是一名负责对保险公司的合约系统进行维护的外包员工，保险公司只是他的客户，因此他在这里的熟人极少，也不可能如此受人关注。一定是错觉吧。尽管自认为不是敏感的人，但在日复一日的工作压力下，自己的精神状态可能确实出了些小问题。不管怎样，加班时间应该还是处于正常范围内的……

他一边胡思乱想，一边走进电梯门。在人群拥挤、彼此不看对方面孔的狭小空间里，雅树终于暂时感到一丝安宁。

然而在返回七楼办公区后，那种不适感依旧未能消退。

旁边的工位上，同公司信息系统部的几名员工正聚在一起交谈。当雅树提着便当袋出现时，他们不约而同地扭头望了过来，继而窃窃私语着向窗边走去。其中一个人还拿起手机贴到耳边，瞥了一眼雅树后到走廊去了。

雅树疑惑地在工位上打开便当盒盖，这时坐在他斜对面的部门里唯一的女性安浦千夏开口了：

"那个……桐谷。"

"怎么了？"

"不好意思……没事。抱歉，打扰你吃饭了。"

安浦从椅子上站起，看了一眼右手的手机，拿起一个红色长条形钱包匆匆离开了座位。

"看起来挺好吃的，要不我今天也吃姜汁烧肉便当吧。"她以故作镇定的口吻迅速嘀咕完这句话，便消失在电梯间里。

到底怎么了？

身为同一家公司派遣来的前辈，安浦平日里对雅树很不错。尽管此时她尴尬的态度令人不适，但在打开笔记本电脑查看新邮件时，雅树很快就将此事抛之脑后了。似乎是客户信息管理系统中出现了Bug，有人发来了紧急修复的请求。他一边享用着姜汁烧肉便当，一边打开软件和文件，全神贯注地投入到了工作中。

突然，有人拍了下他的肩膀。时间已经到了下午一点半。

他抬起头来，发现组长白井嘉人正摆出一副异常严肃的表情站在自己身边。

难道是错过了开会时间？雅树有些焦虑。正当他将视线移回屏幕，打算确认一下今天的日程安排时，白井弯下腰来凑近他耳边。

"桐谷，前台有人找你。有什么Bug我们来处理，你先立刻过去一趟。"

"前台？是谁找我？"

身为驻场工程师，有人来找属实是稀罕事。但面对雅树的疑问，白井只是有些尴尬地避开眼神。"总之你赶快过去吧。"扔下这句话后，他便回到了自己的座位上。

迟疑了片刻，雅树无可奈何地合上电脑站起身来。他整了整有些紧巴巴的西装领口，带上名片夹向走廊走去。

在前往一楼前台大厅的路上，雅树始终被一种不安的感觉所笼罩。不知为何，比起去买便当那会儿，现在盯着他看的人似乎更多了。

走出安全门，他向白色大理石制成的前台走去。就在这时，边上四个身着西装的男人投来锐利的目光。

直觉告诉雅树，他们并不是上班族。

那些没有带着通勤包、胸前佩戴着类似无线麦克风的东西的男人快速逼近，雅树顿时被他们四个围在中间。

其中那个个子最高的中年男子用低沉的声音说道："我们是警察局的。"随后从西服内袋中掏出一个黑色卡夹似的物品。那是一个只在刑侦剧里看到过的警察证，雅树不禁眨了眨眼。

"桐谷雅树对吧？能跟我们去趟局里吗？有几个问题想问你。"

"找我？为什么？"

"你心里应该有数吧。"手持警察证的男人用沉稳的口吻说道。

雅树对他话里有话的态度感到恼火，便提高了音量：

"哪里！完全没有。"

"底气倒是挺足。给你个提示吧，是上周一的事。总之，你先跟我们走一趟吧。"

"上周一？"

雅树没有任何相关的记忆，歪着头反问了一句：

"是要找我配合调查？行倒是行……可起码也得说说是什么案子，或者是什么事故吧？我还有工作，得向上司请示——"

"配合？你大概搞错了，"对面的刑警轻蔑地扔出一句，"嫌疑犯就是你本人。"

"啊？"

搞错的难道不是他们吗？

"说什么呢？我一点也听不明白！"

"现在可是证据确凿，要是你觉得能推翻，就到审讯室里说吧。"

"这是在给人添麻烦。我不知道你们有什么案子，但和我没关系。我还有急事要处理，能不能以后再说——"

雅树刚要离开，刑警们便迅速挪动身子，拦在他的面前。

"想跑？"

高个子刑警死死地瞪着他。雅树气不过他那副试图施压的态度，想绕过他向安全门走去，但其他刑警迅速堵住了他的去路。

"真是的，闹够了没有！就算你们怀疑我，好歹也得告诉我发生了什么事吧。连个招呼也不打就叫我去警察局，这种事谁能接受！"

"这话应该我们说，别再装糊涂了。"

雅树试图从人墙的缝隙挤过去，然而两边的肩膀撞到了一起，这时，高个子刑警紧紧抓住了他的手腕。

"能配合我们走一趟吗？我们也不想以妨碍公务的名义将你逮捕。"

听到"逮捕"一词后，雅树心里一紧。他向周围望去，发现自己与刑警的摩擦已经引起了大厅里众人的注意，所有人都在惊异地望着这场争执。

刑警用威胁的语气低声说道：

"你们公司是系统行业的大厂,而这家保险公司是你们重要的客户。要是在这儿闹起来,会相当不愉快吧?"

一丝寒意涌上心头——他们居然对自己做了如此深入的调查。

这些刑警是认真的。

不管雅树愿不愿意,都要不择手段地带他回去——刑警早已做好了这样的准备。

"我们和你的上司白井以及公司总部的经理户部宏幸都谈过了,他们都表示工作上的事不用担心……好了,乖乖跟我们走吧。"

雅树紧咬嘴唇,慢慢平复呼吸,随后将原本冲着安全门的身体转了180度。

离之前走出安全门,才过了一个半小时。

冬日的楼间风再次吹乱了他的思绪。

警车就停在便当摊已经摆起的长桌旁。在被塞进后座前,雅树突然回想起那位平日里阳光开朗的女店员睁大双眼的样子,这幅画面在他眼前久久不能消退。

雅树被带去的地方既非保险公司所在的丸之内,也非他独自居住的中野,而是涩谷警察局。由于不喜欢人多的地方,自打毕业后他就没来过这样的地方,更别说因为与案件相关的事情来这里了。

从警车上被带下来后，雅树从后门进了警察局。被带去的审讯室比想象中更加简陋，房间中央有一张钢制的办公桌，两边各放着一把铁折叠椅。桌上只有一部电话，并没有电视剧里经常出现的台灯。

一名中年警察示意雅树坐在房间内侧。先前威胁过他的高个子刑警坐在靠近走廊一侧的椅子上，一名年轻的刑警则在房间角落的另一张桌前坐下，认真地打开笔记本电脑。

审讯从核对户籍、姓名等信息开始。雅树被问到包括职业与教育背景等诸多事项，感到头晕目眩。

"好好一个私立名校毕业的研究生，还进了知名大厂工作……父母肯定伤心透了。唉，真可惜啊。"

坐在对面的中年刑警耸了耸肩，那副语气似乎在暗示他的人生已经结束了，雅树怒不可遏。然而他控制住了情绪，没有冲动地回嘴。无论如何，不能轻率地引起警方的反感，更不能因被冤枉而被逮捕。

确认过雅树的身份背景后，刑警重复了一遍先前提过的问题——"上周一你做了什么？"

"到公司上班，回家后就睡觉了。"

"少给我装傻。"

"我不记得自己干过什么违法犯罪的事。"

就这样反复拉扯了许多次。

最先失去耐心的是对面的刑警。

"监控摄像头把一切都拍得清清楚楚,包括你在车站前的店里购买凶器,还在人家家门口转悠那么久,全都拍下来了!"

这句话几乎是吼出来的。不过,雅树反而冷静下来,试图从对方的话语中还原案件的细节。从"凶器"可以推测出案件嫌疑人犯下了杀人或伤害罪。而从"门口"来看,案发现场可能是独栋民宅,或是学校、工厂等地方。

"拍到你的监控录像在今天上午公开后,不久便在中午的电视节目和网络新闻里播出。随后就有很多人举报声称'录像中的人是桐谷雅树'。这些人里有你的老同学、公司同事,还有客户——太多了,搜查总部的接线员乐得嗷嗷直叫。"

雅树回想起来,买完便当回到办公室时,信息系统部的同事们确实聚在一起低声谈论着什么。其中一个人瞥了自己一眼后,还把手机贴在耳边去了走廊。

难道他当时是在报警?之所以在前台大厅里感受到那么多针刺般的目光,或许是他们在午休时用手机看了网络新闻吧。

"只是恰巧长相接近而已吧?监控摄像头里的那种画面,基本都很模糊。"

"画面上显示得很清楚,所以我们才会收到那么多消息。"

"再怎么说,我也对此一无所知。"

"那你上周一在干什么?把下班后做过的事全都交代一遍。"

"说过多少遍了,那天我就只去了公司。"

"考勤记录上显示下班时间是十九点半,我问的是之后发生的事。"

"那天我没什么计划……应该是直接回家了。"

"什么叫'应该是',这么含糊?"

被人问起十天前的事,怎么可能流畅地回答出来?要是那天计划与某人见面或有特殊安排,或许还能回忆起来。但那种平平无奇的日子,想要回忆起来就相当困难了。

就在雅树卡壳时,刑警开始发泄自己的不满:

"你根本解释不清吧?老老实实招认自己犯了抢劫杀人罪吧。"

"……抢劫杀人?"

没料到是如此严重的罪行,雅树不禁浑身僵硬。

与此同时,他回忆起一条新闻。

"你们怀疑我的……该不是松涛高级住宅区男子遇害那桩案件吧……"

"说得好像现在才知道一样。"

刑警用鼻子"哼"了一声。似乎不管看到雅树有多震惊,也无意撤回凶手就是他的推断。

雅树记得这起案件前几天还被媒体大肆报道过,一个六十多岁的老头在位于涩谷区松涛的家中被杀害,并被劫走数千万日元。尽管不太了解细节,但他记得电视中出现的案发现场是一座极为豪华的别墅,因此留下了深刻的印象。

可是——为什么警方会怀疑到自己头上?

"真拿你没辙。拿出来给你看看就会死心了吧?"

刑警将电话话筒放到耳边,拨出一串内线号码。"把U盘拿来。"下达指示后他挂断了电话。

没过多久,先前去过前台大厅的一个刑警出现了。年轻刑警在门口接过U盘,插进笔记本电脑。接着他在屏幕上来回操作,画面中随即显示出一家大卖场内部的影像。

"这就是凶手购买凶器时的画面。"

年轻刑警端着电脑,一边解释一边走到雅树身边。看到画面内的人物后,雅树不禁瞠目结舌。

画面里的人头戴灰色针织帽,身穿深蓝色的夹克和牛仔裤。尽管对这身衣服毫无印象,但那张似乎在检查摄像头位置的面孔,毫无疑问是他再熟悉不过的。

既非圆脸也非长脸,略尖的下巴,细长挺拔的鼻梁,由于牙齿不齐而微斜的嘴角。戴上口罩后常常被人夸赞比一般演员还要帅气。那双锐利的眼睛上有明显的双眼皮。

画面一转,变成了整体呈绿色调的,像是用夜视摄像头在夜间拍摄出来的黑白画面。在疑似案发现场的宅邸前,站着头戴深色针织帽的"桐谷雅树"。

与大卖场的摄像头拍下的画面相比,这次这个人离摄像头的距离更近,右手握着一把看上去是长刃的刀具。

"怎么样?是别人?"

坐在对面的刑警用凶狠的目光盯着雅树,仿佛在对他说"你自己看看吧"。

如果要发自内心地回答，答案应该是"不像"。

完全看不出是另一个人，连细节特征都与雅树惊人地相符。

或者说——这名男子根本就是他自己。

"这应该……算不上是单纯相像的程度。"

"对吧？所以，你承认了？"

雅树强忍着如同太阳穴被钻刺般的疼痛，强迫自己拿出怒气十足的姿态与面前的刑警对峙。

"难道就不能是做了特殊的易容吗？凶手为了逃避嫌疑，将外貌易容成了我。光凭监控摄像头，是分辨不出肌肤质感这样的细节的。"

"这次换成阴谋论了？"

刑警失望地叹了口气。他或许认为雅树是在百般狡辩，因此没有认真对待，只是指了指雅树的左手手背。

"那里有道伤痕，对吧？怎么弄的？和被害者争斗时划伤的吧？"

对方指出的细节令雅树吃惊。他低头望向放在桌子上的左手，发现在拇指根部略微靠下的位置有一道红线般的划痕。

他感到气愤，这明明是他大约三天前整理工作文件时，不小心被纸张割破的伤口。

他解释了，但刑警的态度依旧没有任何改变。

"真是不巧，凶器的把手上附着了少量血迹，极有可能是杀人凶手的。考虑到案发时间，伤口愈合成现在这样也不奇怪。想必是在与被害者扭打的过程中，你被自己手中的刀给划伤了。"

"那就快进行DNA鉴定吧！"听到凶手将血迹残留在现场的消息，雅树喘着粗气说道。

真是太幸运了。既然有那种莫名其妙的"影像证据"，想要洗清嫌疑，就只能通过DNA鉴定的手段了。

刑警望着雅树，表情像是被戳中了软肋。

"……亏你有胆子提这个要求，我正想让你自愿提供样本呢。鉴定过后，一切就会水落石出。"

这是我要说的才对——雅树本想还嘴，但是忍住了。

是的，只要鉴定结果出来，一切都会水落石出。

别说松涛的住宅区，雅树已经有相当长时间没踏足过涩谷了，他的DNA不可能留在现场。

三天后的周日，在约定时间前雅树便被叫到了警察局。听到刑警的话，他简直不敢相信自己的耳朵。

"鉴定结果终于出来了。多谢你的协助，我们发现你的DNA与残留在现场的DNA完全吻合。"

在整整两天半的问讯中，身为重要嫌疑犯的雅树始终否认犯下过罪行。然而这句话却仿佛在对他进行无情的嘲笑。

像挨了当头一棒，雅树有些头重脚轻。他费力地抓住桌子边缘，艰难地挤出一句"这不可能"。

"这不可能，一定是哪里搞错了！"

"科学搜查研究所做的DNA鉴定，准确度接近100%，99.99%——差不多可以精确到小数点后四位。"

数字也不能令雅树信服。

他不是凶手，这是雅树自己再清楚不过的事实。

他一开始怀疑刑警在故意撒谎，试图让他露出破绽——但他注意到另一名年轻刑警对自己的态度所表现出的讶异并非假装的。看他盯着自己，嘴巴半张的那副模样，简直像是在说：都到了这个地步还要抵赖？

雅树重新陷入沉思。

摄像头拍到了一个再怎么看都是雅树的人，案发现场还残留着他的血迹——尽管不愿相信，但这是毋庸置疑的事实。

"这样的话……凶手是将我的血液带到了案发现场，一定是这样！"

"又开始扯阴谋论了？真是死不认账……除非你记得最近有人采过你的血。"

那倒没有。雅树从没献过血，最近一次体检验血也是快半年前的事了。

"不只血液，我们在被害者手中还发现了你的毛发。"

"啊？"

"案发现场还留下了一条围巾。分析结果表明，在渗入纤维组织的汗水中也能检测出你的DNA。匆忙间把它丢下，只能说算你倒霉。"

围巾？

那并非雅树的东西。最近几年他只用过便捷颈套，从头顶套到脖子上的那种。至于上大学那会儿用过的围巾，早在毕业时就都处理掉了。

雅树坚持自己是被人陷害的，刑警却嗤之以鼻。

"你的意思是，真凶先用特殊方法易容成你的样子，事先获得了你的血液和毛发，甚至还在不被你察觉的前提下用围巾沾上你的汗水，最后故意把它留在案发现场？说什么傻话呢！这一切根本就是你本人的所作所为，少在那儿胡说八道。"

"可是我真的——"

"这次可别说你失忆了啊。"

雅树知道，换成自己站在刑警的角度，也绝不会相信这种辩解。监控摄像头的录像，现场残留的DNA，刑警在松涛住宅区打听情况时，还陆续出现了案发当晚见到过酷似雅树之人的目击者的证词。

高个子刑警从折叠椅上起身，缓缓地将一张白纸亮到雅树面前，上面写着"逮捕状"三个字。

"上午八点十一分，以涉嫌故意杀人的名义将桐谷雅树逮捕。"

灰色的审讯室在雅树眼前开始扭曲变形……

※

雅树觉得自己快疯了。

已经被关进拘留所两个星期了。除了去检察厅接受审讯或是去法院接受拘留讯问外，不能离开这栋建筑物。即便是在检方或法院的地盘上，警方的观点依然占据上风。无论雅树怎么强调自身的清白，对方都会认为他是在"固执否认，抗拒逮捕"。他和法官仅仅面对面聊了五分钟，对方就做出了延长拘留十天的决定。听到这个消息时，他不禁重重地叹气——怎么会有如此草率的工作方式？

除此以外的时间，他要么在警察局的审讯室里接受刑警的讯问，要么就躺在拘留所里发呆。尽管警察局的人告诉他可以从清单里选择书籍借阅，但他丝毫没那个心情。与家人或朋友的会面自然遭到禁止。身为"抢劫杀人犯"，雅树被安排在一间时刻有人监视的单人牢房里。

刚刚送来的午饭剩了一半多。这会儿他正仰躺在已褪色的榻榻米上，一边听着天花板另一边传来的微弱的收音机声，一边闭目养神。

自己是被冤枉的。

然而——

现在他变得更加迷茫。他从未在涩谷的大卖场里购买过刀具，也从未踏足过发生凶杀案的高级住宅区，更不认识那名遇害男子，遗落在现场的那条围巾也不是他的，然而这一切他都无法证明。他也并不记得有人取过自己的血液和毛发。

难道自己真的是凶手？好几次他萌生出这种想法。

难道自己确实犯下了抢劫杀人的罪行，只是事后失去了记忆？难道自己有多重人格，之前并不知道？难道自己是在不知不觉中迷迷糊糊闯进了富豪家里，捅死那个有钱的男人后劫走了一笔巨款？

不幸中的万幸是，警方逮捕雅树后，在他家中搜索，并未发现从被害者家中劫走的现金。在那之后，每次与刑警会面，刑警都会反复逼问："你把钱藏到哪儿去了？"可他对此根本一无所知。

关于那个案件，刑警从未详细地对雅树讲过，他只能一点点回忆被捕前在网上看过的新闻，并将其与警方讯问时提供的信息拼凑在一起。在被捕两天后，他通过追问值班律师才终于得知案情详貌。

受害者名叫后田洋一郎，六十四岁。根据监控画面显示，他在晚八点至九点在客厅沙发上看电视时遭到凶手袭击。尽管有部分抵抗的形迹，但他还是被人用单刃尖头菜刀刺中心脏致死。

案发当时，宽敞的豪宅中只有后田一人。由于长年私生活不检点，他早已和妻子分居生活。

根据描述，受害者后田是个非同寻常的人，不仅丝毫谈不上善良，还到处都是仇家。他个性跋扈，言辞粗鲁，在左邻右舍间的声誉非常糟糕。但真正令人讶异的是，他似乎还有过婚姻诈骗的前科。

他不仅有过一次被起诉并被判有罪的经历，还有数次不予起诉的情况。这或许是因为部分女性被欺骗后忍气吞声。四十多岁时，他将骗来的钱作为原始资金，经营了数家夜总会和酒吧，最终在涩谷区建起豪宅，成了富翁。了解到这些后，你只能感慨这个世界真是太不公平了。

然而，此人似乎重门面而轻内在。明明居则豪宅、出则豪车，但安保措施却很不到位。事实上，除了门口的监控摄像头外，别墅里没有安装任何远程监控设施。或许他觉得四周到处都是同样奢华的豪宅，犯罪分子并不会接近他。

然而，最终他还是被悄无声息地杀死在家中。直到他的情妇察觉到异常后去查看情况时，才发现他已经去世两天了。

据推测，他被抢走的现金约两千万日元。与他分居的妻子和身为第一发现者的情妇都表示，后田原本把一笔现金放进棕色信封里，整齐地叠放在卧室的衣柜深处，但信封不翼而飞了。两千万这个数字是根据她们模糊的记忆，比如钞票捆数和信封的厚度，最终由警方推算出来的。考虑到后田的经历，这些很可能是他不能存入银行的黑钱。

律师表示，之所以是以"杀人"而非"抢劫杀人"的罪名逮捕雅树，可能是因为警方拿不出他抢劫现金的物证。此外，也有可能是警方为了延长调查期限，打算在拘留时效快到期时，以抢劫的嫌疑延长他的逮捕时间。

走廊里传来响亮的脚步声。

雅树坐起身来。与此同时，一名二十多岁的看守走了过来，隔着白色的铁栏杆向内张望。

"九号，你的律师来了。"

对面传来钥匙串"哗啦哗啦"的声响，雅树叹了口气。已经不知道第几次了，看守用编号称呼自己，这个他可以理解，可是这些警察说话为什么一点礼貌也没有？永远是一副居高临下的姿态。他们是对所有人都如此吗？

与去审讯室时不同，与律师会面时是不用戴手铐或束缚绳的。仅仅这样就让雅树感到欣喜，他不禁觉得自己和过去已经不是同一个人。

雅树进入会面室，看到透明的亚克力板后正端坐着一位身穿深蓝色西装的律师。这是一个中年男子，戴着银色方框眼镜，表情严肃且认真。

雅树彬彬有礼地向他鞠了一躬，然后坐在嘎吱作响的折叠椅上。

"最近的讯问如何？"律师用沉稳的语气问道。

雅树的内心略微放松了些，他有气无力地摇了摇头。

"老样子，还是一直在问那笔现金的去向和我认识受害者的方式。后田曾对多位女性进行过婚姻诈骗,因此警察怀疑我与此有关联,比如我与其中一位女性有过交往,代为报复之类的。"

"后田先生的年纪和你差了一辈。他六十四岁,而桐谷先生你二十六岁,差了将近四十岁呢。"

"谁说不是呢!后田做婚姻诈骗应该是他三四十岁那会儿的事吧?再怎么说我也不会和他交往过的女人有什么牵连吧!"

首先,雅树确实有女朋友,名叫佐仓奈美。她小雅树三岁,两人在大学期间就开始交往。在审讯期间,他将奈美所在的研究生院和专业详细告知过警方,不知刑警们是否去询问过她。如果在听过奈美的证言后依然怀疑雅树与其他女性的关系,只能说实在是牵强附会。

除此之外,刑警们似乎还在寻找其他各种可能性,然而目前没有任何结果。夜总会、酒吧的经营者与系统大厂的年轻工程师没有任何工作上的接触,血缘关系自然更是半点也无。雅树对那些遭遇过婚姻诈骗的女性一无所知。且不提案件发生的涩谷区,就连后田年轻时居住过的丰岛区,也与他毫无关联。

"事实上,"律师在亚克力板另一边将身体前倾,"今天我来是有好消息要告诉你。"

"好消息?难道说……"

"是的,审批终于通过了,我经由律师协会的渠道拿到了花季咖啡馆的监控录像。"

这次则是雅树身体前倾。他原本想大喊一声"真的吗",但声音却由于如释重负的心情而变得嘶哑难听。

"清楚地拍到我了吗?记得那天我大概坐在咖啡馆正中央附近的一张桌子旁。"

"是的。"

律师微微竖了竖大拇指,脸上露出灿烂的笑容。

"我们能够确认案发当晚的八点到九点,你一直都待在咖啡馆里。"

"太好了!"

雅树的肩膀立刻松弛下来,靠在折叠椅上,用双手掩住面孔。

没想到事态发展得如此迅速——这下,他终于可以得救了。

"不好意思,没能在拘留讯问之前获得证据。我私下与店里沟通了好几次,但他们始终表示只有警察来了才肯配合……在律师协会出面之前,他们一直不愿配合。"

"没事儿,这也是没办法嘛。总之,能拿到录像真是太好了。"

真是遇到了一位好律师啊!即使警方、检方以及社会大众都认定雅树就是抢劫杀人犯,他还是相信雅树,四处搜集证据。真是令人感激。

直到被逮捕两天后,雅树才终于回忆起来案发当晚自己应该是去了离公司不远的一家咖啡馆。

他原本和奈美约好了那天下班后见面,但由于奈美所在的研究室突然有事，她在前一天取消了约会。时间突然空了出来，雅树决定一个人去看场电影。然而那场电影的放映时间是将近晚上十点，于是他便打算在最近比较中意的咖啡馆里打发时间。

那天的计划是随心情定的，因此并没有记录在日程表和与熟人的聊天信息里。如果自己没能回忆起那时的事……雅树不禁有些不寒而栗。

"因为昨天才拿到录像，所以我先带它去了你同事那里。大家都能凭借你穿的西装、身上的包和手机壳的颜色为你做证。他们提到你经常在花季咖啡馆买外带咖啡，甚至还有人记得你在冬天会点生奶油抹茶拿铁这样的细节呢。"

雅树不禁有些脸红。到底是哪个无聊的家伙提供了这种无关紧要的证词？难道是同样迷恋咖啡馆的安浦千夏？

"不只这些，为防万一，我还去咖啡馆给那里的店员看了你的照片，有人记得那天晚上你曾去过。"

"啊——你问监控拍到的那个人？之前在收银台结账时我还和他聊了几句。我说，你晚上来比较少见，点的还是平常没怎么点过的热咖啡。他笑着说，要是每天都喝两杯冰抹茶，肯定会变胖的。"

律师模仿着店员的语气复述着她的话。

这时雅树才回想起来，那位店员应该是一位金发大学生。经律师提醒后，他隐约记起两人之间是有过那样的对话。

工作时，雅树总是喜欢点加了生奶油的抹茶拿铁，现在看来这个信息也不是无关紧要。

他毫不在乎地点着更受女生欢迎的饮品,这种行为在外人的记忆中留下了痕迹。同事与店员的证词一致,证明了出现在咖啡馆监控录像中的那个男人就是真正的桐谷雅树。

"接下来我会向检察厅提交报告,同时仔细检查花季咖啡馆的监控录像,并要求警方重新向店员与你的同事核实当时的情况。因此,请桐谷先生你保持信心,在警方面前坚持先前的诉求。"

"明白,那就拜托您了。"

"不要客气。真是太好了,桐谷先生你所说的完全正确。我们现在拥有充分的证据和完美的不在场证明。有这些在,应该就能扭转局势。"

听律师的语气,他似乎比雅树本人还要兴奋。

先前他可能一直心存顾虑,毕竟雅树本人的DNA就留在案发现场。而被逼入绝境的嫌疑人,有什么荒谬的说辞也不奇怪——即使他真这么想,雅树也不能责怪他。

他的的确确在为雅树而行动。结果大于一切,这样就已经足够了。

"话说回来,凶手可真是费尽心思啊,伪装成桐谷先生的样子,特意出现在监控摄像头附近,让镜头拍到自己,甚至还在案发现场留下血迹、毛发等虚假证据,然后进行抢劫杀人,真是令人震惊……"

律师皱起眉头，将双臂交叉在胸前。雅树之前被审讯官极尽嗤笑的观点终于得到了他的认同。

怀疑终于被打消，雅树即将离开这间狭小的拘留室，也不必经受牢狱之灾了。一旦获释，他就能再次见到奈美和父母，恢复工作，回到平凡的日常生活中。他简直想要落泪——不，应该是大声哭号。

"对了，我突然想起一件事……桐谷先生，你该不会有双胞胎兄弟吧？"

"啊？"

面对这个突如其来的问题，雅树有些疑惑。"哦，没什么，不好意思。"律师苦笑着摆了摆手，继而解释道，"因为这起案子实在太过古怪。但如果你有双胞胎兄弟的话，倒很容易解释得清。据说同卵双生子[1]的DNA是完全相同的。"

"咦……是吗？"

雅树从未考虑过这方面。

"很遗憾，我是独生子。如果我和别人是同卵双生子，在被警方传唤时肯定会首先提到这个的。"

"说得也对，真是不好意思，就当我是在胡言乱语吧。"

---

[1] 双胞胎的形态之一，有别于"异卵双生"与"半同卵双生"，指单一颗卵子受精后形成单一颗胚胎，此单一胚胎在发育期间偶然且自然地分裂成两个胚胎，然后发育形成双胞胎。此种形态双胞胎的染色体、基因等天然内容几乎完全相同。

律师低头致歉。

"没什么,如果有的话,倒是件好事呢……双胞胎兄弟。"雅树把双手放在脑后长叹了一口气,"三胞胎也行啊。"

"那样的话问题可就更复杂了。"

隔着亚克力板,两人突然相视而笑。

他面颊上的肌肉微微抽搐了一下。雅树第一次意识到,原来某种表情不常用的话,相关肌肉的功能真的会渐渐衰退。

被拘留的第二十三天,雅树终于获得了保释。

他没有因抢劫的嫌疑而被再次逮捕,而是在父母、女友奈美和律师的迎接中,与他们一同分享了离开拘留所的喜悦。

大卖场和受害者家门口的监控录像、现场残留的DNA,雅树经常光顾的咖啡馆的监控录像以及店员和同事们的证词——这些相互矛盾却强有力的证据,令警方与检方在拘留期限到来前苦苦为难了一番。

律师曾这样对雅树说——

在日本,刑事判决的有罪率超过99%。反过来就意味着,若是嫌疑人有被判无罪的可能,检方从一开始就不会起诉。只要雅树的观点合理且有证据支持,尽管需要花费一定时间进行验证,但最终很有可能因嫌疑证据不充分而不予起诉。

这也是雅树所期望的结果。

不过还有个问题悬而未决:

警察给他看过的那个出现在监控摄像头里的凶手,究竟是何方神圣?

从拘留所回到家中的那个晚上,雅树做了一个噩梦。

梦中有个和他长相一模一样的幽灵,手持一把巨大的单刃尖头菜刀,摇摇晃晃、漫无目的地在大街上游荡。

※

——不敢走出家门。

就在伸手触碰门把手的瞬间,雅树感受到一种从内心深处涌出的恐惧。

他用颤抖的指尖捏住口罩,把它提到下眼皮处,随后理了理便捷颈套,使其完全遮住下巴,继而拉紧外套的领子,最后才紧闭双眼,用全身感受着门口传来的那股三月初冰冷的空气。

几次深呼吸过后,他终于鼓起勇气。

这是雅树五天以来第一次走出家门。自从一个星期前得到保释后,他只在被警方传唤接受问讯时出过一次家门。

直到昨天,他还在不分昼夜地将遮光窗帘拉得严严实实,整个人蜷缩在被窝里,不管再怎么睡也是一副没睡够的样子。被关押在拘留所里长达二十三天的经历令他身心俱疲,副作用似乎比他想象的更加严重。

走出家门,迎面而来的晨曦几乎要将他融化。所幸走下公寓的楼梯时没遇到其他住户。

离开公寓楼前，他无意间朝外墙上银色的邮箱望了一眼，结果吓了一跳。那里被棕色的信封和一张张白纸塞得满满的，甚至有的掉到了地板上。

无须确认，邮箱上写的就是自己的房间号。

雅树的内心一下变得冰冷。他隐约记得昨天门铃响了几次，但都没理会。先前没在门上看到贴纸或涂鸦，以为没有人来骚扰，显然是他太天真了。在社会上，尽管人们都不会公然作恶，但在看不到的地方，还是有很多人在做着无耻卑鄙的勾当。

雅树假装没看见，径直走了过去。

他在车站乘上电车，电车随着人流向前行驶，光是如此，他的心跳就无法平静。那边的中年人，还有年轻女子，都在注视着自己吧？那个高中生刚刚回头看了一眼，是因为认出了自己吗？此时此刻，可能有便衣警察监视着自己吧？

这不可能。挤满乘客的电车上不会有谁去刻意观察他人的面孔，警方也将凶手是雅树之外的人作为前提，开展新一轮调查了，然而他的内心依旧惴惴不安。

在五天前的一次问讯中，刑警明显摆出一副不情愿的样子，问他："你过去是否招惹过谁？"听到这句话，雅树不禁放下心来。这说明既没能起诉，也没能以新罪名逮捕他的警方，终于承认了他始终坚持的阴谋论，并将其转换为新的调查方针。当他把这件事告诉律师时，对方兴奋地道："看来风向变了，我们离不予起诉的结果又进了一步。"

因此，如今的雅树是自由之身。

虽然不能保证永远会这样，但他暂时已不再是警方的调查对象，也不会受到二十四小时监视。

尽管如此，现在雅树对他人的目光依然极其敏感。恐怕这是在他遭到逮捕后，内心所发生的一次不可逆的转变。

今天是他自从去警察局配合调查后第一次回到公司前台大厅的日子。

不过不是他常驻的那家保险公司，而是他们公司位于大手町的总部。上次来这儿应该是很久之前的事了。

他快步穿过自动门，进入还没什么人的前台大厅，将与门禁一体的工卡放在闸机上，随后乘上电梯前往目的地。

雅树要去的并不是自己部门所在的楼层，而是专门用来接待访客的楼层。那里铺着淡棕色的木地板，四处摆放着宽大、舒适而多彩的沙发，还有枝叶繁茂的盆栽植物。

他心神不宁地走着，注意到一间玻璃会议室的白色百叶窗是拉下的，确认过门牌上的编号后，他紧张地走进房间。

"嗨……早啊。"

经理户部宏幸已经坐在会议室内侧的座位上了。他合上笔记本电脑，对雅树说了声"请坐"，示意他坐在对面的位置上。

户部原本就是那种喜怒不形于色的人，寡言少语且逻辑性极强。尽管知道这一点，但看到户部严肃的表情，雅树心里还是有一种不祥的预感。

"我们来谈谈吧……"

雅树坐下后,户部在桌面上交叉双手,不知在犹豫什么,迟迟没说下一句话。雅树偷瞟着他的脸色,首先开口说道:

"突然间休了一个月,给您添麻烦了。我听律师说,公司把我休息的时间按照年假算了。"

"嗯,是啊。你还有年假呢,公司也不能按照缺勤来处理。"

"真是太感谢了,今后我会继续努力,报答公司的——"

"要不,你继续休息一段时间吧。"

听到户部这句话,雅树的思考瞬间停滞。

"咦?休息的意思是……可是我应该已经没有年假了……"

"公司希望你能停职一段时间,直到风头过去。"

"停职……"雅树小声重复着,放在膝盖上的手指开始微微颤抖。

"为什么?您在新闻上应该已经看到了吧?我什么都没做,是他们冤枉我,所以我才能平安获释。我已经可以回到工作岗位上了……而且我已经用掉一个月年假了,得拼命工作弥补才行。"

"可能是你误会了,我必须告诉你,把你的缺勤按照年假来算不是公司对你的慷慨安排,其实最初我们考虑的是过失辞退。"

"过失辞退?"

"这还用说吗?这件事导致公司被大肆报道,股价下跌。媒体蜂拥而至，对业务造成了影响，这让很多客户对我们产生了怀疑。可是员工遭到逮捕，还没等被判有罪就立即辞退，同样会被外人大肆批判。在社会如此关注的情况下，我们这样的大企业不能做出有悖法条的处理。仅此而已。"

雅树难以接受，毕竟他既没有承认任何罪行，也没有遭到起诉，回来却突然要因"过失"而被公司辞退。

然而，如果他站在其他人的角度，例如其他同事的视角，可能也会无比愤怒，质疑公司为什么要继续给被逮捕过的人支付工资。

雅树在网上浏览过新闻评论和社交平台上的言论，因此在一定程度上了解了公众对他获释后的反应。

"这也能信？居然能把抢劫杀人犯给放了！"

"吓不吓人啊，这让东京人怎么放心出门？"

"我们这边的小学已经改成集体上学了。"

"警察真的仔细调查过了？"

"真是一群废物。"

"DNA都一样，还说不是凶手？鬼才信嘞！"

让这些论调发酵的"罪魁祸首"正是媒体。他们既批判警方与检方没能找到充足的证据，也批判雅树死不认罪的态度，煽动观众与读者的情绪。每天都有许多对雅树不利的臆测大肆流传，却没有任何人制止。无论雅树再怎么躲在家中，一旦在人们心里烙下了犯罪的印象，就难以改变。

公司也不得不进行艰难的抉择，无论留下雅树还是开除，后续的处境都十分艰难。一想到仅凭自己就对公司及其股价带来如此沉重的打击，惴惴不安的感觉就从脚底蹿到头顶。

"算我求求你了。你换位思考一下，也想想我们嘛。"

户部用手指揉着额头，摆出一副为难的神情。

"就算你现在复职，公司也不可能让你再去客户那边工作了。可咱们部门的工作原本就是常驻客户那边，这样就必须把你调到其他部门。你觉得在这个节骨眼儿上，人事部会在你的履历上写正面评价吗？"

"可是……我什么也没做……"

"我知道你很难接受，但我也是真心为你着想。包括部门的其他同事在内，现在公司里的人都在用异样的眼光看你——"

户部突然不说话了。看他这种态度，雅树终于意识到了，尽管先前他一直言辞委婉，但眼神中却始终透着一丝冰冷。

从他的口吻中可以推测，平日里与他共事的同事们同样如此。

大伙都在用那样的眼光看待他。

自从被逮捕后，他与同事间的关系就产生了裂痕，说是彻底破碎也不为过。后续他被释放也好，不受起诉也罢，都已经无关紧要。在这个国家里，有过被逮捕的记录，人生就彻底完蛋。

雅树的人生早已步入一片黑暗。除非真凶被捕，否则他将再无光芒。

"警方后续还要继续对你讯问不是吗？你想复职的心情我很理解，但要是频繁请假，我们也很不好办。既然这样，在确定不予起诉之前，或许还是离开公司最好。你说是不是？"

户部的提议一如既往地合情合理。尽管雅树心中充满反驳的欲望，但又说不出什么。

过去的日子已经一去不复返了——这个沉重的事实突然压在胸口。每天那些无聊的例会和反复修正系统细节的工作，如今是多么令人怀念。那些曾经令他感到烦躁的日子，如今想来是多么幸福。成为社会中的一个齿轮，用赚来的钱租一间公寓，下班了品尝喜欢的美食，然后回家，那样的日常生活着实不赖。直到现在雅树才意识到，他其实是喜欢工作的，也害怕失去那个令他舒适的地方。

"明白了……那我就停职吧。"

"你能理解就好，我会向人事部转达。所有手续我可以帮你代办，你现在直接回家就好。"

虽然想着"我才刚到公司不久"，但这句话雅树并没有说出口。他突然明白户部为什么要特地预定给访客使用的会议室，特地挑员工不多的大清早约他，还特地把百叶窗拉下来。

他浑身一阵无力，但还是站起身子。他离开会议室前，户部好像突然想起什么，开口说道：

"哦，对了。停职期间没事就不要在这附近晃悠了。我听说这星期里你来公司门口转悠过好几次。"

"咦?"

"如今的你会刺激到其他员工,今后请不要再做出这样的行为。就这样吧。"

户部起身走近他,那动作近乎在驱赶雅树。

雅树抱着包向后退去,耳边传来会议室门上锁的声音。

"那个……之前我没来过……"

雅树茫然的自言自语宛如眼前那道晨曦,照在半透明的玻璃窗上,被反射到不知哪里去了。

"我(ore)[1]"这个自称,雅树已经很久没有使用过了。

使用敬语时,雅树都自称"我(boku)",和父母交谈时也是。除此之外,当处在轻松的环境时,雅树会用"ore"自称。

"对不起,我(ore)一直以为……等再见到你时就要被甩掉了。"

雅树吐露着心声,坐在坐垫上的奈美把本就圆溜溜的眼睛睁得更圆了。

"甩掉?我会甩掉雅树?"

---

1 日语中的"俺(ore)"和"僕(boku)"都是第一人称代词,用来表示自己。这两个词在使用时有一定的区别,通常"俺(ore)"带有较为粗犷、自信或豪迈的语气,"僕(boku)"则相对比较谦虚、礼貌。但在此并没有过于明显的区别,故都翻译为"我"。

"毕竟我成了抢劫杀人犯,长相和名字都在国内新闻里被反复播报……"

"只是有嫌疑而已,又不是真的有罪。"

奈美表现出了理科研究生对定义十分严谨的一面,纠正了雅树的说法。雅树始终觉得,奈美最大的长处就是她在情感丰富的同时,还能做到不夹杂偏见,不受个人情感干扰,言语始终富有逻辑。

如今,雅树正与奈美面对面地坐在单间里的一张矮桌旁。

今晚,雅树突然叫奈美来家里,是因为他后续的日程突然空了下来。原以为在早晨的会上能够得知接下来要加入的团队或要调去的部门,结果却那样,因此雅树十分失落,希望得到女友的安慰。同时,他又有些自暴自弃的悲观情绪。这些心情混合在一起,促使他给奈美发出了这样一条消息——"要是研究室不忙的话……"

三十分钟前,当奈美还未来到这里时,雅树隐隐感到自己即将失去这段恋情,内心几乎要被门口吹进来的北风冻结。然而现在,他决定相信奈美温暖的话。

"今天你终于肯找我来谈这件事了,我很开心,你知道吗?等等,难道说……先前我想找你谈一直被拒绝,是因为你担心我会和你分手?"

"不,之前我确实是身体不舒服。但是……也有这方面的原因。其实,这可能是主要原因。"

"上周我不是还去警察局接你来着嘛……"

"当时我以为可能是你受律师邀请不好拒绝,或是因为我们交往了这么久,至少还有些情义在……"

"当然不是了!我才不会那样做呢。"

"所以,我以为下次我们单独见面可能就是最后一次了。被关在拘留所时,我始终不敢想象你变心的样子。"

"我可从没想过要和你分手!"

奈美罕见地用非常坚定的语气说道。她前倾着身体,一头中长的秀发左右摇晃着。

"你不可能为了钱而闯进民宅杀人!你不是那种喜欢挥霍的人,而且你又有存款。你连恐怖片里的血腥画面都怕,更别提亲眼看那样的场面了。我对你可是了如指掌呢。"

"听你这么一说,感觉有点丢脸。"

"我早就觉得肯定是他们搞错了,因为你原本就是好人嘛。律师打电话说你获得保释时,我就知道结果会是这样。"

"真的……很感谢你。"

确信这些都是奈美的肺腑之言后,雅树不由得笑了。他忽然想一把抱住她那被针织连衣裙包裹的身躯,但是被面前的矮桌挡住,只得打消了这个念头。

望着奈美轻松明快的笑容,欣赏着她樱花色的双唇,雅树不禁回忆起往事。

两人相识已经五年了。雅树还在上大四那会儿,奈美以新生身份加入了他所在的网球社团。在认真练习网球的同时，两人偶尔也会在聚会上交谈。在此期间，他逐渐意识到与奈美共度时光是多么愉悦。

奈美似乎也有同感。经过几次约会后，雅树开始犹豫是否要向她表明心意。就在这时，奈美却主动告白了。雅树属于典型的"理科男"，在恋爱方面相对保守。社团里的朋友们知道他过去的恋爱经验为零，平日里没少笑话他。至今雅树依旧感到后悔，当时应该由自己主动告白，而不是让奈美等得那样焦急。

自那以来，两人之间从未有过冲突，一直和平地交往到现在。五年时间足够他们加深对彼此的理解和牵绊，两人都再次深深感受到了这段时光的意义和重要性。

"是吗？要停职啊……真是不好接受。希望真凶能早日落网，这样你就能尽快复职了吧？"

"或许吧。我还有点积蓄，生活应该能维持一段时间……但是如果拖得太久，就不知道该怎么办了。"

"啊啊，真是气死人了！到底是哪个家伙想让你当他的替罪羊啊？他到底跟你有什么过节，要害你被这样对待？"

性格温和的奈美极少会这样露骨地表现愤怒。雅树现在才知道她生气时原来是这样，不禁有些想笑。

"干吗，你怎么还笑啊？"

"不好意思。只是觉得你这样为我着想，真的很开心。"

"当然啦，我也考虑过很多情况。虽然现在出门可能不太方便，但如果去电影院约会的话，周围环境特别暗，应该会好些。或者干脆去滑雪吧，还能用护目镜把脸遮住。"

"滑雪？你会滑雪吗？"

"一点也不会。别说滑了……恐怕连站起来都难。"

"我也是新手，那样也太惹眼了吧。"

两人不禁相视而笑。这正是他们平日相处时的氛围。可以说这是最近一个月里，雅树心情最为放松的时刻。在拘留所里，从早到晚都处在摄像头和看守的监视下，前往别处时要戴着手铐或束缚绳，还总是要被人居高临下地质问。如今他终于真切地感受到，那段时间已经彻底结束了。

就在雅树感到宽慰时，奈美突然皱起眉头说道："啊，对了……昨天中午富冈发来一条消息，说他和福井在附近吃完拉面回来时，发现你在大学正门附近，还问我和你联络了没有。雅树，你昨天去我们大学了？"

"嗯？我没去啊。"

富冈与福井都是他们社团里的晚辈，与奈美同级，因为考入了研究生院，所以目前还留在学校里。

"哦，好吧。我还以为你来找我了呢，如果是那样的话，你应该会给我发信息的。当时我还在想，难道你有其他事要处理？"

"昨天我一直窝在家里，连你都没见，更别说去大学了。而且我都毕业两年了，根本没什么事情要去那里。"

"是啊。可能是富冈他们搞错了吧。不过居然会两个人都看错……"

今早在公司里也听上司说过类似的事——如果把这件事告诉奈美,她会怎么说呢?

一阵令人不安的异样感袭来。那个出现在雅树公司和大学附近的人,究竟是谁?

总不可能是自己的分身[1]吧。

那个被认作桐谷雅树的男子,不只在监控摄像头的黑白影像里出现过,也被熟人看见过——

"唉,偶尔也会发生这种事啦。要不你和富冈、福井说一声,是他们认错人了?"

雅树尽可能以坚定的口吻说出这句话,声音却略微有些沙哑。

---

[1] 原文为ドッペルゲンガー,为日语中的外来词,源于德语 Doppelgänger,中文译为"分身",又称"二重身""生魂"。本意是指某一生者在两地同时出现,第三者目睹了另一个自己的现象。该存在与生者长得一模一样,但不限定为善或恶。民间传说当生者见到自己的分身,代表"其人寿命将尽"。

※

　　雅树转过街角，看到那座墙壁刷成白色的民居时，一阵压迫感倏然袭来。

　　恰巧两个初中生模样的男孩从门内出来，挂在附近电线杆上的路灯在他们天真的脸上投下一片阴影。

　　能听到他们在谈论要是考试过了，打算去看电影或是玩某个游戏之类的干巴巴的话题。雅树缩着身子和他们擦肩而过，当触碰到那扇白色大门的把手时，突然注意到那两个男生停止了刚刚愉快的对话。

　　雅树转身望去，发现四只好奇的眼睛正盯着他。初中生们惊慌失措地扭头转身。一阵窃窃私语传入雅树耳中——"那个人住在这儿……""他是彻老师和明子老师的……"

　　"辛苦了，路上小心。"

　　雅树旧习难改，尽可能振作精神，打了声招呼。或许是被雅树突如其来的问候吓到了，初中生们语无伦次地说了声"再、再见"，相互望了一眼后跑开了。

　　没想到连这里也……雅树的胸口不由得一阵憋闷。

　　不，正因为这里是乡村小镇，人与人之间彼此熟悉，也很热衷于打听东家长、西家短，所以他在这儿的遭遇可能比在东京更加严重。

得知独生子被当作抢劫杀人犯遭到逮捕时，父母究竟是如何看待自己的？更重要的是，这个辅导班的经营状况目前还好吗？学生是不是少了？蜂拥而至的媒体有没有影响学校的业务？家里的电话有没有被打爆？当父母去涩谷警察局接他时他没能想到的问题，如今突然一个个地涌上心头。

知道前门没上锁，但雅树总觉得没脸直接踏进家门，于是便按响了门旁的对讲机。"在呢，请进！"他听到母亲高昂的声音从对讲机里传来。

他轻轻喘了口气，抓住门把手拉开了门。

"我回来了……"雅树怯生生地说着，然后脱下鞋子。他正犹豫着是先去一楼的公共教室，还是直接去楼上的私人区时，母亲突然从旁边的门口冲了出来。

"雅树！"

一认出门口的儿子，她那张因焦虑而撇着的嘴巴便和缓下来。母亲生性爱操心，很多年前雅树在修学旅行[1]时乘坐大巴，因为交通堵塞而晚归，还有雅树独自前往东京参加大学入学考试后，因为在上野站给父母挑纪念品而错过返程的特快列车的时候，她都露出了这样的神情。

"你从车站坐公交回来的？不是说了我们开车去接你吗？"

---

[1] 日本中小学教育的一个环节，指教职员带领学生集体行动、合宿的旅行活动。

"我回来得挺早,想着这个时候家里应该还有学生。"

"你不用惦记这个,我刚把最后一批孩子送走。你应该正好遇到他们吧?"

回想起那两个初中生尴尬的眼神,雅树含糊地点了点头。就在这时,一个柔和的声音从楼梯上方传来:"哦?是雅树啊!"

"我特地让你妈妈看着教室,这样我随时可以开车过去接你,没想到你坐公交回来了。"

"回来的特快列车比预订的早了一趟。"

"你倒是早说呀,害我怪着急的。"

父亲不紧不慢地走下楼梯,脸上挂着喜悦的笑容。父亲总是挺着啤酒肚,而母亲则身材瘦削。从外表也能看出,两人有着截然相反的性格。

不过在教育这方面,两人倒是怀着相同的热情。他们一向对桐谷辅导班教师的身份十分看重,但这次他们在课后提前结束了学生提问环节,为雅树回家的事情做准备。能看出来他们对他的关切。

"你很久没在除夕和盂兰盆节之外的日子回来了,而且还是工作日。"

"是啊。谢谢你们叫我回来。"

"只要你愿意,随时都可以回来呀,这里就是你的家嘛。要不在停职期间,你就从东京那边搬回来吧?那边的房子还租着,多浪费钱呀。"

"我再考虑一下吧。毕竟有可能突然叫我回去上班,而且我还有女朋友在那边。"

轻描淡写地拒绝母亲的提议后,雅树跟着转过身的父亲走上二楼。已经过了晚上九点,但三人还没有吃饭。母亲先前对他说"要是晚点也没关系,就回家来吃吧",雅树知道如果不顺着她的意思,过后一定会被她絮叨一顿的。

母亲用微波炉热了热已经做好的菜,父亲从电饭煲里盛出米饭,雅树则泡好了绿茶。随后三人围着餐桌齐声说了句"我开动了"。

稍微吃了一会儿,父母开始相互汇报起今天做过的工作。或许他们平日里也会像这样在晚餐时回顾当天的工作,但更重要的应该还是因为他们不知该与雅树谈些什么。去拘留所接他出来的那一天,一家人只在附近的咖啡馆里与奈美和律师短暂聊了一会儿,并没有像今天这样三人单独坐在一块儿。由于那天释放的时间被推迟到傍晚,因此父母没过多久就不得不回到家里工作去了。

"那个……辅导班还好吗?有没有被我的事影响到?"

最后还是雅树先开了口。父母一愣,相互瞅了一眼,很快都笑了。

"其实我们也没想到,几乎没什么影响。当然也有些学生在父母调整计划后不再过来了,但只是少数。幸好最近正赶上考试季。"

"确实有媒体大老远跑过来，我们也考虑过要不要把辅导班关一阵子。可是大伙都说，'这种节骨眼儿上还怎么改去别的辅导班啊？你们要是关了，我们也不好办'。"

"真的？没有被学生家长投诉，或是被邻居骚扰之类的？"

"没有啦。相反，你被逮捕后不久还有不少人打来电话呢，他们都说一定是搞错了。还有好心人说：'雅树品行端正，怎么可能做出那种事呢？你们得去和警察说说呀。'几天后律师联系我，说或许能找到你的不在场证明。我们把这件事一说，大伙高兴得不得了，都说真是太好了，就知道你不会是杀人凶手。"

母亲的嘴巴笑成了月牙状，看样子她所言非虚。

每当儿子受人称赞，母亲发自内心地感到骄傲，脸上总会露出这种表情。很久以前便是如此。

——品行端正啊！

在家乡生活的十八年里，雅树始终扮演着"模范学生"的角色，从未有过一刻松懈，而这样的表现如今终于有了回报。当然，这一切的前提是学生和家长们对他身为教师的父母怀有极大的信任。

父母将民居一层改造成教室与自习室后，开办了"桐谷辅导班"。尽管外观平平无奇，但在附近的村镇里小有名气。母亲负责高中入学考试的补习，父亲则负责大学入学考试的补习，两人教授的学生加起来总共六十名左右。

申请补习的学生众多，以至于每年都要进行考试选拔。究其原因是身为教师的父母对教育有着极高的热情。与大型辅导班和预备校[1]相比，这里在每个学生身上花费的时间更多。如果认为集体授课不太合适，雅树的父母会根据学生的理解程度单独给每个孩子留作业。与此同时，他们还定期与学生面对面交流，为他们详细制订未来几个月的学习计划。为确保计划能够落实，父母会对计划的完成情况进行实时观察，一旦出现延误，便立刻与学生讨论，敦促他们不断努力。

除了管理严格，在教学方面，父母也相当称职。父亲性子豁达开朗，受人爱戴，母亲则注重细节。两人在夫妻这种牢固关系的基础上，每天相互观察对方的课程，不断提出改进意见。专业意识极强的两人相互促进、共同进步，使得桐谷辅导班的高中入学班与大学入学班在此地都享有盛名。学生们听着有趣又令人入迷的课程，自然而然地汲取知识，理解能力也得到了提升——这是不争的事实。

身为独生子的雅树，就是在父母这样的指导下成长起来的。

他从小就被灌输学习的重要性，因此小学的成绩总是名列前茅。升入初中后，他开始与其他学生一起在家中一楼的教室里补课。无论在学校还是辅导班里，雅树都稳坐第一的位置，而他也因此升入了本地最好的高中，后来又被东京一所名牌私立大学的理工系录取。之后又攻读研究生，毕业后进入了一家

---

1 一种针对不同考试的应试者，为其事先提供相关知识与信息的教育机构。

知名的系统大厂工作。

可以说，雅树是辅导班里所有孩子最最向往的人。他既是无懈可击的楷模，也是父母教育最成功的典范。

可以说，儿子桐谷雅树的存在，确保了父母在这个乡村小镇上的声誉。

但也正因如此，才更令人担忧。

雅树担忧的是他被当作抢劫杀人犯遭到逮捕后，不仅自己的人生会毁于一旦，还会令父母的人生受到牵连。父母总说教育是他们的天职，而这个他们精心开办了二十三年，如同学堂般温暖的辅导班万一毁于一旦，自己又要如何释怀？

幸好实际情况不至于如此。正因为雅树从小到大都是典范，小镇上的人们才会坚信他是清白的。在逆境中，他们站在了父母和雅树这边。

"太好了。"

曾经武断地猜测住在乡村小镇里的父母一定遭遇了不公对待，雅树不禁有些自责。

或许应该说是东京的人太过冷漠吧。在那里，人与人之间的关系极为淡薄，一旦对自己有所不利，就毫不犹豫地与对方断绝关系。公司里不愿雅树复职的上司与同事，以及出事后光是在奈美那里打听消息，却完全不与他联络的学生时代的那些社团里的朋友，都属于这样的"东京人"。

"可是……你们就没有短暂担心过吗？比如说其实我有双

重人格,在另一个人格的控制下可以毫不犹豫地抢劫杀人之类的……"雅树夹起一筷子菠菜,试探性地问道。

坐在对面的父母平静地眨了眨眼。

"我们吗?怎么会呢!你是个特别好的孩子,无论在哪儿都不可能让我们蒙羞的。你绝不会是凶手。我们从一开始就坚信,你被逮捕一定是有人搞错了。"

"是啊,我们家雅树才不会干出抢劫杀人这样的事。"

父母的语气都异常坚定。这并非场面话,而是他们内心的真正想法。感受到这一点,雅树不禁有些情绪复杂。

不知从什么时候起,"好学生"与"儿子"这两个身份的界线在他心中开始模糊起来。

父母期待雅树成为辅导班里所有孩子的榜样。尽管他们从未直接提出过这种要求,但雅树总是能感受到他们期待的目光。

尤其是母亲,总是渴望着找到雅树身为"好孩子"的证据。例如,当雅树提到向同学借来的漫画十分有趣时,她便会说:"但是你这段时间也很爱读《世界文学大全》,对吧?"当他提到在朋友家玩了电子游戏时,她会说:"找个时间也和佐藤同学去玩玩百人一首[1]吧。"

对母亲来说,这或许仅仅是下意识的行为。然而在不知

---

[1] 原指日本镰仓时代歌人藤原定家私撰的和歌集,后多指印有百人一首和歌的纸牌游戏。规则通常为由读牌者朗读上句,参赛者从铺在地上的牌中争夺印有下句的牌。

不觉中，雅树了解到自己做什么父母会开心，做什么父母会不开心。渐渐地，为了讨好父母，他开始扮演起"理想学生"的角色。

这对雅树来说倒也不算为难，只能算是在不知不觉中养成的习惯。他将小说与漫画划分为娱乐内容，不会借回家看，只在图书室里阅读，而电子游戏或卡牌游戏则会在朋友家里玩。他只是像这样把各种事物区分开来而已。

正因如此，父母认为自己的儿子是个天生的好学生。所以，能想象到他们一定会坚信雅树是清白的。

事实也确实如此。然而，他们丝毫没意识到雅树与家人之间已经有了一层隔阂。儿子展示出的只是表面，他们或许是将自己的理想过度强加于人——在潜意识里雅树还是希望父母对此能有一丝歉意。

尽管如此，只责怪父母并不公平。毕竟建立起这种让父母感到"安心"的亲子关系，是雅树自己的选择。

"谢谢。听你们这么说，我就能尽快振作起来了。"

雅树没有表现出内心的纠结，仅仅回应了表面的话语。他心里突然有些不太舒服，于是迅速啜饮了一口温热的绿茶。

"对了，你们看过受害者家门口和大卖场那边的监控录像吗？尽管那肯定不是我，但那个人真的和我很像，是不是很奇怪？"

"是吗？"

短短一瞬，气氛有些异样。原以为父母会认同自己——雅树疑惑地抬起眼睛看着他们。

"妈，你不这么觉得？"

"嗯……其实也没那么像吧！毕竟那个人戴着针织帽遮住了发型，衣着也很随意，和你的喜好差别很大。对吧，孩子他爸？"

"算是吧。乍一看确实有点像，但也不是一模一样。"

父亲也面带微笑地这么说，但雅树注意到他的声音有些紧张。

"真的？因为看着太像，我都怀疑自己的眼睛了。"

"哪儿呀，只是恰巧相似罢了。摄像头画质那么粗糙，可能只是巧合。"

"可是……最近好像有人在我的公司和大学附近看到过与我长相非常相似的人。"

"嗯？"

父亲的表情凝固了，坐在一旁的母亲也睁大眼睛。

"明明没去过，但有人说我最近去过公司和大学附近。真有这种事吗？几个熟人亲眼见到后都坚信那就是我。"

"谁知道呢！或许只是离远了看着像，也许是没看准吧。"

"如果那人是杀人凶手，就算他再怎么擅长易容也做不到吧？这可不是模糊的录像，在现实里还要模仿身高、骨架等方面的特征。"

"雅树，你想得太多了。应该像你爸爸说的，只是单纯相似而已。"

"是啊，而且天这么冷，穿得厚实点也看不出来体形。"

父母的说法像是不容置疑，可脸上的表情却不那么自然。

雅树感到一阵不安——为什么父母如此坚决地否定了他的看法？

"我有同年龄段的表兄弟或堂兄弟吗？"

过去桐谷家没有与任何亲戚往来过。父亲出生在附近的市里，唯一的血亲——他的母亲年纪轻轻就去世了。母亲倒是出生在九州一个大家庭里，但由于她对学业的热情得不到家里的理解，因此便与从事渔业的父母及兄弟姐妹逐渐疏远。考上大学后，她决定离开几乎已经断绝关系的家庭，独自前往东京念书。据说她当时就读于一所位于关东但并非首都圈的国立大学，并在那里遇见了父亲，最终两人结为伴侣。

"没有，"母亲不知为何用有些愤怒的语气迅速答道，"为什么问这个？"

"嗯……我只是觉得如果有血缘关系的话，搞不好会长相相似。"

"就算是表兄弟或堂兄弟，也不会长得一模一样吧？即使是亲兄弟也有区别。"

"那么……"

带着开玩笑的性质，雅树用调侃的语气继续问道：

"那人该不会是我从小失散的双胞胎兄弟吧?"

刹那间,父母脸色大变。"瞎说什么呢!"母亲有些愠怒地扔下这句话,随即端着空碗盘离开了座位。"别胡思乱想了,好吗?"父亲将剩下的味噌汤一饮而尽,留下这句不明不白的话离开了。

就这样把许久未曾回家的儿子撇在餐桌旁,父母开始一同收拾餐桌。洗过餐具后,他们迅速打开电视,不断地对一些无关紧要的新闻发表评论,仿佛刻意不留给雅树说话的机会。

过了晚上十点半,他们对雅树道过晚安后离开客厅。父母平日里总是工作到很晚,甚至会熬到后半夜才睡,今晚却并非如此。

在有些冰冷的房间里,雅树独自一人静静地仰望着天花板。

半夜,雅树突然醒来,在家里寻找起幼年时期的相册。

他知道相册放在家中日式间的衣柜里的某个地方。打开几个纸箱后,他终于发现了。他随手掏出里面的相册,看着照片。

并没有可疑的地方。雅树幼年的照片整齐地贴在相册里。相册各处还有母亲用倾斜的字体写下的备注——"雅树第一次站立""去附近的公园散步"等。当时他还没上辅导班,据母亲说,他们当时住得离这儿很远,所以他对照片里的环境并不熟悉。

但一个细节引起了他的注意。

众多相册中有一个没用完的，这是雅树一岁前的相册。其他相册都被用到最后一页，而这本却只用了一半左右。

那是一本看上去价格不菲的硬皮相册，最后却浪费了许多。难道是把它忘记了，就直接用下一本了？一向细心节俭的母亲会犯这样的错误吗？

"你在干什么？"

背后突然传来声音。雅树吓了一跳，赶忙转过身去。

身穿睡衣，用手搭着推拉门的母亲正看着他。

"我听到有动静，还以为怎么了。都凌晨两点了，快去睡吧。"

在日光灯淡淡的灯光下，母亲的脸色显得异常苍白。

然而，就在第二天准备返回东京时，雅树心中离奇的假设居然得到了证实。

"杀人凶手！你怎么还敢回来！"

在门口与父母道别后，雅树拎着旅行包走出家门。路对面突然传来一阵高亢却嘶哑的声音。

雅树惊诧地抬起头，发现说话的是住在对面的堀田茂夫老爷爷，此刻他正抿嘴瞪着自己。明明是九十多岁的人了，后背却依然挺得笔直。

雅树还是孩子时，那位善良的堀田老爷爷总是照顾他，可如今怎么……

他不由得愣住了。这时，堀田的女儿晴子冲出房门。

"嗨呀，雅树！真不好意思，我爸他从去年起就傻啦。雅树没杀过人，无凭无据的，都已经无罪释放啦。我都跟他说过多少遍了，可总是转眼就忘。"

"是这样啊！"雅树松了口气，但听到熟悉的老爷爷患上认知症[1]的消息，心情还是有些沉重。

"真是的，一天天就说怪话。我记得两周前还在嚷嚷什么'刚刚我看见雅树了，就在那边'。那时你哪可能过来嘛，我告诉他是看错人了。可他非说'别看戴着口罩，但肯定错不了！他可是从小和我玩到大的啊'。唉，真是头老倔驴。可他心里还是很爱你的，你可别跟他一般见识呀。"

然而雅树根本没听见最后那句话。

公司、大学。

然后是老家——

已经不是一句"巧合"能解释的了。

"我猜得没错，果然……"

难道他真有一个双胞胎兄弟，只是自己并不知情？

---

[1] 即过去所说的"痴呆症"，但由于此称呼带有贬义，后更倾向于使用"认知症"。

※

想起今天是工作日，雅树决定放弃两班返回东京的特快列车。

他大约在终点前两站下了公交车，步行到达附近的市政厅。上次来这儿应该是两年前了，当时为了将住址迁到东京，曾到这里办过手续。

雅树走进自动门后环顾四周，不知该去哪个窗口。一名男性员工立即上前询问：

"您好，需要办理什么业务？"

"居民证[1]……呃，不对。"

消息不可能记录在居民证上。雅树还是学生时就多次复印过居民证。起初他以为越多越好，总是要求复印出家里所有人的信息——当然，上面只有父母和自己三个人。

那什么才能更准确地追溯家庭成员的信息呢？要说到从未见过的资料……

"我想要一份户籍复印件。"

"您的户籍在本市吗？"

---

[1] 证明日本居民身份的官方文件，通常由日本的市、区、町、村等地方政府机构颁发。它用于确认一个人在特定地区的居住状况，并且是参与各种社会、经济和行政活动的必要文件之一。

"是的。"

"好的，请到三号户籍科窗口办理。"

雅树在男员工带领下来到市政厅户籍科窗口，领取了一份获取户籍复印件的申请函。在填写信息过程中，男员工又帮忙取来一份叫号单。

好在雅树戴着口罩，似乎没人发现他是最近频繁出现在新闻里的人。他松了口气，坐在长椅上等待叫号。

漫不经心地望着叫号屏，雅树突然回忆起一件事。

大一那年秋天，社团里一个同年级男生邀请他第二年年初一起去中国台湾旅行。人生第一次计划出国旅行，雅树内心激动不已。他在和母亲打电话时提起这件事，母亲却说："我来给你申请护照吧。"雅树推辞道："反正离出国还早，等我回家时自己办吧。"母亲又说："没关系，妈的护照要到期了，正好也去换个新的。"

雅树在东京上大学，但居民证放在家里。他觉得母亲能帮忙办理，确实省了许多工夫。于是他按母亲说的，将驾照[1]与用于办理护照的照片寄回老家。仅两天后，他就收到了母亲的邮件，表示护照已经办理完毕。多亏了她，下次回家只要去一趟护照管理中心就能搞定剩下的流程了。就这样，雅树顺利地与

---

1 日本没有强制性的全国性身份证制度，因此驾驶执照通常用作身份证明的替代物。

朋友们完成了人生第一次出国旅行。

当时雅树没有丝毫怀疑。然而现在回想起来，母亲在辅导班的工作那么忙，不管从前还是以后都不像有时间去国外旅行的样子，但她却突然提到自己的护照快要过期了，还说要换成新的。而且母亲一向节俭，当时却只是笑着摇摇头说"这点小钱我来出吧"，替他承担了办理新护照的手续费。

仔细想想，像雅树这样二十来岁的年轻人，基本只有在申请护照和办理结婚登记时才有机会查看户籍复印件。那或许是他迄今为止唯一可能看到户籍复印件的机会。

然而母亲却——

"八十七号请到窗口办理业务。八十七号在吗？"

不知不觉间排到了雅树的号码。他跳起身来，走向年轻女员工所在的窗口。

提交申请函与驾照后，他耐心等待了一会儿。随后对方递给他两张纸，并指着第一张纸问道："请确认一下是否还有问题。"只见第一张纸的上方印着父亲的名字和家庭住址，雅树在确认时故意没去看后面的内容，只是双手颤抖着支付了手续费。

随即他逃也似的离开了窗口。

站在墙边，雅树紧闭双唇。

他屏住呼吸，再次做好心理准备。

心里默数一、二、三后，他将目光移向手中的纸张。

户籍上记载的第一个人是——彻。

第二个人——明子。

翻到下一页，第三个人——雅树。

再下方标注着"以下为空白""以上为户籍证明全部内容"的字样，他不禁长舒一口气。

再没有其他内容了。

完全没有关于双胞胎兄弟之类的信息。

来这儿前雅树已经用手机仔细查过相关信息，即使是被别人领养，或是已经结婚，原户籍记录上也会留有"除籍"字样，然而在这两张纸上却丝毫找寻不到类似文字的踪影。

"唉……就知道根本没这回事儿。"

他的身体感到一阵脱力。

果真只是杞人忧天？或许是因为被诬陷抢劫杀人后大脑无法正常思考，才会幻想出自己有失散多年的双胞胎兄弟这种离奇的故事吧？

然而他却错过了两趟车，特地来市政厅折腾一趟，还浪费了四百五十日元，真是太荒唐了。

雅树险些为自己的愚蠢笑出声来。

还是早点回东京吧。正当雅树把旅行包放在地上，打算把手上的纸张塞进里面的那一刻——

"转籍"两个字赫然映入眼帘——就在印着户籍地与户主那一栏的下方。由于急于确认户籍上记载的人名和人数，刚刚雅树忽略了这一部分。

"转籍日……平成四年[1]九月十日？"戴着口罩的雅树喃喃自语着。

在"转籍日"下面的"原籍"那一栏，记载着一个不同于如今户籍的地址，那是同县的另一个城市，也是父亲出生与成长的地方。

雅树思考起那个日期。

说到平成四年，也就是一九九二年，正是父母建了如今住的宅子并创办桐谷辅导班的那一年。听说为了赶在开学季招徕学生，他们特地选择了四月搬家，所以这个日期是在那之后的差不多半年。而他自己，出生于八月，当时差不多三四岁。

二十三年前的九月，父母改变了户籍地。

为什么？是为了让户籍与现住址统一，以便后续办理各类手续，还是在原籍那边没有情感依托，甚至有过不愉快的回忆？

不对——

雅树头脑中闪过一种不祥的可能性。他依旧把旅行包留在地上，拿着户籍复印件急匆匆返回窗口。

"不好意思，再打扰下！"

就在刚刚那位年轻女员工打算叫下一个号时，雅树喊住了她。还没等对方开口，雅树就急匆匆递过手里的纸张，喘着粗

---

[1] 一九九二年。

气问道：

"这里写着'转籍'对吧？要是转籍的话，会产生什么影响吗？"

"这个……您是指什么影响？"

"比如说会有部分信息无法转移过来。"

她似乎被雅树气势汹汹的口吻吓到了，但还是点了点头，似乎理解了他的意思。

"是这样的。如果有人从原籍中被除籍，就不会出现在转籍后的新户籍里。"

"比如说……"

"离过婚的配偶、结了婚的孩子，或是已故的家庭成员……"

"如果是送养出去的儿子呢？"

"也是一样的，不会出现在新户籍里。"女员工爽利地答道。

一股热血顿时涌遍雅树全身。

"如果追溯原籍，还能查到信息吗？"

"应该可以。但因为您的原籍不在本市，所以我们无法提供复印件。"

迅速道谢后，雅树离开了窗口，捡起靠在墙边的旅行包快步走向自动门。

那种不祥的预感，雅树一心祈祷它千万不要应验。

如今每眨一下眼，"转籍"两字都仿佛在眼前闪烁。

从没想到会在一天之内去两趟市政厅——

由于父亲出生的城市交通不便,雅树考虑在东京通过邮寄方式申请。但他很快意识到这不可能,最大的问题是自己急于知道结果。等待市政厅的邮件要近一个星期,简直不啻于一种苦行。

雅树步行十五分钟到达车站,瞥了一眼前往品川的特快列车时刻表,转而走向乘客寥寥的普快电车站台。望着一小时一班的列车时刻表,他沮丧地耸了耸肩膀,静静等待着只有两节车厢的电车到来。

好在这儿是始发站,雅树比预想中更早进了车厢。这里比东京更冷,他不得不低头拉紧大衣领口。不用忍受那么久的北风,已经相当幸运。

体感上已经过了三十分钟甚至一个小时,但其实只等了十五分钟左右。

伴随着嘎吱嘎吱的声响,电车缓慢行驶起来。

车站附近那些仿佛纸盒般的房子迅速后退远去,窗外的风景先是变成建筑稀疏的住宅区,随后又变成了田园。

回想起来,这还是他第一次去父亲的出生地。

确切来说,这是他有记忆后初次前往那里。父亲曾告诉雅树,过去他在市外的高中上学,然后就读于东京某所大学。他的母亲,也是他唯一的亲人,在他即将大学毕业时过世了,所以他在那边既没亲戚,也没朋友。然而根据户籍复印件的记录,直到雅树三岁生日前，他的原籍一直都在这里。或许是在办理转籍手续时，父母把他的户籍也带过来了吧。

差不多过了七站，雅树下车来到一个没有棚顶的简陋站台上。他扫了一眼破烂生锈的站牌，然后在一个完全没人看管的闸机上刷了IC卡，出了站。他打开手机地图，在这个陌生的小镇里寻找起来。

步行大约一公里后，他到了市政厅。那是一座门廊宽敞的崭新建筑，与车站的荒凉气氛完全不符。

他这次没再寻求员工帮助，而是独自前往户籍科窗口。他按照与先前几乎相同的步骤办理了除籍历史查询手续，并在窗口领取了打印好的文件，不过这次的费用从四百五十日元变成了七百五十日元。

复印件有两张。

他的心脏开始急速跳动。

他走到大厅角落，快速翻到第二张。

自己的名字"雅树"迅速跃入眼帘。

生日：昭和六十三年[1]八月二十四日。父亲：桐谷彻；母亲：桐谷明子；亲缘关系：长子。其他信息。

而下面还有其他内容。

---

[1] 一九八八年。

【姓名】基树

【出生日期】昭和六十三年八月二十四日

【父亲】桐谷彻

【母亲】桐谷明子

【亲缘关系】次子

从出生地到申报日期，所有信息都与雅树完全一致。

不过他的信息栏比雅树大了不止一倍，几乎占据了整页空间。其中有一个名为"特别领养"的项目引起了雅树的注意。

【特别领养判决日期】平成四年二月四日

【申请日期】平成四年二月十四日

【申请人】养父母

【接受日期】平成四年二月二十二日

【养父母国籍】美国

【领养人姓氏】韦斯特

雅树的头脑内仿佛席卷过一阵暴风。

甚至已经搞不清首先该对哪里感到惊讶。

基树。

读音是Tomoki？

生日、父母姓名都与自己完全一致。

雅树是长子，基树是次子。

"特别领养"这个词，他过去似乎在新闻里听过那么几次，但并不熟悉。不过至少能看出来在平成四年二月——也就是雅树大约三岁时，孪生弟弟基树成了别人家的孩子。

不，档案里写着"判决日期"，或许他在更早时就已经离开了桐谷家。如果是这样，就能理解雅树为何完全不记得自己曾有过孪生弟弟了。

最令人意外的，是他的领养家庭。

美国！

雅树知道在作为移民国家的美国经常会发生跨种族的领养情况。例如，好莱坞著名演员夫妇从柬埔寨或埃塞俄比亚领养孩子的故事就非常有名。

可是从同为发达国家的日本领养孩子？

真的吗？

"基树……韦斯特……"

他的日本名字可能已经不再用了。如果他从小就被美国夫妇领养，很可能在用英文名。

与自己同一天从同一个母亲腹中诞生的名叫基树的孪生弟弟，在大约三岁时被桐谷家送走，与养父母共同去往海外了。

也就是说——

他有个在截然不同的文化熏陶下长大的孪生弟弟。

"你没事吧？"

旁边突然有人搭话。雅树回过神来,发现一位坐在沙发上的年长妇女正用异样的眼神望着他。

"不好意思,你看着有点不舒服,要是肚子痛的话,厕所在那边哦。"

"谢……谢谢关心,劳您费心了。"

哪里是肚子痛,头痛还差不多。

雅树的手指越来越用力,那张纸被捏皱了。他握紧旅行包的提手,摇摇晃晃地朝门口走去。

心情愈加混乱。

但有一件事他现在清楚了。

他的脑中回荡着获释前律师对他说的话。

"……这起案子实在太过古怪。但如果你有双胞胎兄弟的话,倒是很容易解释得清。据说同卵双生子的DNA是完全相同的。"

自己有一个长相与基因信息完全相同的同卵双生的弟弟。

本应在美国长大的他,如今为什么来到了日本?

犯下那起抢劫杀人案的,毫无疑问就是他了。

※

说出"佐仓"这个极少使用的预约名后,雅树被店员带进一个由可爱的纸拉门隔开的小包间里。雅树感觉有些不太适应，担忧这种场所是否合适，但还是坐在了包间里那张L形沙发的内侧。

不过等店员离开，这个狭小空间仅剩他一人时，雅树还是迅速放松下来。这里的整体氛围乍一看像是女生聚会时会挑的地方，不过也可能是奈美细心安排的。私人包间可以遮蔽他人视线，同时格外安静，四周没有嘈杂的谈话声，他们可以放松交谈，不必担心被偷听。

奈美坚持认为，如果老是闷着不出家门，内心反而会更加疲惫。过去预订餐厅或酒馆通常由雅树负责，这次她主动请缨，精心挑选了这家餐厅。雅树不禁心怀感激。

奈美发来消息说在离开研究室时被教授拦住了，大约会迟到二十分钟。

雅树用单间里的平板电脑点了一杯啤酒，服务员送上来后，他摘下口罩喝了一口，继而把脸靠近玻璃窗，漠然地望着楼下街道上来来往往的行人。

照亮街道的路灯光逐渐有些模糊。

同卵双生，跨国领养——

在父亲出生地发现的真相远远超出了他的想象。

而这些情况，警方尚未察觉。

若是有所察觉，他们应该会把父母叫去询问，但目前还没有这样的迹象。

不过想想也是——即便是对警方而言,所看到的情形也无非是遭到逮捕的嫌疑人极力抵赖,不太可能考虑到嫌疑人会有一个连他也不知道的双胞胎兄弟。要么是雅树巧妙捏造了不在场证明,要么是真凶偷取他的毛发和血液陷害了他——从现实角度考虑,最初的怀疑只有这两个方向。

当然,在搜查过程中,警方必然会调查雅树的户籍。不过即使去他的住址所在地的市政厅打听,其目的也只是简单确认雅树的身份并证实他的描述而已,他们没理由对"桐谷雅树是家中的长子,没有兄弟"这一说法产生怀疑。

然而,正因雅树深知自己的清白,又听说有人目击与自己极其相似的人,加之从父母的态度中感到一些异常,他才最终打探到了这个事实。除非像自己这样察觉到桐谷家二十三年前的转籍记录,并且刨根问底地追溯出除籍文件,否则他那个名为桐谷基树的双胞胎兄弟将永远不为人知。

"婴儿输出国"——他回想起这个词汇。

这个词是雅树在返回东京的特快列车上用手机查到的。

作为"婴儿输出国"的日本在发达国家中属于一个特例。近年来,日本每年都有约三十名儿童被送往海外并被人领养。尽管没有确切数据支持,但在基树接受跨国领养的一九九二年前后,每年大约有六十名日本儿童被外国人领养。而被送往的国家基本都是美国。

为什么不在国内找人领养,而是特地送往海外?

似乎存在部分历史原因。在日本，允许将他人的子女作为亲生子女领养的"特别领养制度"成立时间较晚，直到一九八七年才正式实施。而这一制度的起点可以追溯到一九七三年曝光的"菊田医师事件"。据报道称，当时宫城县石卷市的一名妇产科医生为了拯救婴儿的生命，与一位希望堕胎的孕妇商议后，将她产下的婴儿交给一对无法生育的夫妇领养，并为其伪造了出生证明。

　　自那以后，民法做了修改。在特别领养制度尚未得到法律承认期间出生且无人养育的孩子，想要得到被合法领养的机会，就只能接受国际领养了，而这一现象在当时也频繁出现。

　　国内领养是非法的，但将孩子送往美国是合法的。

　　日本社会曾有过这样的矛盾。

　　在此背景下，许多国际领养的中介如雨后春笋般应运而生。尽管如今他们都会优先在国内寻找养父母，不过法律在这方面的束缚也并不算多。一般认为在特别领养制度尚未完全普及的一九九〇年前后，国际领养的选择往往取决于想要送出孩子的家长或是他们所咨询的机构的意见。

　　就这样，雅树的孪生弟弟——桐谷基树也成了一名国际养子。

　　不过其他方面的疑问还有许多。

　　基树如今为何来到日本？他早就来了吗？为什么要抢劫杀人？他与被害人后田洋一郎是什么关系？还是说他与被害人没

有任何关系，只是进行了一起无差别犯罪？

或许养父母告诉过基树他是同卵双生子以及双胞胎兄弟就住在日本的事。如果以此作为前提，难道他是打算刻意陷害雅树？

话说回去，当时父母为什么要遗弃弟弟？二十三年前究竟发生了什么？他们在雅树被警方冤枉误捕的关键时刻，为什么还要坚持隐瞒孪生弟弟的存在？

雅树不禁回想起在老家看到的那本只用了一半的相册。

那是雅树婴儿时的相册。当时他就在想母亲怎么会在相册还没用完时就换下一册，现在看来确实有隐情。

那本相册里原本贴着雅树与基树两个人的照片，但出于某些原因，基树被送给了他如今的养父母。随着雅树的成长，父母必须消除旧相册中基树存在过的痕迹。于是母亲拿走了所有他们的合照，将相册重新整理成雅树一个人的成长记录。最终导致照片缺失，相册里多出了一些奇怪的空白页。

想到这里，雅树不禁浑身一颤。

搞不好那些本以为是自己婴儿及幼年时代的照片，实际上有一半左右是与他一模一样的另一个人的照片。

"您的房间在这儿。"

包间外传来店员的声音，雅树慌忙用手遮住下半边脸。

印着樱花图案的纸拉门被打开，奈美走了进来。看到雅树的样子，她眯起圆溜溜的双眼。她的嘴巴则被白色的口罩遮挡着。

"怎么，感冒了？"

"没有啦，起了痘痘。"

奈美说着，有些羞涩地摘下了口罩。雅树仔细一看，才发现她的鼻尖上冒了个小痘痘。"哎呀，快别看啦，怪不好意思的。"她别过脸去，但能看出只是掩饰。

奈美戴口罩并不是为了遮住痘痘，而是为了与雅树保持一致。她想要尽可能理解雅树的境遇，想努力与他共情，这是关心雅树的表现。

"不好意思，我迟到了。"

"没关系，我先点了杯啤酒。"

"看着也没喝多少，再点些别的？"

雅树这才意识到面前的啤酒只喝了一口。他苦笑道："刚才想了点事。"

"吃点好吃的，忘了那些让人难过的事吧！"奈美在平板上一道道点起店里推荐的菜品来。

仅仅一句"想了点事"，奈美就看出他内心不太好受。

两人在一起这么久，都已非常了解彼此。他们已经习惯了相互依偎着走过每一天。即使在雅树被关进拘留所，内心充满绝望时，这段时光也奇迹般仍在延续。

这样的时光——今后还能继续吗？

奈美一口气点了一堆菜品，于是在接下来的时间里，两人都在不断地清空着摆满餐桌的菜盘。品尝美食能令人暂时忘却烦恼，不得不说的确是真理。

然而，魔法的效果很快就消失了。

大约喝了一个小时后，奈美去了趟洗手间。尽管肚子很撑，大脑在酒精的作用下也开始微微迷糊，但雅树却觉得身体各处的缝隙都有寒风掠过。

雅树的表情不知不觉间变得阴沉。奈美从洗手间回来，看到他这副表情后诧异地眨了眨眼。

"不好意思……是我非要约你出来，以为这样能帮你转换心情……"

"哪里，怎么会呢，我今天很开心。在包间里不用在意别人的目光，这儿的饭菜也很美味。"

奈美没有回话，用不安的眼神注视着他。

她肯定早就发现了，雅树今天有些古怪。一旦停止闲聊，他的思绪就会飞向别处。

真是什么也瞒不过她。

然而——雅树还没做好心理准备说出孪生弟弟的事。

奈美相信他是无辜的，才会继续与他交往。尽管还未正式求婚，但两人都已做好了结婚的打算。

可一旦知道雅树的孪生弟弟是抢劫杀人犯，她还会包容自己吗？

到时她会说些什么？想必她依旧会为雅树辩护，表示无论血缘关系再亲近,雅树本人依旧是清白的。但她身边的亲人朋友又会怎么想呢?会不会劝她立刻分手,千万不要嫁给雅树呢?

雅树真的不愿让本应延续下去的美好时光就此停下——

"其实凶手的身份……我心里已经有数了。"

经过激烈的内心挣扎后,雅树只能吐露出一些碎片化的信息。

奈美惊讶地屏住了呼吸。

"你的意思是……"

"那起警方逮捕过我的案子,我大概知道凶手是谁了,不过还不清楚他确切的名字和位置。只有如此模糊的信息,我不知道该不该去报警。"

"不会吧……真凶……真的吗?"

奈美的眼睛一下子亮了。她的嘴巴不断张开又合上,想必有许多问题要问,但最终一句话也没说出来。她头脑灵活,总是会过度解读雅树的神色。

不知不觉,奈美的眼中盈满了泪水。几秒钟后,她坚定地说:

"一定要说!抓住了凶手,不就能证明你的清白了吗?这件事肯定该去告诉警察!"

"是这样啊。我知道你会这么说。"

"啊,但是……"她望着雅树的表情补充道,"当然了,你可能不太情愿吧。毕竟警察那样蛮横地怀疑过你，从早到晚严苛地审问，简直没把人权放在眼里。你不愿搭理他们也能理解……"

奈美的心思确实相当敏锐。

的确，他心里依旧十分沉重。正如奈美所言，受到警方蛮横无理的怀疑，被他们当成凶手，如今却要主动联系，内心是会有些抵触的。但更重要的原因是他非常清楚，就算自己打电话过去，对方也只会嗤之以鼻罢了。"其实我有个美国籍的孪生弟弟——"对方肯定会以为他疯了。

不过现在不是纠结这些的时候。尽管获得了保释，但雅树依旧是嫌疑人。根据目前的调查方针来看，他后续遭到起诉的可能性很低，然而万一被起诉，最坏的情况是被送上刑场。

紧要关头，不能再计较那么多了。警察再怎么不信，目前雅树手上都有除籍复印件这一有力证据，足以证明自己清白。

"谢谢你给了我勇气，奈美。"

雅树不禁笑了起来。奈美的表情也立刻和缓了。

"目前我还不能说得太清……对不起。"

"没关系啦。只要能证明你的清白，我就满足了。"

——即使凶手是他的孪生弟弟也没关系？

"回家后……我会给警察打电话的。"

"要现在打吗？我可以回避。"

"不了，晚点吧。反正搜查总部的那些刑警全天在岗。"

其实他还是有些犹豫。在直面令人不快的现实前，雅树还想与奈美度过一段开心的时光。

两人已经交往快五年了。

表明心意时是她主动的。

所以，雅树已经暗暗下定决心，一定要由自己开口向她求婚。

现在还不是时候。等事态平息下来，等到某一天，社会上的人都忘记了"桐谷雅树"这个名字的时候。

在那一天到来前，请一直陪在我身边吧。

雅树在内心殷切地祈祷着，将杯里剩下的柠檬鸡尾酒一饮而尽。

他站在宁静的住宅区中心。

沿着这条路往里再走一小段，就是公寓的入口了。那里非常昏暗，连路灯都难以照亮。

过去作为一个上班族在这儿过着平静的生活时，雅树喜欢这个宜居的地方。然而自从生活发生翻天覆地的变化后，住所附近的阴影似乎就成了压在心头的暗幕。

他瞥了一眼塞得满满的邮箱，走上台阶，两步并作一步地蹿上楼去。

进门后，他打开锁，打开灯，整个人终于松弛下来。令人宽慰的是，在与奈美分开后回家的路上，没有遭到媒体记者或敌视者的追逐。穿过与厨房一体的狭窄走廊，雅树走进卧室。

他坐在床上，握紧手机。

那就给警察打个电话吧。

不——或许应该先打给家里？

尽管已在脑中多次演练了回家后要做的事，但真要做时却犹豫不决。凡事都有次序，按理来说他应该先询问父母。毕竟没和他们打过任何招呼，就突然告诉警察自己有个孪生弟弟叫基树，未免有些太性急了。

雅树打开通话功能，寻找家里的联系方式。正打算点击那串号码，他的拇指却如同被一根透明的丝线拽住般僵硬起来。

——还是太过为难。

雅树与父母之间始终隔着一层只有他能看得到的透明障壁。伴随着他的成长，这层障壁越发厚重，这是心理上的距离。而打电话不利于双方敞开心扉沟通，这是物理上的距离。

还是得先洗清嫌疑，父母的事之后随时可以再聊。

雅树终于下定决心，从通话记录中找到了警察的号码。被保释后，他曾被叫去警察局做过一次讯问，当时刑事科就是用这个电话打来的。

这时，门铃突然响起。

突如其来的声音吓得雅树差点把手机掉地上。

他紧张地望向门口。

这么晚了，谁会来？

难道是刚刚把什么东西落在酒馆,奈美帮他送过来了?不,或许是附近某些人的恶作剧吧?又或者是媒体记者?还是——警察过来问话?

猜测着各种可能性,雅树走向门口。他开始后悔当初没有租个带摄像头的公寓。

他把眼睛凑到猫眼上,能看到一个男子模糊的身影,皮肤的颜色或许因日晒而偏暗,脸庞看不清楚,身穿灰色西装,个子不算高。

看他大大方方地站在门口的样子,似乎不像是在搞恶作剧。尽管如此,为了安全起见,雅树还是保持警惕,先把门链挂上,然后微微打开一条门缝。

"你好……"

雅树小心翼翼地向外望去,发现对方也正抬头从门缝里望着他。这个人身材矮小,看上去三十岁左右,长相中规中矩。不过雅树对他并没有印象。

像是要打消雅树的疑惑,对方首先开口:

"我是涩谷警察局的长野。关于你的案子,我有几个问题想要问问。在这儿说不太方便,能让我进去吗?"

傲慢的语气令人不悦。尽管这副态度确实很像刑警,但他没有掏出警察证或是名片,雅树有些疑虑。

有可能是伪装成警察来搞恶作剧。雅树提醒自己要提高警惕,他握紧门把手,以便随时关门。

"你想问什么?"

"都说了,在外边讲不太方便。"

"那我明天早上直接去警察局,可以吧?"

"这事儿有点急,要不也不会这么晚过来了。"

"那你倒是说说什么事啊。"

雅树刻意刁难般地说道,试图令对方知难而退。

然而对方不为所动,只是叹了口气,继而平静地说:

"或许你已经察觉到了……是你孪生弟弟的事。"

雅树顿时眼前一亮。

既然知道这个,那一定是刑警没错。

这下不用打电话了,没想到警方的进展比自己想象中的更快。

由于有人目击了与自己长相相似的男子,再加上父母态度古怪,自己在私下查找线索后才能发现真凶,但没想到警方竟也能同时查到这些。

这样一来,他就能彻底恢复自由之身了——

"好的,我这就开门。"

抑制住激动的心情,雅树先关上门,然后摘下门链。

当他再次推开房门,打算请那个自称长野的男子进屋时,身体突然被一股强大的力量拉向门外,他就这样握着门把手摔在了地上。

门口的水泥地上出现了两个黑色的身影。

直到趴在地上时,他才意识到腹部被人狠狠揍了一拳。

还没来得及扭动身躯,他的下巴又挨了一脚。

他的脑袋一阵天旋地转,意识也模糊起来,不知道昏迷了几秒还是几分钟。

尝到口中黏稠的血腥味时,雅树发现自己已仰面躺在狭窄的走廊上,那两名男子正用匕首指着他。

其中一个是先前自称长野的矮个子男人,身穿一件灰色衬衫。

另一个则戴着深蓝色兜帽,帽子拉得很低,脸上还戴着口罩,看不清长相。

"Freeze.(不许动。)"

头戴兜帽的男子低声威胁道。

"And don't say a word.(也不许出声。)"

他说着一口雅树难以模仿的流畅英语。伴随着威胁的话,手中的匕首也反射出寒光。

雅树感到一阵寒意,浑身的汗毛都竖立起来。听到对方的声音,看到握刀的手指和从兜帽深处望过来的那双有着双眼皮的眼睛——他一瞬间全都明白了。

两人目光交会,兜帽男的那双黑色眼睛先是睁大,随后迅速眯起。他面向长野,用飞快的语速说了一大串英文。由于夹杂不少俚语,雅树听不习惯,没太理解他说了些什么。

"他说'真令人惊讶啊,没想到真的有这么个人'。"

长野笑嘻嘻地翻译着兜帽男的话。

"没想到雅树比我还瘦,看来日本的食物的确很健康。"

等到长野说完,面前的男子用没握刀的那只手慢慢摘下口罩,接着又脱下了兜帽。

既非圆脸也非长脸,而是略尖的下巴。

细长挺拔的鼻梁,微斜的嘴角,明显的双眼皮。

与自己相差无几的身高与体格,熟悉的表情与动作——

简直像是在照镜子,却又有些区别。雅树顿时有一种毛骨悚然的感觉。

腹部遭受殴打后的疼痛,口中蔓延着的血腥味,加上被刀子指着的紧迫感,使得雅树突然一阵反胃。

对方似乎也相当震惊。

稍作沉默过后,那个与他长相一模一样的人扬起嘴角,露出一丝嘲弄般的笑容。

"我叫杰克·韦斯特。"

声音与雅树的完全相同,但说出的是流利到令人恐惧的英语。

"准确来说,是杰克·基树·韦斯特——被流放出日本这个国家的,你的双胞胎兄弟。"

第二章
凶手

二〇一五年，三月。
出现在面前的卫衣男子，
摧毁了雅树的一切自我认知。

※

一句用英文说的"该死"传来。

"这房间简直小得离谱,怎么比大学dorms还差劲?虽然我对那地方也不熟。"

在雅树身后,杰克边打量着这间一居室边咒骂着。

根据语境来看,dorms应该是"dormitory"的简称,也就是大学宿舍。雅树听说美国大学生基本都住宿舍,而杰克却说对那里不熟,难道他只读到高中?——雅树用冰冷的大脑思考着。

"日本的土地太少啦,这不是一目了然的事儿嘛。"依旧用匕首威胁着雅树的长野用轻快的语气回道,"这就是远东小国的现实。"

"但没想到居然这么小。"

每当听到杰克的声音,倒在门口的雅树都会感到一阵剧烈的头痛。那种不适就像是听到自己的录音时感受到的那样,但要严重好几倍。

雅树小心翼翼地坐起上半身,感受到刀尖离自己的脸不远。长野冷冷地俯视着他,却也没说什么。雅树便慢慢沿着墙壁坐直,回头望向房间深处。

杰克正在将衣柜门开开合合,雅树的目光被他的身形吸引。

再怎么看,都觉得对方与自己简直一模一样。

尽管刚刚杰克表示"雅树比我还瘦",可是看他穿着超大号卫衣和牛仔裤,感觉与自己在体形上几乎没有差别。至于外表上的区别,可能就是对方的头发略长一些而已。一旦他戴上针织帽或兜帽,就会成为雅树完美的分身。

"虽然窄了点,也只能应付一下了。我和文也在这边睡,那家伙就在那边——哦,不,就在走廊上睡。当然,得有人轮流看着他。"

"你……你什么意思?"

不经意间,一句日语脱口而出。读研那会儿,雅树主要用英语听课并撰写论文,因此他对阅读、写作、听力甚至口语都颇有自信。然而对于突然闯入家中的两名男子——不知是否应该把他们归为一类——他却并不能用英语与他们娴熟地交流。

后背上冷不防传来一阵力道,直到像只青蛙那样趴在地上,雅树才意识到是长野连鞋都没脱就直接踹了他一脚。

"警告过你不要说话了!还是说你听不懂英文?"

"听,听得懂——"

"那就老实照做。告诉你,老子可是退役美军,随便反抗的话,知道会有什么后果吧?"

虽然声音不大,但语气足够粗暴,雅树被喝骂一通,只得趴在地上举起双手,示意自己无意反抗。或许是理解了他的意思,长野嘲弄般地从鼻孔里"哼"了一声。

盯着近在眼前的地面,雅树用僵硬的大脑拼命思考。有没有办法脱困？有人目击他们闯进自己家了吗？警察呢？自从被释放后，刑警似乎就不再监视这里了。附近居民呢？公寓外侧的楼梯与道路相隔甚远，而且附近道路上的行人本就很少，也不能抱太大期望。

方才被他们打倒在地的声音应该传到楼下了，但雅树记得回家时楼下房间窗内的灯光并没亮起。就算楼下的住户在家，也是陌生得不能再陌生的人，估计只会以为是楼上的年轻人带朋友回家玩闹罢了。这间廉价公寓的隔音比预想中要好，如今却反倒害了他。

即便如此，如果大声叫喊，声音应该还是能传到外面的。

但是与此同时，雅树就会一命呜呼。

两名入侵者手上挥舞的匕首可不只是用来吓唬人的，这点雅树再清楚不过。毕竟他们已经杀过一个人了。

"你们……就是那起抢劫杀人案的凶手？"

雅树忍着疼痛低声问道。他紧绷着腹肌，做好了再次挨揍的准备，但或许是觉得只要声音不传出去就没关系，对方并没有向他踢出第二脚。

长野的笑声从头顶传来。

"可别把我跟他混为一谈，我只是个翻译。在涩谷抢劫杀人的是你弟弟——杰克，你在监控摄像头里看到过吧？"

雅树脑中回想起讯问室里刑警向自己展示的那段异样的录像。

说起来，大卖场与受害者家门口的监控所拍到的，就只有那个和雅树一模一样的男子。杰克是单独行凶——尽管无法确定真伪，但至少这个三十多岁的自称翻译的男子是这样说的。

"喂，他说什么？"

杰克向长野问道。雅树隐约察觉到，杰克似乎完全不懂日语。

那是一个无法用言语同自己沟通的孪生弟弟。

光是这个事实就足够令人震惊了。

长野从雅树身上跨过去走进里屋，两人用他听不清的语速快速地低声交谈。一丝希望在脑海中闪烁——这或许是个逃跑的好机会。然而在他试图抬起上半身时，感到全身的肌肉犹如岩石般僵硬，连一根手指也动弹不得，只能维持着可悲的姿态。

"好奇我们的关系，对吧？我可以给你解释。"

或许是由于杰克的催促，长野再次走了过来。雅树感到他好像坐在了离自己不远的地方，右耳后面传来一阵刺痛。

"我叫文也·长野。是杰克的发小，也是他的搭档。虽然年纪差几岁，但我们有差不多的经历。不过我是在日裔美国人家里长大的，所以没有英文名。"

经历相似……难道他也是国际养子？相比杰克流利的母语发音，长野的语调听上去略有些口癖，或许是因为他们的养父母存在种族差异吧。

等等——雅树一瞬间停止了思考。

——为什么他肯把全名告诉我?

抢劫杀人案可能确实是杰克独自犯下的,但从雅树遭到袭击、他们闯入他的住处的那一刻起,他们两个就都成了罪犯。也就是说……

他们没打算留活口?

雅树不禁浑身战栗,屋内明明不冷,但他的牙齿却咯咯作响。

"喂,起来,抱膝坐[1]好。"

就在雅树险些昏厥时,长野又在他腹部狠狠踢了一脚。

雅树顿时面部扭曲,疼得喘不过气来,连忙像个没有自我意识的机器人一样遵从了指令。

长野用眼神示意,杰克从背上黑色的双肩包里取出一根绳索。长野接过绳索,熟练地缠绕在雅树的脚踝上,用的是一种雅树从未见过的绑法。他确实曾是美军士兵。

"真没劲。好歹也是我哥,倒是有点骨气啊。"

"要是换成你,能一个人干过俩?"

"哈哈,那可不行。干不过在军队里混过的。"

杰克用匕首指着雅树,长野则熟练地把他的手脚绑好。两人用英语交谈着,脸上挂着胜利的微笑。

---

[1] 日语原文为"体育座り",一种坐在地上将膝盖弯曲并用双手搂住的姿势,日本学龄前儿童和义务教育阶段的学生在体育课上经常使用,故得名。

而雅树只能昏昏沉沉地听着他们对话。

"运气还真不错，计划差点就泡汤了。""不过谁能想到会在这个节骨眼儿上被发现呢，要是他一出市政厅就去警察局，那就真完蛋了。""他去酒馆那会儿，我还以为是叫了警察，没想到只是和女朋友约会。他回家没多久咱们就进来了，应该还没报警？""不过为防万一，还是检查下手机吧。"

绑好雅树的手脚后，长野拿起床上的手机，继而粗暴地抓住雅树的右手给手机解了锁。确认通话记录后，两人轻轻碰了碰左拳以示庆贺。

——原来被他们跟踪了。

过去几天里，他们一直监视着自己——不，或许从他获释那天起就开始了。雅树低头望着脚踝上的绳子，不禁悔得咬牙切齿——早知道就尽快报警了。然而无论再后悔，如今也为时已晚。

"唉，一完成任务，肚子就咕咕叫了呢。"

杰克伸了个懒腰，旁若无人般地坐在床上。他穿着鞋子盘腿坐着，悠然自得地从双肩包里掏出一个便利店的袋子。

"文也，你要吃吗？"

"我还不饿。"

长野一边脱鞋一边答道。看到他那双脏兮兮的黑色运动鞋，雅树后悔在他假扮警察时没仔细看看他的脚下。要是在摘下门链前能注意到，或许就会怀疑他的身份了。

在美国是不是也有在家需要脱鞋和不用脱鞋的家庭呢？长野的养父母是日裔美国人，所以他才会在屋里脱鞋？就在雅树胡乱想时，长野从双肩包里掏出了T恤衫和长裤。看来并不是因为文化差异，而是他只想尽快脱掉那身紧巴巴的西装罢了。

"哇，这个真好吃。以后再去买些吧。虽然不愿承认，但从血统上来看，可能还是这边的食物更适合我。"

坐在床上的杰克一边漫不经心地自言自语，一边品尝着玉米蛋黄酱面包。换上T恤的长野一边秀着他锻炼得结实的胸肌与肱二头肌，一边苦笑道："自从来到日本，这话你说过多少遍了。"

从他们身上完全感受不到焦虑与紧迫。

雅树更加惴惴不安。

连睡觉的位置都定好了，说明他们打算留在这里。他们也提过要让雅树睡走廊，所以自己应该不会立刻遇害。但迟早也会……

"为什么……要在涩谷犯罪？"

知道可能会招致他们的愤怒，但雅树无法不开口去问。长野将雅树的问题翻译给了杰克。

杰克笑了，在床上俯视着雅树，慢慢说道：

"因为我想见你啊，雅树。"

望着那双与自己别无二致的眼睛，雅树一时间说不出话来。

以为是自己听错了，他用笨拙的英语将问题重复了一遍。

杰克面带不悦地皱起眉头，道："我不是回答过了吗？"

长野用不耐烦又夹杂着一丝愉悦的表情，低头望着倒在昏暗走廊中的雅树。

"杰克刚才不是说了吗，他之所以杀了那个老头，是为了把他的孪生兄弟，也就是你给引出来。"

"把我……引出来？"

"想不明白？亏你还是什么名校毕业的研究生。"

长野一脸讽刺，眼睛眯得像一条细线。

但雅树还是百思不得其解。为了见到孪生兄弟，杰克必须刺死那个六十多岁的名叫后田洋一郎的老头？

长野再次开口说道：

"在美国，对待养子是非常开放的。养父母可以毫不介意地将领养孩子的事告诉亲朋好友，甚至被领养的孩子自己也觉得这种情况十分正常。所以，杰克和我理所当然地从养父母口中了解到自己的成长经历。有些孩子甚至还会收到亲生父母寄来的信件和照片。而杰克所得知的，则是'自己是一个日本人，而且是identical twins——同卵双生子中的一个'。"

听到并不流利的英文，杰克一边咀嚼面包一边点了点头。不过他似乎猜到了长野说的内容，因此表情有些扭曲，流露出一丝不悦。

长野静静地告诉雅树，杰克很羡慕那个生活在日本的孪生哥哥。

"留在国内的他是被怎样的父母养育的？身边是什么样的人？从事什么工作？每天过着怎样的生活？杰克只是想了解这一切，才会不远万里来到这个远东岛国。然而为了保护个人信息，养父母并没透露过他的亲生父母究竟是谁。"

不祥的预感涌上心头。杰克那句异常柔和的"因为我想见你啊"依旧残留在雅树耳畔，不断干扰着他的听觉。

"为数不多的线索是，他出生时的名字叫'Tomoki'，且孪生哥哥与自己有完全相同的DNA。在这种情况下，要怎样才能找到心心念念的哥哥呢？他并不打算用在社交媒体上公布照片求助这种愚蠢的办法。依赖他人的善意，这种事情既不可靠又令人作呕。"

"所以就在日本犯下一起大案……故意在案发现场留下DNA，再让监控摄像头拍到自己……好让警察去抓我？"

"完全正确。"

"这样只要看到新闻，就能知道嫌疑人的名字和逮捕他的警察局了？"

"一点也没错。"长野带着无邪的笑容答道，"其实对杰克来说在哪儿作案都无所谓，但他选择了涩谷的豪宅，因为这样一来，他就能获得在日本活动所需的资金。按照我们的计划，你会被警方逮捕，而他也能从那个老头手里得到一大笔钱，算是一箭双雕了。"

"对吧，杰克？"长野扭过头，又开始与他的搭档飞速交谈，

"日本富人的危机意识太差了，简直令人震惊。"

"可不是嘛，要是换成美国，警察早就冲过来把咱们毙了。"

"就只为了这个？"

目瞪口呆的雅树忍不住提高了声音。看到长野握起拳头，他赶忙转回小声说道：

"你与受害者后田素不相识，只是为了在日本找到我……顺便再弄点钱，就把那个人给杀了？"

"差不多吧，基本是这样。"

长野嘴角微微上扬，略带含蓄地说道：

"杰克的成长环境不太好，比一般的孩子要稍微调皮些。老实说，我也没想到他'找到孪生哥哥'的方法居然是这样的。"

长野再次望向杰克。从表情上看出他的解释已经完毕，杰克点头表示认同。

简直令人难以置信。自己的孪生弟弟仅仅为了无足轻重的目的，就夺走了一个陌生老人的性命。而且犯下这样的罪行后，依然能与搭档愉快地对视，流露出宛如少年般的微笑。

太可怕了。

出于恐惧，雅树把视线从杰克脸上移开。

他从生理上无法接受。一个长相与自己别无二致的人，却是天生的罪犯。

强忍着突如其来的恶心感，雅树用眼睛瞪着长野。

"你们知道这样做会有什么后果吗？日本的警察可不傻，他们很快就要来抓你们了！"

"谁知道呢！"长野歪了歪头，脸上挂着从容不迫的表情，"案子都过去一个多月了，警察们还不是根本不知道有基树这号人？"

"至少我爸妈知道我是双胞胎！出生的时候或许有亲戚和熟人也知道，警察马上就会查清——"

"傻不傻呀你？"长野放声大笑。

虽然不太清楚谈话的内容，但坐在床上正狼吞虎咽地吃面包的杰克也跟着笑了起来。

"你爸妈和亲戚朋友要是刚看到新闻那会儿就能想到凶手是你的孪生弟弟，还不早就报警去了？"

这句反问戳中了雅树的痛处，他顿时有些窒息。

长野说得对。为什么包括父母在内的所有人，在雅树被羁押过程中都没有向警方提供过证词，表示真正的嫌疑人很可能是雅树以外的人？

"我来猜一猜吧。除了你爸妈，压根儿就没人知道你是双胞胎。或者说即使有，可能也并不知道你弟弟被送到美国当养子了。因此，他们自然而然地以为被逮捕的人就是你，完全听信了新闻里的说法。"长野淡淡地说着。

残酷的话语刺激着他，雅树从原本乱作一团的思绪中整理出一种他不愿去想的可能性。

"打从一开始，你们的父母就打算抛弃你们中的一个。我想他们的人际关系肯定相当差劲吧，所以才没同任何人商量，在这个问题上纠结了很久。最后，他们终于承受不住压力而抛弃了杰克。一定是这样的。"

"不……不许你侮辱我父母！他们受人爱戴，辅导班的风评也一直很好——"

"我说的不是现在，而是当时。而且像你说的那样，要是他们现在的地位很高，就更是如此了。生下双胞胎却抛弃其中一个，把他赶去海外，这种不光彩的事情无论如何也要隐瞒住，不是吗？所以，他们才没把杰克的事告诉警察。他们的所作所为都是为了自保，证据就是杰克如今没有被任何人追捕，安然无恙地待在这里。"

长野的话确实有理有据，以至于根本找不到可以反驳的地方。

要是父母向警方提供与杰克相关的证词，雅树早就能获释了。回家那会儿看他们那副局促的态度，明显打算继续在雅树面前隐瞒这件事。

为了自己的体面，他们打算把这个秘密带进坟墓？真的打算抛弃养育了二十多年的"独生子"吗？

雅树实在不愿相信父母是这样的人，但现实已经明确告诉自己，在先前发生的事情中，父母并没有采取任何行动来解救陷入困境的儿子。

具体原因他并不清楚，但至少在这一连串事件中，父母并没有站在雅树这边。

"这种时候就少装受害者了。"

已经把塑料袋中的食物一扫而空的杰克的脸色比刚才要难看。他有些不耐烦地甩出这句话,继而懒散地将两条腿甩下床。

"真正的受害者在这儿呢。知道我是怎么被抛弃的吗?你父母对你提过多少?"

"Your parents(你父母)"——说到这个词时,杰克把双手举到脸的高度,再将食指和中指有节奏地弯曲了两次。这是英语里表达引号的手势,相当于日语中的括号。

"呃,I guess……"

雅树本想用英语回答,但一时又说不出什么。杰克似乎有些恼火,催促道:"说日语也行,文也会翻译给我。"于是,雅树费力地答道:

"老实说,我想不出是为什么。他们从我三岁起就开辅导班,身为讲师,他们深受学生和家长的信任。在此之前,他们应该住在县内更远些的地方……可是,在那里,他们也不至于……"

"看来他心里完全没数。他爸妈什么都没说过。"

长野大致传达了雅树话语的大意。杰克依然背着双手,耸了耸肩,嘲笑般地对雅树说:"看来你过得相当幸福嘛。"接着从他口中蹦出一个词语。

没听清最后那个词,雅树不由得身体前倾,问了一句"什么"，弯过膝盖时，绳子紧紧勒住了脚踝。

"是'虐待'。"

长野简短地传达。

雅树终于理解了那个没听清的英文。

Child abuse——儿童虐待。刚刚杰克提到的就是这个词。

"不可能……他们不可能会做那种事！"

"很遗憾，这是真的。基树，也就是杰克出生后不久，你母亲就患上了产后抑郁，总是对他拳打脚踢。真可怜啊！双胞胎之间有什么区别？无非是因为杰克更爱哭，或者更想要东西吧。因为这种小事就偏爱另一个孩子，真是太残忍了。"

"不可能……"雅树回忆起那天半夜在日式间里，母亲苍白的面孔。

"当地政府发现这件事后，以强硬手段带走了基树并保护起来。他先是被送进福利院，一段时间后得到了一对美国夫妇的领养。你父母似乎并未提出反对。不过也是，为了消除'污点'，杰克自然走得越远越好。这对他们来说也更方便。"

"你们这些罪犯说出来的话，我一个字也不信！"

"信不信由你咯。我只告诉你一点，这些消息是从当时负责处理杰克相关事宜的美国领养机构那里得知的。"

信息来源可靠——他是想表达这个意思吗？

雅树在心里拼命说服自己不要相信长野，然而他想不到除了虐待以外的其他可能性。毕竟在自己懂事前，父母就抛弃了与他一胎所生的弟弟，这个事实不容争辩。

——明明父母都是那样慈祥的人。

"文也和我是一样的。"

杰克望着沮丧的雅树心满意足地说道：

"我们都是自幼被人从日本送到美国，成了国际养子。正因如此，尽管我跟文也差几岁，我们还是意气相投地成为伙伴，并一同制订了计划。"

"你们打算把我怎么样？"

雅树终于问出这个不愿直面的问题。是想向父母索要赎金，还是想伪造认罪遗书后杀死雅树再伪装成自杀？然而两人还没有开始打电话或进行准备的意思。

小小的一居室里，气氛突然沉默到令人不安。

"我们在日本还有些事情要做。"

或许是为了让杰克也听清，长野用略带口音的英语缓缓说出这句话。

"除了抢劫杀人外，你们还有其他计划？"

"涩谷那起案子只是前期准备。"

"犯下那种罪行，居然只是前期准备……"

"接下来，我们打算实施一项'Great plan'。"

杰克接过了长野的话头。

"文也和我，打算在这个抛弃了我们的国家里搅个天翻地覆。"

"没错。日本太和平，这里的人们被惯得像傻子一样，在这儿犯罪真是太方便了，再来一次也毫无压力啊。"

两人对视一眼，兴致勃勃地点了点头。不清楚他们打算干什么坏事，但从眼神中能看出，他们心里没有丝毫的道德伦理观。

Great plan——宏伟计划，应该是这个意思吧。

看样子他们打算在日本再次犯罪。而在涩谷高级住宅区杀害后田洋一郎并夺取大量现金，很可能就是为了这一计划而准备的。

也就是说，从现在起，他们的计划才刚刚步入正轨。

雅树默默祈祷有人能发现他们的行径。现在警方依旧在以受害者的人际关系为核心进行调查，并以此为据罗列嫌疑人，但他们大错特错。杰克与长野之所以会盯上后田，只是因为他的宅邸安保措施薄弱。从三岁起就在美国生活的杰克，与后田根本无冤无仇。

然而雅树的愿望并不能传达给远在调查总部的刑警。

而刑警也不会来这里救他。

"雅树，为了这个'宏伟计划'，我们有很多事情要你来做。"

仿佛在宣判死刑一样，杰克在他面前说道。

杰克和长野试图犯下一起重案，而此刻他们打算让雅树做帮凶。

从某种意义上来说，这可能是最糟糕的状况。雅树心跳加速，浑身燥热。

"反正你们最后肯定要杀了我，要让我去帮你们抢劫或杀人……我宁可现在就咬舌自尽！"

"放心，我们不想杀你，也没打算让你参与行动。"

长野的话令人意外。雅树用怀疑的眼神盯着他，对方有些自嘲地扭过头去，说道："也是，毕竟罪犯的话不可信嘛。"

"不过就算是在涩谷那起案子里，为了让你不被定罪，杰克也是花了一番心思的。他特地选了个较早的时间，这样你能更容易找到不在场证明。不然在夜深人静的时候，等后田熟睡后在床上袭击他不更合适吗？"

"少卖人情了！要是我没有不在场证明，你们又打算怎么办？"

"唉，真是吵死了。"

听不懂日语的杰克不耐烦地打断了雅树的话，伸出一根手指放到他面前。

"只要一个月。"

"什么？"

"只要在一个月之内，你老老实实地帮我们的忙，到时候我就会光明正大地出现在警察面前。你的罪名会洗清，也能回到工作岗位上去，回到那栋大厦——那家优秀的公司里去。"

钓饵嘲讽般地垂在雅树面前。

他不会盲目相信罪犯的话，然而对方的说辞确实存在一定的合理性。他们刻意透露身份，或许就是为了在之后向警方自首。从一开始他们就没打算杀害雅树。

雅树的眼前浮现出几十分钟前在月台上分别的奈美的笑容。

只需要忍一个月，只要在这段时间里听从他们的命令，就能活着获释，今后也还能继续见到奈美。要是对方毁约，强迫自己做违法行为，也可以强硬拒绝。比起协助犯罪，雅树宁可被一刀刺死。

此刻应该顺从——雅树向自己强调着。不过他心里依然有些犹豫——这样做真的合适吗？这些人对谋杀毫不在意，他们让自己做的事很可能表面上看起来合法，实际上却是犯罪的一部分。一旦跌入犯罪泥潭，今后还有脸去见奈美吗？她还能原谅自己吗？

"你似乎很犹豫，但是你没得选。看看这个。"

听到长野的声音，雅树回过神来，抬起脑袋。

不知何时，一部手机出现在雅树面前。屏幕上是一张照片，雅树瞬间停止了呼吸。

"奈美……"

中长的黑发，小动物般的眼神。那是她在离开研究室走出大学门口时被人用手机偷拍的照片。

雅树这才明白，为什么酷似自己的男子不仅去了他的老家和公司，还特地去了大学。

原来杰克已经仔细调查了雅树的人际关系。从计划胁迫雅树那一刻起,他就开始四处打探,摸清了他的软肋。也正因如此,他才会甘冒风险,出现在雅树的熟人众多的地方。

雅树仅用几秒钟就做出了决定。

他默默低下头去。或许是把这当成了屈服的信号,长野满意地说道:"这就对了。"

如今已别无他法。

为了不使奈美受到伤害,就先装作顺从他们的样子吧。相信杰克一个月后会向警方自首的说辞,在合法范围里遵从他们的命令,当然,也要继续寻找逃脱机会。如果能抓住他们的破绽报警,或是能直接溜去派出所,重获自由就不需要一个月这么久。

不过话说回来,他们所提到的那个"宏伟计划"究竟是什么?他们从美国专程来到日本,打算在这里做些什么?是诈骗、贩毒,还是恐怖袭击——

"你就躺在这儿吧。想上厕所就吱一声,我可不想把这么小的地方搞得脏兮兮的。"

长野调侃般地说道,又在雅树的肩头狠狠踹了一脚。

雅树猛地摔倒,头重重地磕在地板上。

两人静谧而空洞的笑声,在雅树日常生活的空间里传开。

身下的地板是那样冰冷。

雅树感受着脸颊上传来的冰冷,他的面前是深深的绝望。

※

然而无论在怎样的日子里，早晨都会到来。

与被捕次日在警察局的拘留室里迎来的清晨相比，如今的清晨并不美好。

拘留室里至少还有被褥和枕头，但这儿却什么都没有。平时使用的床铺与衣柜里备用的寝具都被杰克与长野霸占了。手脚被缚，以别扭的姿势躺在窄小走廊的地板上，恐怕不会有人能在这种状况下睡个好觉。

整晚雅树都在紧张地听着他们的呼吸声，偶尔还能听到用英语交谈的低语声，他的神经时刻处于高度紧张状态。似乎是担心雅树会逃跑或反抗，两人整夜都在轮流看守。

直到阳光从窗帘的缝隙里透进来，他才勉强入睡。然而没过多久，睡眠就被腹部传来的一阵力道打断。剧痛过后，他才明白是有人在他肚子上狠狠踢了一脚。

"喂，懒觉打算睡到什么时候？"

雅树在剧痛中蠕动了好一阵子。身上的关节本就无比僵硬，现在更是几乎能听见骨头嘎吱作响的声音。昨晚遭受过暴力的下巴与肩膀也疼痛不已。

他费力地收回被缚的双脚，努力坐起身来。一大早就对人施暴的长野似乎心情不错，他坐回床上望着雅树。

"你的护照在哪儿？"

"护照?"

"首先要没收你的身份证明。驾照、保险卡,还有工卡我都已经拿了。"

雅树定睛一看,长野右手上的确有个黑色折叠式钱包。那泛着光泽的皮革质感,雅树再熟悉不过,这是父母为了祝贺他入职送他的礼物。雅树已经用了两年,平日里一直对它细心保养。

连工卡都拿了,说明他们已经搜过了公文包。接下来只要再拿到护照,附带照片的身份证明就全部归他们所有了。

为什么他们想要雅树的身份证明?为了完成那个"宏伟计划",需要什么必须通过身份验证才能得到的东西吗?

"我的护照……已经过期了。"

"无所谓。为防万一,你还是得交出来。"

"你们要用它做什么?"

"谁知道呢。"

"要拿它去做坏事?我说了,不会帮你们做违法犯罪的事。"

"你小子又想挨揍?"

长野露出了獠牙,雅树向后畏缩。躺在床上的杰克询问搭档:"他说什么?"

长野粗略翻译后,杰克坐起身来,以一种劝告的口吻对雅树说:

"把身份证明交给别人算什么违法犯罪呢?嗯?难道日本的

法律不允许这么做？"

"...No,but..."

"那就别多疑啦。护照在哪儿？"

那种不容分说的语气以及对镜自视般别扭的感觉令雅树难以忍受，于是他默默指了指床底。像护照这样不太常用却又重要的证件，雅树都整理在一个扁平的透明盒子里，平日保存在床底下。

"原来是在这儿啊。"长野略显失望地拽出透明盒子。

过期了的藏青色护照就这样被他们强制性没收了，一同存放在盒子里的养老金手册和保险卡也被取了出来。虽然不清楚长野对日语的读写是否精通，但雅树不禁怀疑他们是否真的能理解那些文件的用途。

"手机也给我。"

杰克拿起放在床上的雅树的手机，放在地板上滑了过来。接着他拿起枕边的匕首跳下床，走到雅树身边。

"给你父母、公司里的上司，还有佐仓奈美发消息，说你一段时间内不能和他们见面了，不要说明确期限。至于理由无所谓，但不能引人怀疑，要确保每人收到的都是相同的内容。要是敢求助，就当场送你下地狱，听懂了吗？"

从气氛上来看，对方应该不会容许自己多嘴。先前挨了长野几脚也就罢了，这种情况下搞不好挨的就是刀子。雅树意识到从现在起，他已经彻底成了对方随意操纵的玩偶。

对方似乎无意解开他的双手，雅树终于明白为什么他们要把自己的手绑在身体前面了。他勉强用右手抓住手机，想要触屏解锁，但把指肚放在Home键上却无法解锁。无论输入密码还是识别指纹，屏锁都没有解开。

雅树指着屏幕摇了摇头。"唉！"长野一脸不耐烦地过来，用自己的大拇指触了触屏。看来他们昨晚在查看通话记录时还更改了手机密码和指纹信息。

在他们的监视下，雅树开始操作手机。

他按照指示，先用通信APP给奈美发信息，接着用手机邮箱给母亲发送了几乎相同的内容。"我精神状态不太好，最近谁也不想见。过一阵子应该就会好了，不用担心。"——在发送前，雅树偷偷看了眼长野的表情，对方没让他修改什么。

"公司方面我还在停职，未来几个月内基本没有复职可能，应该不用特地联络。"

听到这句话后，长野用英文与杰克快速交流了几句，随后扔下一句"行吧"，使粗暴地夺走了手机。原以为已经结束了，但长野点了一下屏幕，又把手机塞到雅树面前，说："这是你妈妈的邮箱地址，对吧？"屏幕上显示的是"桐谷明子"在通讯录中的信息。

"是……怎么了？"

"不准问问题。"

对方果断拒绝了回答雅树的问题，继而用目光向杰克示意。

杰克接过手机，在靠墙的黑色双肩包里翻找起来。T恤、内衣、鼓胀的信封、笔记本电脑……乱糟糟地翻出一大堆物品后，他拿出一张黄色的笔记纸。

杰克用同样从双肩包里翻出的一根黄色铅笔，在那张皱巴巴的纸上抄下了屏幕上显示的信息。

为什么特地把母亲的邮箱地址手抄下来？

疑问刚从脑海中冒出便立即消失了。杰克突然从棕色信封里掏出一捆用橡皮筋粗略绑住的钞票，顿时吸引了雅树的目光。

"那些钱是哪来的？"

或许是因为雅树第一次流畅地用英语问出了问题，杰克露出了惊讶的表情。他注意到雅树的目光落在信封上，于是得意地笑了笑，说道："你看见啦。"

"这是为了完成计划所需要的最低限度的'资金'，今后方方面面都要用到。"

"那是……你们在涩谷……抢来的……"

"呵呵，如果我说不是呢？"

杰克用轻松的口吻调侃道。

那不可能。他们刚从美国来到日本不久，手里怎么可能会有那么一大笔日元，而且那些钱是现金，却不是新钞。

雅树震惊了——他们居然敢如此明目张胆地把这些明显像是从后田洋一郎家里抢来的两千万日元带在身上。信封里的钱看上去只有大约两百万日元，剩下的可能也被分成小份，就装

107

在那个双肩包里。

从昨晚起,雅树就一直惴惴不安。

他们打算将这么大一笔钱用在哪里?杰克和长野口中的"宏伟计划"到底是什么?

"肚子饿了,我出去买点吃的。以这副长相,出门应该没什么危险。"

"你最好穿他的衣服,这样能安全些。"

"好主意。"

杰克得意地竖起右手大拇指,继而打开衣橱,脱下藏青色的卫衣甩到一边,穿上了雅树昨天穿过的黑色西装领大衣。

倒在地上的雅树眼睁睁地看着孪生弟弟摇身一变,一下子就不再像个美国人。他把雅树的钱包揣进口袋,悠然自得地出了门。

雅树茫然地听着房门关闭的声音从那边传来。

与长野独处后,安心与不安同时涌上心头。

安心的是,对方是个纯粹的陌生人,即使出现在他的视野内,也不会引起本能的恐惧;不安的是,在这一晚的接触中,雅树发现长野明显更加易怒,也更喜欢对人施暴。

"喂!"

坐在被褥上的长野招呼道。他似乎有些不悦,雅树下意识地挺直了背脊。

"给你一个忠告。我们三人共处的这段时间里,这个规矩很重要。"

"规矩？"

"不准再提那起抢劫杀人案。虽然看上去不怎么在乎，但杰克也在受着良心的谴责。这一点你要清楚。"

雅树心里愤懑不已。哪怕不提涩谷那起案件，就目前所做的入侵民宅、伤害、监禁、胁迫等一系列犯罪行为，他们还有资格谈良心？

"喂，回话！要是再提涩谷那件事，我就宰了你，听到了没？"

"听到了。"

雅树别无选择，只能应允。

长野靠在墙上，默默摆弄起手机，但不是雅树被抢走的那部。如果是从美国带来的，可能无法使用网络，但或许他早就注意到了贴在路由器上的Wi-Fi密码。密码一直是默认设置，没有改过。

与长野的对话就此结束了。没过十分钟，杰克提着一个白色塑料袋回来了。雅树没想到他能如此准确地找到离这儿最近的便利店，但仔细一想，他们在计划侵入并驻留在这儿时，应该提前对附近进行过调查。

"对了——"

杰克刚打算迈过雅树的腿走进屋内，又突然停下脚步，把手伸进塑料袋里。望着放到面前地板上的瓶装水和红豆面包，雅树瞪大了双眼。

"喏。"

"给我的?"

"怕你饿死。手腕绑着也能吃吧?不知道是什么,反正是最便宜的。"

杰克从雅树身边穿过,将速溶味噌汤与饭团递给长野。长野皱了皱眉:"给一丁点,不至于饿死就行了。""是吗?那中午就不给了吧。"杰克坦率地回道,继而在床上坐下了。

听到两人的对话,雅树赶忙拿起水瓶。虽然几乎没有食欲,但下一餐还不知道什么时候能吃上,能吃就尽量吃点吧。他费力地用被束缚的双手拧开瓶盖,撕开面包包装袋,将干巴巴又甜腻的食物勉强用水送下了肚。

杰克给自己买的是炸猪排三明治。他似乎是第一次吃,每咬一口都发出感叹——"这是什么?""炸出来的?""哇哦!"——像是从没见过似的望着手中的三明治。至于长野,则是像一般日本人那样用餐,看来他与杰克的区别确实主要在于是否在日裔家庭中长大。

大约五分钟后,两人吃完了饭。或许是闲着无聊,杰克打开了电视。新闻里正在报道两天前刚刚开通的长野[1]到金泽之间的北陆新干线。听不懂日语的杰克一脸无趣地扭过身来。

"雅树,现在交给你一项重要任务。"

---

[1] 此处的"长野"指日本地名长野县,而非人名"长野"。

突然被叫到名字，雅树警惕起来。杰克回过头来，嘴角浮现出可疑的笑容。

"教我学日语吧。"

"啊？"

"我想让你教我学日语。身为研究生，你做我的老师应该游刃有余吧？"

面对出乎意料的委托，雅树愣住了。

这个命令确实不算违法。身为日本人的自己教在美国长大的孪生弟弟学习母语，仅此而已。可是——

"……难道你又想拿我顶罪？"雅树用日语质问。

靠在墙边的长野抬起头来。

"为了实施计划，那个跟我长得一模一样的家伙必须学会日语是吗？你们又在打什么算盘？诈骗？谍报？我被监禁在这里，无论如何都不可能有不在场证明，这次肯定会被冤枉死的！"

"喂，杰克，雅树怀疑你呢。他担心你会假扮成哥哥再去干些别的事。"

杰克似乎觉得十分有趣，扑哧一声笑了出来。

"哈哈，我不会做那种事的。我只是……想要学好日语而已。只能算是种自然而然的冲动吧，毕竟我体内流的是纯粹的日本人的血。"

这个解释过于可疑，雅树再次扭头望向长野。

"就算是这样……为什么要我教？既然你擅长日语，你来教他不就行了？"

"啊？"长野用尖锐的目光瞪着雅树，"我倒要问你，凭什么我要做这种麻烦事？我可不是你这种文化人，没受过什么正经教育。"

"可是……既然你们有计划……"

"少废话，杰克怎么说你就怎么做。我忙得很。"

说罢，长野将扔在地板上的笔记本电脑拽到面前。他似乎不想理会两人，只是表示"我不干涉，你们俩自己沟通吧"。

"然后呢，怎么办？要接受这个任务吗？"

与态度强硬的长野不同，杰克的询问显得那样天真无邪。

雅树轻轻叹了口气，反正也没有选择的余地——心里这样想着，他开口说道：

"好吧。我们从哪开始？"

杰克娴熟地吹了声口哨。

※

就这样，一周过去了。

尽管用"舒适"二字形容或许不太贴切，但与第一天晚上陌生人闯入家门，他遭遇暴力袭击，手脚被缚倒在走廊上时的那种绝望感相比，至少现在的时光是平静的。

两名入侵者除了出门购买食物外从不离开雅树的住所。由于深夜总是有人醒着把风，因此他也没有逃脱的机会。

不过从第三天起待遇有所改善。首先，他们厌烦了带人上厕所，雅树趁机要求对方解开了自己脚上的绳子。接着他又抱怨浑身硌得生疼，于是对方从衣柜里掏出几件衣服铺在了地板上。现在尽管双手依旧不能脱缚，一只脚的脚踝还被绳子拴在床腿上——长度够雅树走到走廊中间的厕所，但去类似于门口这样的地方求助就远远不够了——至少肉体上的折磨减少了一半，也算是不幸中的万幸吧。

答应这些要求的人总是杰克。而且只有轮到他出门后，雅树才能得到食物和水。此外，他似乎总是会特地多买一些，有意给雅树准备两餐的分量。例如，一次买回三个面包和三个饭团。"没必要惯着他。"长野对他的做法嗤之以鼻。杰克则会打趣般地回道："人家现在可是我的日语老师，总不能饿坏了嘛。"

或许这也是他们的策略吧。杰克是胡萝卜，长野则是大棒。这是审讯中经常用到的手段。频繁遭受折磨后一旦尝到一点好处，就会不自觉地放松警惕。雅树始终在心中保持戒备，以防在心理上被控制。

这一周内，雅树始终在家里进行日语教学。

此刻，杰克正专注地背诵着单词。他坐在面前的矮桌边，目光凝视着书页，态度相当认真。

"见面（au[1]）……meet……打开（hiraku）、打开（akeru）……open……举起（ageru）……玩（asobu）……play……淋（abiru）……"

旁边摞着高高一沓参考书，其中既有针对外国学习者的日语语法，也有日本小学生用的汉字练习册，还有按级别分类的单词书——每种都有好几本。挑选和购买的人都是雅树，不过在购买时，网络书店和免费邮箱的账号也都被对方夺走了。

下单后第二天，送来的快递是杰克收的。当他捧着纸箱，带着满意的笑容回到房间里时，雅树那一丝微小的希望——希冀快递员察觉到屋内的异常——也破灭了。

"喂，雅树。"

突然被叫到名字，雅树的身体下意识一僵。他说："怎么了？"

"这里我不太懂。'打开（hiraku）'和'打开（akeru）'这两个词有什么区别？翻译过来都是open，对应的汉字看起来也相同。"

"我看看……'打开（hiraku）'用来搭配书或报纸这类原本贴在一起的物品，而'打开（akeru）'则用于取掉盖子之类的情况。至于门窗这样的物品，两种说法都可以用。"

"明白了。你讲得很透彻。"

杰克满意地接受了解释，再次低头望向书页，低声快速地

---

[1] 括号中内容为罗马音。

诵读起来。他的侧脸——别说对镜自视，就连在照片里也很少能见到这个角度——无论看多少遍，都令雅树有些心惊肉跳。

自己在学习时，恐怕就是杰克如今的模样吧。毕竟从未以外人的角度观察过自己，所以雅树不得而知。但是在深思时额头浮现出皱纹，以及疑惑时用手触碰下巴的习惯，两人似乎是一致的。

雅树不禁感叹自己实在太过愚蠢，居然要教一个十恶不赦的罪犯学习语言。

由于杰克从未系统地学习过母语，他主动提议如果有教科书会更方便，甚至还特地收拾出了适合学习的空间。

雅树不得不这样做，原因有两个。

一方面，他不知道语言这种东西要怎么随随便便教。自打记事以来，雅树就一直看着父母在辅导班里教学的模样，言传身教下，自然掌握了高效学习的方法——想学习什么，最快的方法莫过于在手边放上几本可靠的参考书。对于日语这种纷繁复杂的语言来说，想要教得随便反而不太容易。

另一方面，雅树希望把辅导期拉长一些。如果杰克掌握日语是实施"计划"的必要条件，那么只要他尚未学成，自己就大概率不会遇害。参考书越厚、数量越多，死亡就离雅树越远。可以说参考书剩余的页数便是雅树性命的担保。

当然相比而言，还是后一种原因更重要。因此雅树不惜花费重金，购买了许多厚厚的参考书。

然而面对如此庞大的页数，雅树却逐渐感到不安。

"洗（arau）……wash……走（aruku）……walk……说（iu）……say……去（iku）……go……在（iru）……in……"

杰克学习速度惊人，这点仅从他粗鲁的说话方式看来根本无法想象。如今的语法书上已经做了大量笔记，而他也大致掌握了动词与形容词的变形，甚至能使用一些简单的句子了。单词的背诵也进展迅速，连对美国人来说极其困难的发音他都掌握了，看来他三岁前在日本生活的经历起到了积极的作用。

雅树擅长的科目同样是外语，即英语，然而他觉得杰克的学习能力丝毫不在自己之下。除了嫌记笔记麻烦以外，他看上去并不像拙于学习的样子。只不过他偶尔会阴阳怪气地夸赞雅树一句"念过大学的人头脑就是不一般"，这说明他确实只有高中学历。

杰克到底经历了怎样的人生？

从他堕落为罪犯来看，想必他过去与从小立志进入名牌大学的自己生活在完全不同的环境中。说到在美国领养孩子的父母，总会让人联想到好莱坞演员夫妇那样的富裕家庭，但现实可能并非如此。

与杰克坐在矮桌边相邻的方向，凝视着那张无比认真的侧脸，雅树内心一次次涌起询问的冲动。然而每当这时他都会想起对方残忍地杀害老人的邪恶行径，胃里霎时一阵刺痛。

"对了，你过去的人生是什么样子的？"

雅树肩膀一颤，还以为是自己不经意泄露了心声，然而并非如此。原来是杰克不知什么时候合上了单词本，转过头凝视着雅树。

"什么样的人生……你不是调查过了吗？"

"只是些表面而已。但我想知道的不是读过什么大学、在什么公司上班之类的，而是更加深层次一些的。嗯……从哪方面问呢？对了，你打小成绩就好，父母肯定很重视对你的教育吧？"

简直像是预设好了答案一般。雅树不禁想起之前有人在父母家附近看到"桐谷雅树"的事。

"成绩嘛……还算凑合。"

"这就是日本人最擅长的自谦吧？不行不行，这要让人怎么知道真实情况呢？我想了解的是别人眼中的你，而不是你自己的主观印象。"

尽管对突如其来的询问有些讶异，但雅树也能理解。与孪生兄弟同坐、同处一整天，自然会对另一方的人生产生好奇。他自己又何尝不是如此。

当时杰克若是留在日本，会经历怎样的人生？如果没有成为别人家的养子，如今又会成长为怎样的人？就算是道德沦丧的十恶不赦之徒，又怎能不像雅树一样对此感到好奇？

"我的成绩在读大学前总是全校第一，那是因为我父母——"

"也就是'爸爸（otousan）'和'妈妈（okaasan）'，right？"

杰克脱口而出的日语令雅树吃了一惊。他点点头，紧闭双唇，转身望向坐在床上正用着笔记本电脑的长野。

"能帮我翻译一下吗？之所以成绩好，是因为我父母在当地开了一家小有名气的升学辅导班，身为'独生子'，我不能给他们丢脸。虽然是第一，但只是在乡下学校，没什么了不起的。"

"凭什么要给你翻译？你不是会说英语吗？自己搞定吧。"

长野厌烦地瞥了雅树一眼，将目光转回屏幕。先前他自称翻译，如今却又不愿帮助雅树和杰克沟通。

被轻描淡写地拒绝后，雅树不得不费力地挤出英文来讲述自己的成长经历。

"我爸妈——对，就是'爸爸（otousan）和妈妈（okaasan）'——在家里开了一家辅导班，你在打探消息时应该见过的吧？用英语该怎么说呢……就是放学后……只有付费的学生才可以上的……"

"你指的是academy？"

"啊……是这样翻译吗？学院……确实。"

"不，我也不太清楚，可能在美国比较少见吧。"

在杰克的帮助下，雅树回答了对方连珠炮般的问题。

是否喜欢学习，擅长的科目是什么，不擅长的又是什么，是否学过运动或音乐，有什么兴趣爱好，和父母关系好不好，为什么想成为模范学生，是否有过叛逆期，为什么要学工学，为什么要做工程师，进大公司工作是因为父母还是自己的愿望，有多少朋友，算得上挚友的又有多少，佐仓奈美是他的第几任女友。得知她是雅树的第一任女友后，杰克有些震惊。

感觉就像面试一样——雅树不禁回想起过去参加实用英语技能鉴定口语考试的经历。

在依序回答这些问题时，雅树被迫回顾了自己被沿着轨迹安排好的人生。擅长英语和数学，不擅长的是历史。爱好是读书，小学时学过一点剑道和钢琴，高中时担任过网球社社长。十多年间都是父母开办的辅导班里的模范学生，最终顺利考入了第一志愿的大学。由于没有什么特别想从事的行业，因此在读研期间听从父母建议，参加了一家大公司的入职考试，就这样一直到了今天。

"你的人生又是怎样的呢？"雅树曾一度想反问，但对方连续提问时的表情太过专注，他找不到转换话题的机会。

最后，当杰克问到他喜欢和讨厌的食物时，雅树不禁苦笑出来。他故意用日语回答："喜欢的是银鳕鱼西京烧[1]，不喜欢的是香蕉。"

听到这个回答，杰克双眼一亮。"真好！我也从小就不喜欢香蕉，但我不知道什么是银鳕鱼西京烧……反正咱们是双胞胎，味觉应该没什么差别，下次我去便利店里买一份吧。"

---

[1] 一种将银鳕鱼块以味噌为主的调味料腌制过后煎制而成的食物。

"呃，我觉得便利店里没有……"

"啊？那要去哪儿才能买到？"

正当雅树几乎以为自己是在与挚友漫谈时，一声不悦的呼唤从头顶传来："喂，杰克——差不多聊到这儿得了，该出门了。"

出门？

长野的话令雅树充满期待。要是他们两人一起外出，或许他可以冷静地寻找求救的方法。

"很遗憾，你也得去。"长野冷冷的一句话，瞬间打破了雅树唯一的希望。

"跟我们去通信营业厅，给你的手机解约。"

"什么？"

"然后，你要给杰克签一份新合约。"

长野从口袋里掏出雅树的手机，用手指敲了敲屏幕。看到这一幕，杰克自嘲般地笑了笑，说道：

"是啊，来这儿不久前我把手机弄丢了。说出来有点不好意思，我还蛮粗心的。雅树你应该和我一样有'健忘'基因吧？"

"等一下，稍等一下。"

雅树按捺不住内心的焦躁，忽略了杰克的话，抬头望着长野。

的确，与始终操作手机或笔记本电脑的长野不同，杰克似乎没有携带任何IT设备。但为此就要给雅树的手机解约，似乎也没什么意义。难道是想尽可能消除犯罪行为被人发现的风险？那也未免太过于谨慎了。

"其实不用非得给我的手机解约，我可以直接再签一部设备。反正密码和指纹锁你们都换过，我也没法解锁和家人或朋友联系……对了，如果你们不想被警察通过GPS追踪，只要关机就行——"

"少唱反调，这是命令。"

长野青筋凸起，一拳砸在床铺上，下一拳肯定就要招呼在他身上了。雅树立刻服软，赶忙表示"我知道了"。

其实解约手机带来的损失并不算大，只是现在的号码没法再使用了。即使设备上的数据被删除，由于与奈美和其他大部分朋友都是在社交软件上联系，因此只要能上网，随时都能再次联系。雅树只好强行说服自己不用担心。

"知道了就赶紧起来。别想趁机逃跑，否则你就死定了。"

离开床边的长野披上深绿色的夹克，他将右手插入口袋，手握一把闪着亚光的匕首站在雅树面前。

伴随着一声轻响，连接自己与外界的纽带被切断了。

"解约手续已经全部完成。"店员带着微笑说道。紧接着，雅树表示要签订新的手机合约，对方的眼睛顿时瞪得溜圆。

"是要签订新的合约？"

"是的，可以麻烦你吗？"

"如果只是想要更换机型，其实不用特地解约的。"

"那个……怎么说呢……"隔着几层布料，雅树感受到锋利的刀尖的压迫感，"我想换个电话号码。"

"一开始就说的话，这边也可以帮您办理只更换号码的手续……"

"不，手机和号码我都想换。其实……我手机里可能被人安装了追踪程序，想着干脆解约算了。"

受人威胁来办理奇怪的手续，却还是硬编出了个合理的理由，雅树不禁厌恶这样的自己。长野假扮成朋友坐在旁边的椅子上，趁女店员不注意时露出一丝得意的笑，看来他对这个理由十分满意。

"可真不容易啊，之前也有女性客户表示受到奇怪的人骚扰想要解约手机，可是……啊，对不起，这样说有点性别歧视了。这就给您办理新合约——"

女店员没有深究，开始讲解起各种机型。尽管眼前就有个不仅私闯民宅，如今还打算随时掏刀子的"可疑人士"，但她完全没有察觉到两人间危险的气氛。

不仅如此，她似乎对客户的状况也很麻木。即使长时间盯着雅树没戴口罩的面孔，甚至看到合约上的全名，她也丝毫不为所动。雅树感到讶异——自己曾是犯罪嫌疑人，两周前才刚刚得到释放，被人以这种态度对待反而有些沮丧。

新的合约顺利完成，"这部应该比较好——"在长野"友善"

的指示下，雅树选择了一部没有任何特殊功能的翻盖机。考虑到要用于犯罪，这种手机或许确实比智能机更加合适。

杰克正在店里好奇地转来转去。与他会合后，三人离开了店里。那位热心送别的女店员丝毫不知道，她刚刚为一名从美国远道而来的抢劫杀人犯签约了手机。

雅树低头走在人行道上，长野与杰克一左一右夹着他。两人愉快地交谈着，在旁人眼中，三人显然是年纪相仿的好友。尽管杰克戴着棒球帽、眼镜和口罩，打扮得有些怪异，但现在恰好是花粉过敏的高发季，这种打扮在街上和店里都算不上显眼。

——趁现在逃走的话，会不会有机会？

——就是现在，立刻撒腿就跑。

——没错，就趁现在。

在去往车站的路上，雅树一次又一次寻找机会，但每次一到关键时候就不受控制地腿软。两个人紧紧夹着自己，口袋里还藏着匕首，即使趁他们不注意开溜，也迟早会被身为退役美军的长野逮住。

最重要的是可能会连累到奈美。仔细想想，除了这两个人以外，或许他们还有其他同伙在一起实施那项"宏伟计划"，搞不好他们早已在奈美周围设下了陷阱。想到这儿，无论雅树如何鼓起勇气，都会双腿发抖，无法冒着危险逃跑。

"日本真是个奇特的国家啊，文也你怎么看？"

"感觉没啥。我在日裔家庭中长大，去过不少次日本的亲戚家。"

"是吗？我倒觉得这儿的一切都很奇妙。电车不大，里面却塞满了人。街景和房屋也跟美国完全不同。而且明明有融合了各种文化元素的时尚品牌，中学生穿的衣服却都一模一样。"

"便利店里的东西也都是小号的对吧？"

"是啊！收银台上的咖啡杯，本以为是小杯的，上面却写着'L'。要是在美国，肯定要被人告上法院的。"

雅树只得把两侧的声音当成纯粹的游客间的交谈。

"对了，文也，能去趟附近的便利店吗？我想再买点袋装的薄松饼回去。"

"家里应该还有剩的吧。我记得今天早上你买了两个，昨天中午买了三个。"

"实在是好吃到离谱啊。明明是带包装的，松饼却像刚出炉的一样松软，里面还夹着枫糖浆和奶油。真想推荐给所有来日本旅游的外国人，让他们买回去当伴手礼。"

"你有点上瘾了。虽然手头的钱不少，也别太浪费了。"

"我只是想多买点备着，万一断货怎么办……"

"那要是雅树趁机跑了怎么办？赶紧回去了。"

被长野训斥了一句，杰克不太服气地噘起嘴巴。

这一星期里，两人之间的权力关系逐渐明朗起来。长野是大哥，杰克是小弟。这并非完全取决于年纪，性格因素更为重要。

雅树与杰克的外貌几乎别无二致，然而两人使用的语言、过去所处的文化背景、与人建立关系的方式，甚至伦理观都大相径庭。

面对在美国的超市里见过却没买过的杯面，他知道要加热水泡着吃，可却不会分方便筷；因为觉得好看而买来的三色团子，吃过后却被独特的口感震惊得眼珠滴溜溜地打转；看到学过的单词出现在电视里，指着屏幕兴奋地喊个不停……但对雅树来说，孪生弟弟依然总是令他感到紧张和局促。

但已经没法变回那个不认识杰克的自己了。

难道无论如何也要接受这个事实了吗？

从离手机店最近的车站到家要乘两站电车。长野揪着雅树的衣服下摆通过了检票口，正好赶上了进站的电车。不到十五分钟，三人就回到了家中。

没有机会求助，也没能找到逃脱的手段，不知何时才到尽头的囚禁生活仍将继续下去。

"说起来……"将雅树的双手重新绑在一起，然后将绑在脚踝上的绳子系在床腿上后，长野突然开口说道，"手机合约也签好了，差不多该把储蓄卡和信用卡要来了吧？"

"Good idea,Fumiya[1]."——杰克竖起大拇指，扭头望向雅树。

---

1 "文也"的罗马音。

"那么，把你储蓄卡和信用卡的密码都告诉我。"他以轻松的口吻下了命令。雅树则愕然抗议道：

"你们想抢我的钱？"

"怎么会呢？"长野的语气显得这事儿无关紧要，"你又没几个钱，何必生气呢？"

"和两千万日元比确实不多——"

话说到一半，雅树赶忙闭嘴。他回想起前几天长野的警告——如果再提起涩谷那件事，自己就会没命。

既然他们极有可能在杀害后田洋一郎后劫走了两千万日元，那么与此相比，雅树的存款只是微不足道的数额而已。但即便如此，在走上社会的两年里，他也在一步一个脚印地坚持攒钱。如今要被尽数夺去，这可不是小事。

"……把我的钱拿去犯罪和逼迫我犯罪是一回事，你们这是出尔反尔！"

"少废话。"

长野向前迈出一步——雅树刚注意到这个动作，眼前便金星乱飞。当雅树意识到自己的太阳穴被人猛踢了一脚时，侧腹上又重重地挨了一下。

他痛苦地呻吟着，在地上打滚。久违了一周的痛打，不知为何比过去更加痛苦。

只需要教孪生弟弟学习日语就好——这种平静的囚禁生活绝不可能一直这样下去。

尽管杰克不会这样，但长野可是始终虎视眈眈，瞅准时机就会折磨雅树。他们不容许他反抗，一旦反抗，等待他的就是死亡。

"快说，密码是多少？"

"0630……"

"要是撒谎，后果自负。"

那是他最喜欢的作家的生日，每次从ATM机里取钱时他都要输入这几个数字，因此不可能会说错。

"储蓄卡和信用卡的四位密码都是这个，卡在我钱包里，不信你可以去试。"

雅树放弃抵抗后，两人飞快地用英语交谈了一番。似乎是长野将雅树的话转达给了杰克。

"存折和印章[1]在哪儿？"长野追问道。

雅树强忍着想要呕吐的感觉指了指床底。

"原来和护照放在一起啊，我们还真是粗心。"

长野得意地笑笑，在扁平的透明盒子里翻找。很快，存折与印章也被夺走了。

雅树呆呆地用手撑着地板，面对突如其来的野蛮对待，他茫然无措。

---

[1] 印章在日本人的生活中占据着较为重要的地位，使用印章能更好地表现出尊重与诚意。从个人角度来说，通常在身份验证、正式交易、签署文件或合同时使用。

就在刚刚，雅树已经身无分文。被夺走的钱财将会投入名为"宏伟计划"的某种犯罪行为当中。无论雅树是否愿意，这笔钱都将成为给别人带来不幸的工具。

在他的视野边缘，杰克背着黑色双肩包站起身来。耳边传来两人的对话——"我去便利店用一下ATM。""也是，现金一直带在身上太不安全。"

走进雅树身边的走廊之前，杰克突然弯下腰来，用柔和的声音低声说道：

"没关系，雅树，我不会拿你的钱去犯罪。"

"反正是在骗我……"

"没有骗你。钱也许会用，但不是像你想的那样用来犯罪。雅树的钱，会用在和雅树相关的人身上。"

雅树已经连气也懒得生了。这个与他长得一模一样的罪犯究竟在说什么鬼话？听上去简直毫无逻辑可言。

"……将你们的赃款……存进我的账户也不可以。"

雅树艰难地挤出这句话后，对方一阵短暂的沉默，随后说出一句令人完全信不过的话——"当然不会。"

就知道杰克在撒谎。他现在去便利店的目的，想必是将从后田洋一郎手中抢来的大笔现金的一部分通过ATM机存入雅树的账户。从此刻起，他们就已经食言了。难道杰克以为自己刚才没听见他和长野的对话？

雅树心灰意冷，别过脸去。无论是洗钱还是别的事情，就随他们去吧。我只是受害者，没有参与过他们的犯罪活动，今后也决不会参与——

他的心脏怦怦直跳。

长野与杰克究竟在谋划着什么？

以及——接下来他们会怎样处置自己？

留下一句"对了，我要顺便看看店里的薄松饼还有没有存货"后，杰克背着黑色双肩包笑嘻嘻地消失在门外。

晚上的时候，雅树突然被衣物摩擦的声音惊醒。

因为手边没有钟表或手机，所以他不知道准确的时间。但从窗外的寂静和黑暗，以及全身令人难忍的倦意来看，或许是凌晨两三点。

"你父母……怎么办……"

"先囚禁起来……再联系……"

令人不安的低语声断断续续地传来。雅树躺在坚硬的地板上，屏住呼吸，集中全部精力聆听。

"这样好吗……还是杀掉……稳妥……"

"我……只是……"

现在是守夜的换岗时间？长野和杰克似乎都醒着，而且在低声谈论着"囚禁""杀掉"这些令人毛骨悚然的话题。

——他们是在讨论那个"宏伟计划"吗？

如果是这样，长野口中的"你父母"一词就有了可怕的含义。"你"指的是交谈对象杰克，而"父母"指的不会是他在美国的养父母，而是他的亲生父母，即雅树的父母。

是监禁还是杀害自己的父母？

他们正在讨论如何选择。

这就是那个"宏伟计划"吗？继杀害后田洋一郎后，他们打算以雅树的亲生父母为第二个目标，再次实施抢劫或谋杀吗？

雅树的胃里顿时升起一股寒意。回想起来，尽管杰克最近一直保持着温和的态度，但他在最初闯入这里时说过，自己是被送到国外去当养子的"受害者"，而且视"没有被抛弃"的雅树为敌。他憎恨着抛弃他的父母，渴望报复虐待他并将他赶出家门的父母。而这才是他的本意。

在讲述成长经历时，自己曾经透露父母在当地开了一家小有名气的升学辅导班。或许这成了促使他们行动的契机。身为犯罪分子，听到"小有名气"与"开辅导班"这样的说法，自然会联想到金钱。

我真是太蠢了。

求求你们住手吧。

我家里没有你们想的那么有钱。

请去找其他目标吧。

银行、珠宝店，还有很多可以选择的地方！

雅树在心里呐喊，却不敢真的出声。雅树知道，一旦被他们发现，自己会有什么样的下场。原本被厚重的教科书所庇护的生命实际上可能无比短暂——也许只剩几分钟，也可能只剩几秒。

透过铺在走廊上的衣物感受着地板的冰冷，雅树紧紧闭上双眼。现在立即切断意识睡着，就可以避免眼前的危机。

然而脑子依旧转个不停。早就知道不能相信这个穷凶极恶的家伙，他利用自己学会日语，签订手机合约，最后肯定会将自己、父母和奈美一起杀害。不能再听信他们的鬼话，一个月时间太漫长了，必须尽快想办法从这里逃走——

"喂，你应该清楚吧，一个月之后……你可真的得……"

长野低沉的声音突然传入耳中，明显是在威胁杰克。

"说好的事……我会遵守……"

"要是……我和你没完！"

听到这些话，雅树再次相信自己猜得没错。

这两个犯罪分子之间存在明显的上下级关系，长野是高位，杰克是低位。回想起来，长野总是用命令的口吻说话，杰克则是听从他的指示。那个"宏伟计划"的主导权毫无疑问掌握在长野手中。

而自己之前居然还把希望寄托在他们身上。

与长野不同，杰克并没有对雅树施暴，还积极提供食物，认真学习日语。或许再加上外貌与DNA完全相同的缘故——无论如何，雅树总是无法将杰克看作彻底的坏人。他甚至想着杰克或许只是被迫屈服，做着趁长野不在的空隙里或许还能感化他，让他改邪归正的美梦。

——真是蠢死了。

雅树的眼皮下面闪现出监控摄像头所拍摄的,杰克在大卖场购买凶器后进入后田洋一郎宅邸的身影。那个为了在一亿两千万日本人中迅速找出孪生兄弟而刺死无辜老人的家伙,毫无疑问就是杰克。无论在执行计划时是否受到过长野的教唆,自愿成为凶手的孪生弟弟都不可能是个精神正常的人。

两人的对话戛然而止。

不久,雅树再次陷入沉睡。

※

距离上次出门应该有一周,不,应该是六天了。

已经完全失去了对时间的认知。早知这样,就在房间墙上贴个日历好了。要是没算错,时间已经临近四月,被囚禁的生活已经过去半个月了。

在长野与杰克一前一后的胁迫下,雅树走下公寓楼梯。他抬起头来,阳光刺得睁不开眼。春日的天空竟是如此明亮?室外的光线过于炫目,不知是因为生理还是心理上的刺激,眼泪险些夺眶而出。

"待在屋里太久,身体是不是有点僵?赶快走一走吧。"

来到街道上,长野用力拍了拍雅树的后背。尽管言语还算和善,态度里却透着急躁,想必是担心引起路人的注意。想起长野的口袋里还揣着刀子，雅树赶忙加快了步伐。

原本期待能在日语教学中度过约定好的这一个月，但事情似乎没那么顺利。继被迫取消手机合约并重新签约后，刚刚对方又下达了令人不安的另一个命令——

现在出门，去租套房子。

你要装作一副打算搬家的样子。

长野的语气没有给自己任何选择的余地。雅树问："你们是想找个据点？"对方只是微微一笑："没错。为了实施'计划'，是得找个据点。"雅树本想表示"反正我的身份证明和存折都在你们手上，干吗不自己去处理"，但又想到他们对日本的租赁习惯或许不太了解，例如，押金、礼金还有中介费等。另一个原因则是杰克的日语还算不上完美，身为一个有着日本面孔的美国人，他不愿在房产中介面前开口。

需要据点的"计划"是什么？雅树心生疑惑。或许是有组织的电信诈骗？又或许是需要储物点的贩毒行为？

无论怎样，他都对这种时候的租房需求有些恐惧。即使今天提出申请，由于房东和担保公司审查，以及办理合同手续都需要时间，真正入住起码也要几天以后。在约定好的一个月即将过去的当口，他们打算在"新据点"里做些什么？难道要释放雅树并让杰克向警方自首的承诺只是彻头彻尾的谎言吗？

必须尽快找到逃脱的办法。

"啊，手机忘带了！"

上街后走了差不多十分钟，杰克突然喊道。他今天依然是用棒球帽、眼镜和口罩把脸裹得严严实实，以免被人认出。

"好不容易出门一次，居然给忘掉了！"

"今天就算了，反正也不会分头行动。"

听到长野的话，雅树失望地轻轻叹了口气。就像去手机店时一样，两个人似乎打算一同监视他。他们下了模棱两可的指示，要雅树避免中介的怀疑，现在他正在思考如何执行。

而且在签约后，杰克居然从没用过新手机，甚至直到现在它还放在雅树的书架上没开机。有一次杰克想用手机浏览器上网，但长野表示"这玩意儿屏幕太小，不方便看"，随后把笔记本电脑借给了他。他还说过"考虑到后续的事，不能在以他的名义签约的手机上留下搜索记录"，看来他们打算只在需要紧急联络时使用那部手机。而在执行"计划"中，他们或许也会用到。

看房申请似乎是长野事先通过邮件办理的。三人没有乘坐电车或巴士，步行二十分钟左右之后来到一栋公寓楼前。一位身着西装的年轻女性用开朗的声音问道："您是桐谷先生吧？"那头亮丽的中长头发让雅树想起了奈美，心脏顿时如同被挤压般疼痛。

接下对方递过的名片，雅树把它放进衬衫胸前的口袋里。那位女中介带着美好的营业式笑容开口攀谈起来。

"听说是三位先生一起来看房，所以很好辨认。不过这种情况还真挺少见的，可以问问几位是什么关系吗？"

"他们是我朋友。我没怎么搬过家，对选房不太了解，就找了两个经验丰富的朋友陪我一起来看。"

"原来是朋友啊！我还以为几位是合伙人，在给公司找办公地点呢。"

雅树笑着摇了摇头。尽管也曾考虑过这个借口，但由于担心以非居住为目的租房可能在审查与签约环节中会增添不必要的麻烦，因此他编造了另外一个理由。

就像手机店女店员那样，这位女中介似乎也对"桐谷雅树"这个名字并不熟悉。本以为在涩谷那起命案发生后自己已经声名狼藉，但他似乎多虑了。想想也是，除非是臭名昭著、手上沾满鲜血的恶徒，否则基本都会迅速消失在大众的记忆中。一个杀害无辜老人并抢劫巨款的恶棍，对于大多数人来说只不过是个陌生人罢了。

雅树发自内心地感到释然，然而在他面前还有一个比蒙冤要严重得多的问题。

"您之前在邮件里说今天就看这一套房子，对吧？"

"啊……是的。"

"那就请进吧。"

三人跟着女中介走进了凉爽的楼厅。从已经褪色的外墙来看，这栋建筑的年代似乎相对久远，但是钢筋混凝土结构的楼体看着很坚固。房门带有自动门锁，隔音效果想必也相当不错。附近行人不多，看来这里相当适合做犯罪据点。

中介将三人带到一楼位于公共走廊最内侧的屋子。走进屋内，首先出现在面前的是餐厅兼厨房，房屋内侧有一个西式间与一个日式间。

"房屋是两居室，厕所在这儿，那扇门后是浴室。没有独立洗面台，但更衣间很大，洗衣机也在室内，非常方便使用——"

雅树频频点头，在灰尘微布的房间里踱来踱去。

看似在听中介讲解，实际上那些话却是左耳朵进、右耳朵出。

他的目光被带有阳台的日式间所吸引，脚步不知不觉间向那边挪去。

那两个打算拿这里当据点的人，会仔细听她解说吗？女中介的声音依然在他背后不断传来。

雅树迈进了日式间。

古旧的榻榻米散发着被烈日暴晒过的气味。

他的眼睛直勾勾地盯着面前通往阳台的拉门。

这里是一楼。

来这儿的路上，他曾在大道路旁看见过派出所。

不知道长野和杰克会留有什么后手。

但要是自己全速奔跑，赶在他们下毒手之前请警察将奈美和父母保护起来——

他的身体不假思索地开始行动。

他转下月牙锁，打开拉门，连鞋也没穿就踏进阳台。

接着，他抓住阳台栏杆，踩在坚硬的水泥台上。

正打算抬起另一条腿，重力突然改变角度，身体猛地被人拽了回去。

顿时变得无法呼吸。

一股战栗涌上心头，雅树回过头去。

那个矮小但强壮的男人目露凶光，紧紧揪着雅树后背处的衬衫。

"你在干什么呀？"

长野依旧不忘扮演朋友的身份，保持着温和的口吻，但同时迅速在雅树耳边低声威胁道：

"Do you want me to kill her?"

他的目光直直地盯着房间里面。

"两位怎么了？"

女中介在日式间门口探了探头，随即走了过来。看到她的微笑，雅树的身体顿时变得无力。

不行——

一旦自己逃走，长野会用口袋里的匕首把她刺死。即使奈美和父母得救，也会连累这个女人无辜身亡。

雅树绝望地干笑两声，紧跟着女中介走进来的杰克惊讶地眨了眨眼。

"不好意思，是我太过随便……阳台上的阳光太好，不知不觉就出来了。"

"确实。洗过的衣服挂在这里很快就能晾干。"

女中介天真地将头探出窗外,举起一只手来遮住阳光,丝毫不知道她如今正身处险境。

"我把袜子脱了再进来吧,别把房间的榻榻米踩脏。"雅树说道。

"没关系吧?"长野插嘴道,"这里看起来挺好的,你已经定下来了吧?虽然榻榻米脏了些,但也还行,反正要住的人是你嘛。"

"啊,说不定最后会被别人租走,为防万一,还是请您脱一下袜子吧……"女中介慌忙说道。

但雅树已经理解了长野的意图,他开口说道:"是的,那现在就办手续吧。"

"多谢惠顾!"女中介乐开了花,"您需要填写入住申请表,能先跟我去店里一趟吗?就是离这儿有一点远……"

"呃,这个……"

"要是您着急的话,也可以先去附近的便利店复印驾照和保险卡,然后在这里填写。"

长野在雅树的视线边缘处点了点头。"那就这样吧。"雅树说道。于是,女中介放下背在肩上的包,准备起要用的文件。"在厨台上写会方便些吧?"在她的提议下,雅树脱掉袜子走回榻榻米上,继而来到餐厅兼厨房这边。

"那就请您在这一栏里填写信息。对了,之前您在邮件里问过是否需要担保人,这间房子不需要担保人,所以这里不用填的——"

接过女中介递来的圆珠笔,雅树按她的说明填写起姓名和出生日期。在电话号码一栏中,他遵照先前的命令写下了杰克的手机号码。

然而在看到"住址"这两个字时,雅树突然停止了手上的动作。

这里留出的空白比其他部分要大许多。

他小心翼翼地改变视线角度,侧目窥视长野。只见对方像尊金刚一样站在门口,警惕地监视着这边。但女中介正好站在两人中间,在长野的位置无法看见雅树的手。

雅树的头脑中闪过一条妙策。

通过入住申请表,不就可以向女中介求助了吗?

为了防止长野怀疑,雅树一边填写其他信息,一边拼命思考该怎么写。

"我身边的两个人是罪犯,他们威胁、囚禁了我,请你帮忙报警——"

没有其他选择了。

擦了擦额头上的汗水,雅树开始填写最后的空白处。

他一个字一个字地写上去,紧张到几乎连字都差点写错了。

长野似乎没有靠近的迹象。

可以的。

这样一定没问题。

就在这时,有人在他肩膀上轻轻拍了一下。

"雅树……住址这里填错了吧?"

他的脸色瞬间变得苍白。

几乎完美的日语发音。

雅树回过头去,发现与自己个头一般高的杰克站在身后,正皱着他那俊朗的眉头。

还不如死了好——雅树的脑海中无数次闪过这个念头。

他的双手双脚被缚,倒在公寓狭窄的走廊里,腹部被踹了一下又一下。双手被绑在身后,连抵挡都无法做到。胃液翻涌,呼吸也仿佛要停顿了一般。身体痛苦难当,视野中一片空白。

"别想着搞那些小把戏了。要是再敢逃跑,你就没命了。你女朋友和家人也是。"

长野怒气冲冲地抛出这句话后,告诉杰克他要去趟便利店,随后粗重的脚步声便消失在门口。几秒过后,雅树才意识到这段地狱般的时间终于结束了,深深地松了一口气。

刚暴露出本能反应,雅树便突然想起另一个歹徒还在屋内,顿时全身僵硬起来。他畏畏缩缩地抬起头,却没想到杰克正带着复杂的表情皱着眉头,静静注视着倒在地上的自己。

"你……没事吧?"

杰克有些犹豫地说出这句日语。雅树怀疑自己是不是听错了，不禁眨了眨眼。

对方的面孔抽搐了一下，继而说道：

"因为我和雅树你……是同一具身体。"

"嗯？"

"并不是因为同情，但看着你受伤，我也非常痛苦，就像自己也被人暴力殴打了一样。你和我太过相似，这种感觉真的好怪。"

他切回流利的英语，吐露着自己的心声。听到这番坦率的话语，雅树突然强烈地意识到，眼前的这个人，体内流着与自己相同的血液。

尽管先前总是刻意不去思考，然而还是无法忽略这种感觉。

正如杰克所说，他们两人过于相似。也正因如此，雅树总是不可避免地期待着在他那副凶恶歹徒面具之下，隐藏着一张与自己价值观、伦理观完全相同的面孔。尽管反证多如牛毛，但不知为何，雅树就是无法改变这种想法。

强忍着依旧残留在腹部的剧痛，雅树勉强挺起上半身。他将身体靠在背后的墙上，喘着粗气，向坐在床上的杰克缓缓问道：

"能和我说说吗？"

"嗯？"

"过去你在美国过的是怎样的人生？"

"你要我……"或许是不清楚该如何用合适的日语表达，杰克的话说到一半又变回了英语,"Do you want me to talk about my past life?(你要我讲讲我过去的人生?)"

"是的,我很想了解。"

这是雅树的真心话。

他已经好奇很久了。

身为对方的阶下囚,雅树原本不该有这样的疑问。问出这种话来,即使招致一顿殴打也不奇怪,但不知为何雅树心里确信——杰克会真诚地回答自己。

对方一时间有些惊诧,不停地眨巴着眼睛。然而,他最终张开恢复了血色的嘴唇,用充满犹豫的语气说道:

"好吧……"

于是,正如雅树所确信的那样,杰克开始讲述起他的前半生。

"最早的记忆……应该是在日本的福利院里。有一天,我被人带进一个接待室一样的房间里,一对陌生的白人男女突然拥抱我、亲吻我。在日本的事情就只记得这些。等到能明确记事的时候,我已经和'父母'一起住在美国宾夕法尼亚郊区一栋宽敞的房子里了。"

雅树轻轻点了点头。尽管没有去过,但头脑中有着大概的印象,他知道那是位于美国东海岸,城市与乡村并存的一个州。

"起初的生活非常平静。虽然我记得自己因为听不懂英语而发过几次脾气,但还是很快就学会了。身为集两人期待于一身的'独生子'，我备受他们的宠爱，也明显能够感受到他们对我的关爱。然而就在我七岁左右的时候，情况有了变化。我的父亲遭到裁员，父母关系越来越差，最终离婚了。"

"离婚……"雅树在他的语调中感受到了令人不安的气氛。

"继续养育我的人是母亲，但她很快就跟新男友生活在一起，那个男人有两个孩子。更糟糕的是，之后他们又连续生了两个孩子。母亲原本领养我是因为不孕，但问题似乎是出在她前夫身上。就这样，一个扭曲的家庭诞生了。六个白人之间有着血缘关系，唯独我这个亚洲人是个局外人。"

杰克的语速越来越快，言语间夹杂着憎恶的情绪。雅树紧张地屏住了呼吸。

"哥哥和姐姐看着我的目光，就像看一条肮脏的野狗。因为我皮肤和头发的颜色和他们不一样，因为我英语的发音糟糕，他们觉得恶心，他们动不动就问父母为什么非要和我生活在一起……或许因为当时我还只是个孩子，所以他们毫不掩饰地向我宣泄着那些残忍的恶意。新的父亲对此不闻不问，对我也漠不关心。就连后来出生的弟弟和妹妹，以及本应站在我这边的母亲，也慢慢地被这种气氛所传染。

"吃饭不能上桌，沙发成了我用餐的固定位置。哥哥姐姐买来零食给弟弟妹妹，却唯独对我说'不许碰，你是个肮脏的贱种'。他们邀请学校的朋友来家里开生日派对时，父母把我赶进二楼的房间里，还对我说'别去他们那边露面'。至于我的生日派对，自然一次都没办过。"

然而最令杰克震惊的是，某一天他从年幼的妹妹口中得知了他的原生家庭情况，那是他从未听说过的事实——"听说你在日本的双胞胎哥哥根本就不知道有你这么个弟弟。他的父母把他当独生子抚养，甚至当你根本就没有出生过。唉，多么可怜的杰克啊！"听她的口吻，明显是在模仿大人们的语气。杰克震惊了，就在这一刻他意识到母亲私底下向自己的兄弟姐妹透露了这件事。这段连养子本人都未曾被告知过的成长经历，母亲居然特地讲给了与他关系交恶的兄弟姐妹，甚至以此为笑料。

"为什么会这样？"听杰克滔滔不绝地讲述着他的悲剧，雅树情不自禁地插嘴问道，"为什么他们会这样虐待你？如果是在日本，或许还能理解，可在美国，领养儿童这种事并不罕见吧？"

"是啊，一般都会向周围公开的。包括养父母过生日的时候，孩子也会在Facebook[1]上分享照片，配上些感人的文案，比如'有幸能成为爸爸妈妈的孩子，永远爱你们'之类的。"

"那为什么……"

一股愤怒涌上心头。或许是眼前的弟弟与自己一模一样的缘故，雅树觉得遭受不公待遇的那个人就是自己。

"难道是因为人种不同？都二十一世纪了，美国的种族歧视

---

[1] 国外社交平台，类似于国内的微博。

还这么严重？"

"也算是个重要的原因吧。社会上常常提到对黑人的歧视，但这种情况在亚洲人身上同样时常发生。美国根本没有将此视为社会问题，因此亚洲人的社会地位要比黑人更加低下。尤其是母亲再婚后居住的宾夕法尼亚州本来就是白人比例特别高的地区。如果他们只是因为日本偷袭过珍珠港而敌视日本人也就罢了，但就连学校里的那些人，看到亚洲其他国家的负面新闻，或是一些宗教事件时，也能借此来嘲讽我。"

"这算什么事！连亚洲其他国家的负面新闻和宗教事件都能和你联系起来，这也太荒谬了吧？"

"当然不是每个人都这么蠢，不过每个年级里都会有那么一小撮人渣与我哥哥姐姐的心态相似。其实这和我是不是白人家庭的孩子、会不会说英语无关，他们只是想要发泄日常的压力，而我恰巧是他们的理想目标罢了。哪怕我成绩好，他们也会起哄说'亚洲人都是书呆子'，一旦成绩不好，他们又会嘲笑'亚洲人智商低下'。不管怎样，他们都会瞧不起我。"

"然而我会成为家里的局外人，原因还不止这些。"杰克突然面无表情地摇了摇头，"我找不到自己的价值所在。"

雅树在脑海中思索着这句话，确信没有听错后，反问道："Your price？"

"知道一对美国夫妇从日本领养一个孩子需要多少钱吗？"

"这……"

"三万美元。"

不等雅树回答，杰克就抛出了这个数字。三万美元，折合成日元约三百万。脑海中蹦出这个数字的同时，雅树的思考能力宛如冻结了一般。

"差不多十二岁的时候，有一次，有个家伙在学校说我坏话，我狠狠地揍了他一顿。后来老师把我的家长叫到办公室里训话，当晚回家后母亲对我说：'当初为领养你，我们花了三万美元，真是拿钱打水漂了！'"

没有理会震惊的雅树，杰克继续平静地说道：

"直到那时我才明白母亲为什么要特地从日本领养孩子。其实她原本想要领养的是同种族的小孩，但在美国领养白人孩子的条件十分苛刻。领养拉美裔的孩子则相对容易，因为他们多是由瘾君子所生，也就是所谓的'毒婴'，在生长发育过程中存在许多不确定性。这就是他们打算在国外领养的原因。然而有些国家规定领养前要与孩子的亲生父母进行面对面交流，或者尽量给孩子匹配同种族的养父母，这就麻烦许多——"

在这方面，日本的限制就非常宽松。对养父母没有年龄限制，即使是超过六十岁的老人也能领养。尽管与其他国家相比费用昂贵，但只要把钱付完，后续也没有太多束缚，相对简便许多。而且日本对毒品的打击十分严厉，毒婴相对较少，孩子的健康状态大多良好。

为了避免烦琐的条件，且尽快获得一个不用担心健康问题，肤色也尽量与白人相近的孩子，养父母付出三万美元的巨款"买下"了杰克。

"平日里沉默寡言，一点也不讨人喜欢，总是在学校惹麻烦，还无法适应家庭与美国社会，为了这样的我花掉三万美元根本不值。更何况后来她还有了亲生骨肉，自然会后悔当初接纳了我这么一个异类，后悔当初怎么买来这样一个本不需要的'奢侈品'。"

听杰克吐露完心声，雅树不禁咬紧了嘴唇。

将自己代入杰克的处境后，他的内心更是感到一阵寒冷。

年幼时的自己也同样满身缺点，绝对称不上完美。如果那时的自己是父母以三百万日元从外面买来的孩子，如果自己从进入家庭的一瞬间起就背负着三百万日元的期待，如果在充满种族歧视的逆境中长大，在人生前期就被刻上了"你不值这么多钱"的烙印……那么自己的人性毫无疑问也会扭曲。

在倾听故事的同时，雅树回忆起被囚禁前自己对国际领养程序的调查。在杰克被送往美国的二十世纪九十年代，无人抚养的孩子都是由个别私人机构送往海外的，而政府对这一活动没有任何规范。在那个年代究竟有多少孩子以国际养子的身份离开了国家，在这方面没有准确的统计数据留存。

无论日本还是美国，都没有追踪过这些孩子后续的生活情况。这些被夹在两个国家的缝隙中的孩子如今已经长大成人，而其中的一个就在自己面前，胸中正燃烧着愤怒的火焰。

"该说的已经说了不少，剩下的你应该能猜个八九不离十吧。我成了个混混，和一帮狐朋狗友混在一起，接触了毒品，被分配到学校里最差的班级，因为惹事还进过不少次局子。十八岁高中毕业后我离开了家，后来就再也没和家人联系，跟他们彻底断绝了关系。"

"怎么会这样……"

"美国是个残酷的看学历的社会——当然日本或许也是如此——拥有高中学历、本科学历与研究生学历的人之间，终身收入会有巨大差距。如果一个人十八岁便进入社会就业，基本上一生也无法向上攀爬了。至于什么美国梦，就更别提了。"

"工作……你做过什么？"

"超市店员、停车场小工、清洁工、夜班杂活——工作换了一个又一个。原因嘛，当然是没有一个能够干长的。我至今也不知道自己的容身之处究竟在哪儿。"

雅树的脑海中突然浮现出"身份危机[1]"这个词。

这是他在大学期间跨学科接触心理学课程时所学到的概念。身为日本人的杰克在三岁时被人剥夺了过去的生活，送往美国，在那之后，他始终无法彻底变成一个真正的美国人，也在不断迷失自我。

---

[1] 身份危机（identity crisis），通常用于描述心理学和社会学领域中的概念，指一个人在生活中对自己的身份、价值观、角色或归属情感产生混淆、不安或困惑的状态。

"也许我没有资格说这句话……但你真的吃了太多的苦。"

雅树说出了头脑中不成熟的感想。

"要是能够离开这里,我一定会立刻去找父母,质问他们为什么要抛弃我的亲生弟弟。要是他们能尽职尽责,好好抚养自己所生的孩子,杰克你就不必经受那么多痛苦了——"

"谢谢你的理解。"杰克双手背在身后,挺着胸膛用自嘲的口吻说道,"所以直到现在我都在羡慕你,也憎恨着抛弃了我的父母。"

尽管语气依旧冷若冰霜,但现在的杰克在雅树的眼里已经变得截然不同。

他与自己一样,都是有血有肉的人。当年雅树独自玩着玩具火车和汽车,向父母撒娇想要兄弟的时候,一定是在潜意识中渴望见到这个全世界独一无二的孪生弟弟。

室外的楼梯上传来脚步声。

两人独处的时间很快就要结束了。

"如果我是杰克……现在的所思所想一定和你一样。"

不知道这句喃喃自语般的日语能否传达到他的心头?

在房门打开前,杰克咬着嘴唇陷入了沉思。他的目光停留在身上那条牛仔裤被磨破的膝盖部位,久久未曾收回。

※

"对了,我们看电视吧!"

与自己一模一样的嘴巴发出与自己一模一样的声音,那只与自己一模一样的右手按下了遥控器上的红色按钮。

雅树依旧保持双腿被缚的姿势屈膝坐在地上,扭头望着渐渐亮起的屏幕。片刻过后,屏幕上映出了每日的晨间新闻,那名人气超高的女播音员清脆的播报声也传入耳中。连续经历了三周的辱骂与威胁,如今雅树终于感到自己的耳朵得到了抚慰。

"这样行吗?长野会对你发火吧?"

雅树不禁皱起眉头说道,杰克却调皮地耸了耸肩。

"没关系。他是不喜欢看电视,可他去便利店了嘛。等他回来立马关掉就行。"

对面传来一句流利的日语。尽管语法就像参考书里写的那样过于规范,缺少了几分日常感,但不得不说他的日语能力已经趋近成形。

杰克开始学习第三本单词书了,现在的他几乎已经掌握了所有日常会话中能够用到的词汇。杰克惊人的学习速度以及极强的学习欲望,每天都能给雅树带来新的震撼。

他努力学习日语是为了实现那个"宏伟计划"——为了向抛弃了他的日本复仇吗?雅树在心中尽量避免这样思考。在漫长的囚禁生活中，想要保持精神正常，就得适度放弃思考。这是雅树在无数个失眠的夜晚中领悟到的。

杰克打开电视似乎是为了练习日语听力。或许是想试试自己的能力，此时他正全神贯注地倾听着女播音员播出的新闻。

只见杰克频频用手抚摩下巴，这是他专注时的习惯动作。不是向别人学来的，自己也从小就有这样的习惯，因此雅树十分了解杰克现在的心理状态。

自从那天听过杰克的成长经历后，雅树已经不知有多少次因这种油然而生的亲近感而困惑了。

"雅树。"

杰克叫了声雅树的名字。雅树抬起头望着对方的侧脸："嗯？"

"'虎头人'[1]是什么？"

杰克指着电视屏幕。或许是因为日语和英语的发音方式不同，他的声音听起来比说英语时更加年轻。

只见电视屏幕右上方显示着"'虎头人'再次向儿童福利院捐赠"的字样，与此同时传来女播音员断断续续的话语——"一位自称是职业摔跤漫画中的主人公伊达直人的人士向儿童福利

---

[1] 梶原一骑创作的漫画作品，于一九六八年首次发表，在二十世纪六十年代末到七十年代初的日本家喻户晓。漫画讲述了出身于孤儿院的伊达直人经过魔鬼般的训练，成了身怀绝技的职业摔跤手的故事。由于出场时总是头戴一副老虎面具，故他被称为"虎头人"。

院捐赠了十个书包及若干玩具……"通过这些可以了解到新闻的大致内容。

"这是一系列的运动。"

"运动?"杰克有些疑惑,"Exercise?"

"说是movement更加合适吧。"

望着坐在床上的杰克,雅树将日语和英语掺杂着解释起来——那是一种名为"虎头人运动[1]"的捐赠运动。"虎头人"是一部以职业摔跤为题材的著名漫画中的主人公,他自己是一名孤儿,后来也一直慷慨地救助其他孤儿。"原来如此!"听过解释后,杰克笑着拍了拍膝盖。

"原来在日本也有这样的运动。尽管没有事先约定,但那些为了帮助不幸的孩子进行匿名捐赠的人都会自称是那个虚构的职业摔跤手。"

"虽然不知道是不是所有人都这样……不过这种事情新闻经常报道。"

"真有意思。自从来到这个国家,我遇到了许多令人惊讶的事,美国和日本真是完全不一样啊。"

---

[1] 在原作中,伊达直人富有正义感和同情心。他用自己的巨额奖金来支援养育过自己的福利院,是昭和时代漫画中"贫困英雄"的典型。自二〇一〇年年底以来,日本许多慈善机构都收到了以"伊达直人"的名义捐赠的文具和书包,后来,这种义举更是遍及日本全国的四十七个都道府县。这一系列慈善行为被统称为"虎头人运动"。

"真了不起……"听着杰克缓缓说出的日语,雅树不禁低声感叹。

"在短短几周里就能说出这么多日语,发音也很标准……对你来说日常对话应该已经完全没问题了。"

"哪里哪里,还差得远呢。虽然会说了,但听力方面……感觉很难。还是有很多词听不懂,不过……"

他突然不再说下去了,像是沉思般地将目光投向斜上方,继而改用英语说道:

"最近让我开心的是,我会在便利店里让店员帮我加热食物了。言语相通之后,在这个国家里生活突然就变得有趣了。"

"啊!"

雅树想起了昨晚杰克买回来的饭团。那顿晚饭是自己被囚禁后第一次感受到食物的温暖。尽管担心被长野发现而不能表现得太开心,但已经三个星期没吃过热食了,那顿温暖的晚餐让他感动到几乎落泪。

"谢谢你昨天帮我带了热食。"

面对迟到了半天的谢意,杰克用标准而规范的日语说了声"不客气"。没有看错的话,自从那天讲述过自己的成长经历后,他与雅树独处时的表情似乎比过去柔和了一些。

现在,长野去便利店采购的时候成了雅树难得的放松时间。相反,在杰克出门时就如同地狱一般了。尽管通常保持沉默,但稍有不慎还是会触怒长野,对方便会毫不犹豫地对自己拳脚相向。在过去一周内，除了去便利店外，杰克还有过几次长时间的外出，每次都令雅树身心疲惫不堪。

"不过我觉得雅树你才更了不起。"

"为什么？"

"像我这种浑蛋草包，你居然还能细致耐心地教授日语，真的很了不起。过去学校里的老师们都拿我束手无策，我不是说过嘛，我一直都待在最烂的班级里。"

"那只是因为你没有意愿罢了。在那种家庭环境中长大，谁还会有学习的意愿呢？"

"是吗？确实，有生以来我还从没这么拼命地学习过。这样看来，搞不好我也很有潜力呢，毕竟我和雅树的基因是一模一样的。"

望着自卖自夸的杰克，雅树突然想到，他之前提到曾在美国做过许多工作，例如，超市店员和停车场小工等。而没能坚持下去，或许是因为他先天的智力与性格并不适合体力劳动或是单调的工作吧。

在持续近距离地观察后，雅树发现了两人之间除相貌以外的更多共同点。例如，在学习感兴趣的内容时会忘记时间，全神贯注地投入其中，在与人交流时更加注重逻辑而非情感，喜欢陷入沉思，在实现给自己设下的目标后会显得格外喜悦。

也正因如此，雅树才会进入理工科，并选择了系统工程师的职业道路。在更加年轻的时候，他常常只是听从上司与前辈的指示，负责记录例会内容，或是在Excel里粘贴bug截图，等等。由于编程基本交给外包公司完成，因此实际参与开发的机会比想象中更加罕见。由于工作过于枯燥，许多同期入职的同事早早就离职了。然而从本质上讲，系统工程师的任务就是弄清楚企业在系统方面的需求，落实设计好的路线，并集团队之力将工作高效完成。因此，在就业的两年间，雅树从未后悔过自己选择了这样的工作。

"杰克，我觉得你很适合像我一样当一名工程师，你一定能在这份工作中找到快乐。"

雅树轻描淡写地说出这句话来，杰克却有些意外地瞪大了双眼。

"真的吗？这不是日本人最擅长说的客套话吧？"

"不是的。我真的这么认为。"

"是吗？那等学完日语之后我再去学学编程吧。这个要怎么学？要是不去公司的话，可以做自由职业吗？对了，等文也回来后我就借他的电脑去买参考书——"

望着杰克前倾身体唾沫横飞的样子，雅树不由得笑了。

他在本质上果然是个认真的人。或许正是因为两人天性相似，他才会与杰克相处这么久却没有感到痛苦。

雅树偶尔甚至会忘记他与杰克是受害者与罪犯的身份。就连日语教学也是，如果教课的人不是自己，或者学生不是杰克的话，或许都不会有这么好的效果。

要是当初能在一个家庭中长大……雅树不禁开始胡思乱想。

我们会成为最好的竞争对手,同时也成为最好的朋友吗?在不断的比试中,或许两人都会成为比如今的雅树更出色的人呢。

然而如今的杰克却已经堕落成罪犯。从中学就开始接触毒品,最终甚至走上了杀人抢劫的不归路。

雅树不禁憎恨起他曲折的命运来。

无论是抛弃双胞胎中的一人的亲生父母,还是从日本领养孩子后草率离婚的养父母,抑或是后来对他百般歧视的家庭,都让人觉得愤怒不已。

"要是当初没有被'你父母'抛弃,或许现在我也能过上顺风顺水的生活呢。"

看来杰克和自己想得差不多。最近他们趁长野出门购物期间闲聊的时候,雅树发现杰克的思考模式与自己极为相似,这令他无比意外。仿佛两人只需靠近,彼此之间就能产生共鸣,能思考同一件事情。

"雅树你能在日本读名牌大学,被丢到美国的我却只能接受最基本的义务教育,真是比你差得太远了。"

"哦,对了,在美国,义务教育是到高中吧?"

"日本不是吗?"

"日本是从小学到初中的九年。"

"那还蛮可怕的。如果在日本,我就只能读到初中毕业了。

嗯，虽然经历很悲惨，但被抛弃到美国相对还是好一些……"

杰克双手抱在胸前，夸张地打着哆嗦。因为过于好笑，这次雅树终于忍不住笑出声来。

伴随着"咔嗒"一声，房门突然被打开。

由于对话节奏过快，两人都没注意到从公寓外侧的楼梯上传来的脚步声。他们慌忙闭上嘴巴，小心翼翼地回头望去，只见长野站在昏暗的门口，响亮地"啧"了一声。

"喂，杰克，你们聊得挺开心嘛……别忘了目标。"

长野穿过走廊走进房间，还故意在雅树腿上踢了一脚，继而像怒目金刚一样站在杰克面前。

"别和他处得太好，利用他只是为了完成'计划'，你知道吧？"

"好的。"杰克恢复了认真的表情，微微点头道，"我知道。"

"还有，把电视关掉，太吵了。"

"对不起，我只是想用它学习日语。"

杰克顺从地应承着，按下了遥控器的电源键，原本播放着盛开的樱花树的屏幕顿时一片漆黑。

"本来我想把电视扔了，可最快也得三周才有人来回收[1]，怎么会这么磨蹭？"长野怒气冲冲地把装着早餐的袋子放在矮桌

---

[1] 根据日本的地方规定，诸如电视这样的大件垃圾，普遍禁止直接丢弃，而是需要预约专业人士进行处理。

上。当然，里面没有雅树的份儿。

"搬家公司是九点过来？"长野坐在胡乱铺开的被子上，望着手机的锁屏界面喃喃自语道。

"还有三十分钟。"杰克准确理解了同伴所说的日语并回复道。

离申请租房并因试图逃走而被暴揍的那一天已经过了一周多时间，而在雅树被强迫签下正式租赁合同的第二天，长野就提出要"从这里搬走，到那边去"。

雅树对长野冲动的命令已经见怪不怪了。尽管对方提过"这个房间太小，三个人待着挤不下""一直待在这儿，搞不好会被警察发现"之类的理由，但时机未免太晚了。雅树觉得他们无非是想把新租的房间作为犯罪据点使用罢了，而且那边的住处离便利店和超市也更近一些。

雅树已经没有力气再反抗了。

依照指示，他向上个月初刚刚交过续租费用的公寓房东提出解约。长野则在网上找到信息，用电话联络了搬家公司。再过一会儿搬家的卡车就会到来。

雅树就这样默默倚在墙壁上一动不动地待了三十分钟。当他双手双脚上的绳子被解开时，长野低声警告道："要是有人问，就说我们是给你帮忙搬家的朋友。约好的一个月时间，再忍一忍吧。你也不想在这种时候让我们之前做的一切都白费吧？"——明明一个月都要过去了，却还在转移住处，他真的打算信守约定吗？尽管疑心重重，但雅树除了默默点头以外别无选择。

上午九点钟，门铃准时响起。雅树开门后，一个戴着蓝色帽子的工人递过名片。"请多关照。"在雅树低头问好时，曾经被束缚的身体"嘎吱"作响。

搬运行李的工作进展得井然有序，装成朋友的长野与杰克也参与其中。满头大汗的工人还感谢道："这是我们的工作，还要麻烦你们，真是不好意思。"由于长野始终保持着警惕，因此雅树没有机会与工人独处。

然而，绝望中又突然出现一丝希望。就在几人目送着搬家公司装满行李的小型卡车刚刚转过住宅区的拐角时——

"哦，桐谷？"

一名身着西装的年轻男子突然停下脚步。

看到对方的面孔，雅树不由自主地瞪大双眼。那个站在对面，手提公文包的人正是大学时与自己一起上过体育课的三井高久。

雅树从大一起就住这间公寓，至今已经住了八年。由于离学校近，雅树在校期间结识了不少附近的人，而三井就是其中之一。毕业之后两人还会在社交平台上相互查看动态，但雅树不知道他依然住在这边。

身旁的两人明显有些紧张。长野抬起肩膀警惕着，杰克则调了调口罩和帽子的位置，离雅树远了一步。

"哇！真是好久不见！"三井惊讶地走了过来。

"这种时候你在这儿干吗？"雅树问道。

对方轻快地回道："今天早上突然肚子疼，这会儿正要去上班呢。"

"刚刚的卡车……难道桐谷你在搬家？"

"啊，对。"

雅树拼命控制着颤抖的声音。

这是个求之不得的机会。

在两名罪犯的注视下无法明确求助，但或许可以使用隐蔽一些的方式。从上大学时两人相处的印象来看，三井是个聪明人，顺利的话或许能诱使他察觉到自己身边的异常，并主动向警方寻求帮助。

"呃，这两位是……"

三井用疑惑的眼神望着他身边的两名男子。

雅树的脑海中迅速形成了计划——可以先含糊其词地来一句"呃，稍等一下……"，然后撒一个明显有些别扭的谎，例如，"他们是搬家公司的人……"，接着就只需通过表情来传达信息了，要尽量在避免言辞的前提下表现出对罪犯的恐惧与愤怒。

"呃——"雅树故意摆出一副为难的表情，先是望了眼身边的长野，紧接着望向杰克，却被对方投来的目光吓到。

杰克的目光里满是不安，此刻他正紧紧盯着雅树，宛如一个担心被人抛弃在陌生场所的孩子。

雅树突然记起，再过几天，约定的一个月期限就要到了。

杰克一开始就宣称"只要在一个月之内，你老老实实地帮我们的忙，到时候我就会光明正大地出现在警察面前"。

在警察局时刑警曾对他说过的话此刻清晰地在耳边回响——"抢劫杀人犯只有死刑与无期徒刑两种下场，要是立马认罪悔过，基本不会被判死刑。即使被判无期，只要服刑态度良好，迟早也能出狱，你还是赶快招了吧。"

如果不是自首，而是在三井报警后被捕，杰克或许就会被判处死刑吧——

这一可能性在头脑中闪过的一瞬间，流畅的话语不由得脱口而出：

"哦，他们俩是我表兄弟。先前我抱怨搬家费用太高，他们就大老远跑过来帮我搬家。"

"哦？是这样啊。"三井向长野与杰克友好地笑了笑，再次转向雅树，"搬家啊……也是，最近好像发生了不少事。就那个嘛，我也看了些新闻……"

"是啊，总有人往邮箱里塞些惹人讨厌的信，实在是住不下去了。"

看到三井有些难以启齿，雅树心里不太好受，态度也变得严肃起来。这时三井走近几步，用力拍了拍雅树的肩膀。

"看到你被释放的新闻时，我就知道自己猜得没错。桐谷你不是那种人，警察肯定是误会了。至少我从一开始就相信着你。"

"三井……"

"遇到这种事情肯定很不开心。等有机会了我们出去喝一杯吧，就像上学时那样。有什么牢骚你都可以发泄给我听。哦，对，你搬到哪儿住了？"

"呃，这个……下一个住处还没定好，我打算先回趟老家，等定下来了会告诉你的。"

"好的，我知道了。"

三井用力点了点头，看了眼手表说："不好，快要赶不上电车了。"他用真诚的声音留下一句"加油，桐谷"，随后便带着歉意匆匆离开了。目送着他身穿西装的背影逐渐远去，雅树不禁茫然若失。

我都干了些什么啊！

稍微一犹豫，宝贵的机会便转瞬即逝。

是因为屈服于长野的暴力与胁迫吗？不。

是因为自己坚定地相信杰克。

为什么会做出这种保护罪犯的行动？原因不得而知。但雅树下意识地感觉到，那个和自己有血缘关系的孪生弟弟现在在他心里已经有着极重的分量。

雅树感觉背后的衬衫被一只手揪住了，他被迫走向公寓外的楼梯。意识陷入一种虚幻的错觉中，身体却宛如在飘浮——

雅树就这样一步一步地爬上了楼梯。

"没错……这样做就对了。"

在他身后,长野低声笑了起来。

第三章

计划

二〇一五年,四月。
自己真的在期待着这场囚禁的结束吗?

※

春日明媚的阳光穿过拉门敞开的日式间，照进昏暗的厨房里。雅树正躺在那里。

要是打开窗户，一定能够通过轻拂的微风感受到温暖的气息。然而，似乎是担心雅树会大声向邻居求助，因此长野他们并不打算给屋子通风。

雅树脚踝上的绳子缠了好几圈，另一端则延伸到对面右侧的西式间门底下，与搬家前一样依旧系在床腿上。现在躺在那张床上的人是长野，深夜是他负责看守，但现在房门正紧闭着，无法看清里面的状况。

而杰克正悠闲地躺在左侧日式间的正中央享受着日光浴。在雅树被绑住双手，被迫保持难受的姿势时，他的孪生弟弟却不时地在榻榻米上舒适地伸展身体，这种情况实在令人难以忍受。

雅树已经犹豫了两天，是否要开口询问。继续犹豫了一会儿后，他终于忍不住开口道：

"杰克……"

"嗯？"

"你们到底要拖到什么时候？四月快要结束了吧？"

"四月？结束？"

杰克无精打采地翻了个身，环顾室内假装找了找不可能存在的挂历，接着坐起身来，轻轻耸了耸肩。

"不会吧，搞不好是……雅树你挤错了？"

"应该是'雅树你记错了'。"

"What a great teacher!"似乎是为了捉弄习惯订正错误的雅树，杰克刻意用流畅的英语调侃道。

于是，雅树也切换成英语严肃地说：

"少敷衍我了。就算不看日历，也知道一个月的期限早就过了。你说要放了我是骗人的？"

"没骗你啦，我会信守承诺的，只是还需要一点点时间。无论日语还是编程，都离我满意的水平还差一点点，这样我不能接受。"

杰克的辩解与上次雅树询问时别无二致。不仅雅树，他对催促着执行"计划"的长野也是这样解释的，看上去并不像是随便找个理由应付而已。当时，面对长野的不满，杰克用一种完全不像是罪犯的语气道歉道："对不起啦，文也，稍微再等一阵。"

事实上，杰克的学习时间变得越来越长。即便是现在，尽管保持着放松的姿势，但他手边依然有一本摊开的日语参考书。至少在指导杰克学习期间不会遇害——这是雅树购买那些大部头参考书的初衷，然而此举现在却起了反作用。看来不把书中的内容全部记住，杰克根本不会满足。这种完美主义对于雅树而言并不陌生。

不仅日语，杰克甚至还开始学习编程，这也是雅树的失误之一。先前他确实暗示过杰克可能适合做一名工程师，但他从未预料到这也能成为"宏伟计划"的准备工作之一。他到底打算做些什么？无意间对孪生弟弟说的一句话，居然有可能促成某种可怕的犯罪计划——思至此处，雅树的内心不禁有些忐忑。

被罪犯囚禁了一个多月，每天还不得不对其进行日语和编程方面的辅导，心里会产生抗拒也是可以理解的。

然而究竟是为什么呢？

为什么自己就不愿喊出"这和说好的不一样"，然后扯断绳索，打破玻璃窗溜出去呢？为什么不拼命寻找逃走的机会呢？即便知道奈美与父母的生命会遭受威胁，自己不能轻易逃跑，但为什么连这种冲动都没有萌生，反而在某些时候还会有种奇妙的舒适感？

谜题的答案，就在他那个躺在一旁的弟弟身上。

"榻榻米真好啊，我不讨厌。虽然喜欢床，但这个房间也不错，有种日本的气氛，还蛮有趣的。"

最近杰克总是积极地与雅树闲聊。每次受到长野责备，他总会说"这是在练习日语口语啦"，但真正的目的明显不是这个。

雅树很清楚，杰克是想与自己这个哥哥交谈，想要更加了解自己。在拥有相同DNA的血亲之间，这是一种十分自然的欲望。随着共度的时间越来越长，一种几乎不合乎逻辑的情感开始跨越敌友关系，填满了两人的内心。

"雅树，我发现了一件事……"

"什么？"

"我觉得编程比日语简单，学的时候感觉并不算难。"

"真厉害，你确实很擅长数学。照这个速度下去，很快我就要被你赶超了。"

"不不，并不算擅长，只是比其他科目好学些而已，我数学成绩也不好，不过——"杰克笑了，顿了顿说道，"我喜欢数学，因为这是我和雅树的'gongtongdian'。"

他自豪地展示着最近刚学会的单词。就在这一刻，那份情感在内心深处生根发芽。

唉，又来了！

明明刚才还在生气。

明明应该因为杰克违约而不再信任他。

然而就在此刻，负面情绪突然消失，一种正面情绪油然而生。

"共同点……"

这是一个温暖到与自己的监禁生活几乎格格不入的词语。

"除了数学以外还有很多很多呢，比如说，体育很糟糕啦，因为音痴而不擅长当众唱歌啦……"

"确实，我最讨厌合唱课了。体育方面，曾打过篮球，但因为个子比别人矮,一直都打不好。"

擅长的科目、运动能力、音感……越是在交谈中发现新的共同点,雅树就越能感受到人体的奥秘,他不禁感叹,这就是遗传的力量。

"我也是。在日本虽然算不上矮个子……但打篮球也很一般。"

"雅树你擅长的是网球吧?"

"是的,从初中到高中都在社团里打。"

"Shetuan……是什么?"

雅树一不小心就会蹦出单词书上没有的词语,导致对话被打断。他解释过后,杰克频频点头,表现出浓厚的兴趣。

"社团对吧?那雅树的社团就是'网球社'喽?"

"是的,我打了六年。"

"厉害,打了这么久啊!美国的校运动队成员想要参加比赛的话,每年只有秋季、冬季和春季三次机会。"

"就是所谓的赛季制[1]吗?"

"嗯,赛季制。我的学校是秋季打篮球,春季打网球。"

"自由自在挺好的。美国的学校确实给人这种印象。"雅树

---

[1] 美国高中校园运动队的赛季制通常遵循一种标准的季节性安排,每个运动项目都有规定的季节。该制度旨在为学生提供机会参与体育活动,培养团队合作精神,提高体育技能,并在竞技体育中积极竞争。例如,春季举行棒球、网球赛,秋季举行篮球、足球赛等。

漫不经心地说出这句话。

"是吗?"杰克却抱着双臂皱起眉头,"美国的学校自由,难道日本的不自由?两边有哪里不一样呢?我完全不了解,你给我多讲讲。"

"这个,其实我也不是很了解……不过美国的学校好像没有班级,可以选择自己想上的课,对吧?而且没有校服,可以穿自己喜欢的服装上学……还有,美国学习重视个性,所以相对于重视组织的日本,霸凌事件可能更少吧?"

"这倒也是。"杰克表情严肃地点了点头,"可我觉得也不是那么自由。"

"为什么?"

"因为所有课程都会布置很多作业,要是不能在截止时间之前完成,或者上课迟到,老师就会要你detention(留堂),午餐也只能一个人吃。还有,下课后没什么休息时间,初中课间三分钟,高中课间五分钟,学校很大,要赶着去上课,特别累人。"

"咦,休息时间这么短吗?那岂不是连上厕所都不够?"

"一般会在课上请假去上厕所。"

在交流中,两人意识到日本学校与美国学校之间有着不同的局限性。雅树所上的公立高中,课间休息时间充足,除了简单的英语预习任务外几乎没有作业,每年还会举办由学生主办的体育节与文化节等活动。当雅树提到这些,杰克睁大眼睛感慨道:"还是你们更自由嘛!"

在随心所欲地交流着日、美差别的过程中,两人也重新发现了一些事实。例如,他们的生日是在八月下旬,而在美国,新学期从九月开始,所以他们相当于在日本的三月下旬出生[1]。杰克的英语能力本就比周围的孩子差,在出生月份上还处于劣势。尽管两人拥有完全相同的DNA,但成长环境的差异在很大程度上影响了他们的自我评价与自信心,并使他们拥有了不同的人格。

"你知道吗……"或许是疲于用不熟悉的日语继续交谈,杰克改用英语说话,声音也放低了些,"在美国学校,每间教室里都会悬挂美国国旗。每天早晨开班会时都会有校内广播,全校学生面向国旗宣誓要效忠美国。这时要全体起立,将右手放在心脏的位置。"

说着,杰克保持着坐在榻榻米上的姿势,面无表情地演示了一遍。

"必须这样做吗?"雅树感到有些意外。

提到效忠誓言时,杰克表情阴沉。压抑在心中多年的矛盾情绪从他紧皱的眉头间显露出来。

"忘了是从什么时候开始的。每次像机器人那样背诵誓言时,我内心都会感到疑惑——究竟哪一个才是我的祖国?我三

---

[1] 日本的新学期通常于三月末或四月初开始。

岁就离开日本,连一句日语也不会讲,可即使是说英语,我也会有些特殊的口音,甚至好几次都有人以为我是日本留学生。我究竟是日本人还是美国人?来到这个国家后,我好像终于明白了。"

雅树怀着一种难以言喻的心情倾听着杰克的心声。他知道这不是自己的错,但罪恶感依旧沉积在内心深处,久久不能散去,他甚至觉得剥夺了杰克容身之处的人就是自己。

为什么没有一心期待着囚禁生活结束?答案现在终于显现出来了。

最终雅树会获得释放,杰克会被警察逮捕,而两人之间的关系也会就此终结。身为犯下抢劫杀人罪的加害者,杰克将面临的是被判死刑或终身监禁。即使可以避免极刑,在今后的几十年里,两人也不可能有机会像现在这样独处闲聊了。

如今的他们,只是在拼命弥补没有童年伙伴的遗憾。

正因如此,两人才会在这场囚禁中暂时忘却受害者与加害者的身份。

正当雅树犹豫着该说些什么的时候,西式间里传来微弱的声音,似乎是长野从小睡中醒来了。原本软趴趴地落在地上,一端拴在脚踝上的绳子突然被猛力一拽,雅树失去平衡,用手支撑在地板上。"疼死了!"一个不悦的声音从门后传来。

突然间,一张纸出现在雅树眼前。

他惊讶地抬起头,发现杰克已经蹲在身边。杰克把一支钢

笔塞进雅树右手,指着一张看上去像是传单的背面说:

"帮我写一句日语——'嗓子坏了,说不出话'。"

"啊?你要用它干吗?"

"我不想解释,快写。"杰克冷静地低声说道。

这似乎也属于"命令"的一部分。这让雅树原本对他的同理心一下子消退了。

好不容易开始信任杰克,但如今再度对他的计划心生怀疑。除了被夺走的身份证明与储蓄卡外,这张纸片是否也会被用于某种犯罪行为?他们所说的"宏伟计划"会不会早已开始实施,只是自己还没有意识到而已?

雅树有些失望地按照要求写下了那句话,杰克把纸片放进了他常用的黑色双肩包里,然后向西式间喊道:"我该出去了。"

西式间的房门猛然被人推开,刚刚起床的长野一脸不悦地扫了一眼趴在厨房地板上的雅树。

"今天也要出门?"

"最迟傍晚回来,雅树麻烦你监视了。"

"嗯。"

简短的交流过后,杰克背着双肩包出门了。

就这样,雅树与长野度过了一段漫长而难耐的时光。杰克没有食言,在傍晚提着便利店的塑料袋归来了。算上午餐的份额,他递给了雅树三个还有点余温的饭团。

"嗓子坏了,说不出话"——

直到最后，雅树也不知道那张纸片究竟用在了哪里。

从既不狭窄也不宽敞的房间里传来水声与模糊的英语歌声。

是杰克正在浴室里冲澡。与此同时，西式间房门敞开着，长野正像往常那样坐在床上，盯着膝盖上面的笔记本电脑。

雅树不清楚他在做什么，也听不到敲击键盘的声音，应该不是在与外界联系，或许是在为了"计划"而收集信息吧。不知道是不是错觉，如今兄弟两人的交流几乎不再需要长野的介入，原本身为翻译的他最近显得有些无所事事。

长野突然抬起头来，雅树立即闭上眼睛，躺在地板上假装睡觉。因为如果目光交会，对方肯定会找自己的碴儿。被束缚在房间里，所有物品都被没收，除了观察以外没有任何事情可做，可对方并不会因为这样就宽待他。

尽管如此，相比以前，雅树对长野的恐惧已经减轻了不少。在过去两周里，雅树没有遭受过他的拳打脚踢。对此长野不会说明原因，雅树自然也不好询问，但他大致可以猜到，是因为到了解除囚禁的那一天，他不希望雅树身上还留着伤痕及瘀血这种施暴的证据。

从长野态度的变化中，雅树可以猜到获释的日子接近了。然而无论如何等待，对方似乎都没有更加具体的行动。焦虑与不安不断增加，导致雅树多次半夜从睡梦中惊醒。最近他又频繁做起了刚被囚禁后不久做的那个噩梦——自己被匕首刺穿了胸膛。

"怎么会这样?"

突然传来一声惊恐的低语,雅树不由自主地睁开眼睛。

听起来像是自言自语。只见长野挺直身子,惊讶地睁大双眼凝视着笔记本电脑的屏幕。

长野的身体僵硬了几秒后,慌忙用手指滑动触摸板,似乎在反复确认什么。屏幕上的内容随着他的操作不停地上下滚动。

过了一会儿,长野回过神来般抬起头。察觉到他再次将目光投向自己,雅树赶忙闭上双眼。

然而他眼前所闪现的,依旧是长野刚刚那副极度僵硬的表情。

他究竟看到了什么?

是不是发生了什么会妨碍执行"计划"的事?倘若果真如此,对于不愿合作却被迫参与其中的雅树来说就是天赐良机了。

淋浴的声音与跑调但欢快的歌声不停地从浴室中传来。即使独自在家时雅树也绝不会唱歌,相对而言,杰克似乎并不讨厌音乐本身,可能只是不擅长当众唱歌罢了。

过了一会儿,雅树轻轻睁开眼睛。只见长野的目光又回到了笔记本电脑的屏幕上,他用手托着下巴,似乎正在沉思。

突然,一阵拉长的门铃声让室内的空气震颤起来。

"谁?"长野抬起头低声嘀咕着。

尽管不知道准确时间,但离天黑已经过了三个多小时,对快递员或是NHK收费员[1]来说，这个时间未免太晚了。

雅树也坐起身来，望向餐厅墙上带有监视器的门铃。他瞥见迷你屏幕中出现了两个身着西装的男子，内心泛起一阵不安。

是警察。

震惊霎时间转变成希望。

警察终于察觉到了发生在雅树身上的异常。尽管已经洗清罪名获得释放，但对于尚未停止搜查的警方来说，雅树依然是嫌疑人之一。一声不吭地解除了手机合约，甚至还搬了家，他们迟早会起疑并找上门来——雅树始终相信这一点，而如今他终于如愿以偿。

长野悄无声息地走出西式间，看了眼监视器，继而像恶鬼般转过身来，露出一副吓人的表情。"不许出声！"他用低沉的声音威胁道，然后快步走回西式间内。当他再次出来时，手中已经握着一把匕首，在天花板灯光的映照下，刀刃反射出一道寒光。

"叮咚——"冰冷而单调的声音再次传来。

长野环视房间，轻轻咂了咂舌，想必是意识到已经无法装

---

[1] NHK（日本放送协会）是日本的国家公共广播电视台，以提供广泛的新闻、文化、教育和娱乐节目而闻名。NHK 的电视和广播节目在日本广泛播出，因此根据日本的广播法，日本国民需要按照规定的费率支付 NHK 电视收视费，以资助 NHK 的运营和节目制作，这个费用通常被称为"NHK 费"。而收费员会定期去各个家庭和企业收取电视收视费。

作不在家了。由于浴室和厨房的窗户面向公共走廊，房间里亮着灯是一目了然的。此外，杰克淋浴的声音也肯定已经传到了访客们的耳中。

没过多久，淋浴的声音停了，浴室拉门滑动的声音传来。

也恰好是这个时候，第三次门铃声响起。

裹着浴巾的杰克带着诧异的表情冲出更衣室。第一次和第二次门铃声他似乎并没有听见。

拿匕首指着雅树的长野用尖锐的声音小声询问杰克：

"警察来了，你能应付吗？"

"你说冒充雅树？那是不可能的。我的日语还没到母语水平，要是和他的熟人说话，肯定会露馅的。"

"那只能让他去？"

长野用力抓住雅树的肩膀，凑过脸威胁道：

"听好了，绝对不准向警察透露我们的事。你独自一人住在这儿，切断人际关系和搬家也是你自己的意思。你从未见过你的双胞胎弟弟，也不知道有他这么个人。"

"这种话——"

"事先告诉你，我练过近身格斗。只要我愿意，区区两个手无寸铁的警察，再加上你，我都能轻易弄死。"

耳边传来一阵燥热的呼吸声。"知道了。"雅树放弃抵抗，轻轻点了点头。如果警察只是来打听他突然搬家的事，可能并不会携带手枪或警棍。虽然日本警察通常接受过武术训练，但若是遭到一名持械退役军人突然袭击，显然会陷入不利境地。

在这种情况下，就只能寄希望于来访者的直觉了。

雅树的心脏怦怦直跳。等待长野解开了手脚上的束缚后，雅树慢慢站起身来。

"喂？"按下通话器上闪烁的通话按钮后，雅树费力地开了口。

"是桐谷雅树先生吗？"

"是我……"

"我是警视厅的片山，想和您聊几句，可以开门说吗？"

这个声音非常耳熟，是那名招人厌烦的中年刑警。他是从警视厅总部被派到搜查总部的，在雅树被羁押期间，曾负责大部分的问讯工作。

与自己被身着灰色西装的长野欺骗时不同，这次是真警察找上门了。片山身后站着的正是他被问讯的过程中使用笔记本电脑做记录的那名年轻刑警。

"马上开门。"

雅树挂断通话器，正准备去门口时，长野说了句"等等"，随即拽着他的手臂来到浴室，强迫他弯下腰，不由分说地在他头上淋了些水，这是为了让他显得像是先前正在淋浴。长野的头脑确实比预想中更好。

接着雅树一边用长野粗暴地塞过来的浴巾擦着脑袋，一边走向门口。杰克关上日式间的房门藏在后面，长野则手握匕首躲在厨房的盲区里。

房门被打开,一阵暖风涌入。房门另一侧是雅树原本再也不想见到的警察的面孔,但如今他们在他眼中却宛如救世主一般。

自称片山的刑警皱起眉头,望着雅树湿漉漉的头发。

"不好意思,让你等久了。"

对方的态度还是略带倨傲,但口气比之前问讯时要客气些。既然雅树已经获释,看来今天警察会以平等的身份对待他。

"桐谷先生,知道我们为什么会来吗?"

"呃……是因为我没通知你们就解约了手机,还搬了家?"

"原来你知道啊。为什么会这样?"

"因为邮箱里一堆骚扰信,我有些不堪其扰……我现在谁也不想联系,谁也不想见。"

"即便如此,你也得向我们通报一声才行,关于案件的调查还没结束呢。托你的福,我们找到你先前那家公寓的管理公司,才得知你搬到这儿了。"

片山似乎相信了雅树的解释。雅树想以某种方式向对方发出求救信号,却实在想不出怎样才能避免长野怀疑。

"不好意思。"雅树开口道歉。片山则事不关己似的开口道:"没关系了,我知道你也很不容易。"

片山询问新手机号码时,雅树回答了杰克旧手机的号码,这是长野先前强迫他记住的。

"其实我们来找你还有另外一个原因。"

"什么……"

"我想听你讲讲你弟弟的事。"

雅树咽下一口唾沫。

在这种情况下,正确的反应应该是什么?

长野那把匕首的刀刃在脑海中闪过寒光。雅树拼命思考着,终于吃力地反问道:"弟弟?"

片山满意地将双臂交叉放在胸前:"是的,就是你的弟弟。知道些什么吗?"

"我不懂你的意思……我是独生子,你在说什么?"

"这样啊。"

两位刑警对视了一眼。

"真的一点印象都没有?"

"问题是,我根本没有弟弟啊……不知道你们到底什么意思……"

"看来——你可能是被陷害了。"

片山的低语让雅树心跳加速。

没错,我确实被自己的孪生弟弟陷害了。

警方已经接近了真相。

那就再多注意一件事吧。

——你们说的那个"弟弟",如今就在我房间里!

"这是什么意思?我有个与我有血缘关系的弟弟?难道说他

长得和我很像？监控摄像头拍下的难道是他？"

"别着急，不要轻易下结论。要是你对此一无所知，我们也没法说得太过详细。嗯，要是你好奇的话，可以查一下自己的户籍，或者和父母坦诚沟通一下。"

说出这句意味深长的话后，片山便打算结束对话。

"如果有自称弟弟的人联系你，立刻通知我。不过既然你最近换了手机号和住址，或许不用担心了。"

然而这个弟弟，正是此刻囚禁自己的人。

更换手机号和住址，也正是在弟弟与同伙蛮横的命令下被迫做的。

你们千万要发现啊——

年轻刑警礼貌地说了句"抱歉，这么晚打扰你了"后，房门便被关闭了。

雅树的身体瞬间无比虚脱，几乎要瘫倒在门口。刑警们还没有发现雅树遭到了囚禁，他们不是来解救自己的。

仅有的些许期待也被无情打破了。

背后传来拉门打开的声音：

"太危险了，幸好顺利把他们赶回去了。"

走出日式间的杰克松了口气。刚刚他还半裸着身体，不知何时已经换上了运动服。长野则紧握着刀柄，愤怒地说道：

"你没听到吗？警察已经注意到你了！时间不多了，本来约好是一个月，都怪你一直拖个没完，结果搞成这样！到时候可别害得我也被抓！"

"没关系，我不会让文也被警察抓住的，要露面的只有我一个。放心吧，接下来的一周里我会下定决心的。"

"还得一周？不能再快点吗？"

"为了'计划'成功，我想确保万无一失。"

杰克的话让长野深深叹了口气。"算了，随你便吧。"接着他竖起拇指指了指门口。

"今天太累了，我出去转转。"

"怎么了？晚饭不是吃过了吗？"

"我去找个地方喝上一杯，明早之前会回来的。没问题吧，你白天不也出门了吗？"

"是这样啊，当然没问题啦。你要去哪儿喝？涩谷？新宿？池袋？"

"池袋？我怎么会去那种地方。就在附近，车站周围不就有好几家嘛。"

长野将雅树撑到餐厅中央，重新拴住他的脚踝，随后走进西式间里拿上钱包和手机，走了出来。他先是微微推开房门，探头检查走廊里没有人后才趿拉上鞋。

长野不知为何有些别扭地抛下了一句"Good night"，随后向着夜晚的街道走去。

"你工作得很好，雅树。"杰克带着明媚的笑容称赞道。

"如果你想说的是'Good job'，那得说'干得漂亮'。"听见这话，杰克顺从地纠正了错误，重新说了一遍"干得漂亮，雅树"。坐在地板上听着他天真的话语，雅树的心情无比复杂。

"这是长野第一次离开这么久，我们做些什么？看电视？借文也的平板电脑看YouTube也行。哦，但我不知道密码。那就看电视吧？"

杰克打开西式间的房门，指了指放在角落里的电视。能与外界间接取得联系，的确是个颇有吸引力的提议。自从他们搬到这里，由于长野觉得麻烦，一直没有连过电源，因此电视也成了摆设。

看电视或者YouTube。

就像普通兄弟会做的事一样——不知为何，雅树感觉自己的想法有些可笑。

然而，雅树在心里已经下定了决心。

长野一整晚都将不在。

这正是梦寐以求的机会。在长野去便利店的短短十五分钟里，他无法实施这个计划，但现在，这个在心中酝酿已久的计划突然有了实现的可能。

"基树……"

雅树刻意用这个与生俱来的名字称呼他。杰克的肩膀微微颤了颤，有些惊诧地转过头来。

"我有件事想对你说，希望你能认真听。"

"什么事？"

"那个'Great plan',可以取消掉吗?"

"Quxiao……"

"就是终止、结束的意思。"

雅树明确地说出这句话后,杰克的脸上浮现出犹豫的神色。雅树继续用日语对自己的孪生弟弟说道:

"我早就想和你谈谈了。记得初次见面的时候,你说'文也和我,打算在这个抛弃了我们的国家里搅个天翻地覆'。换句话说,杰克你要做的事情就是报复、复仇。过去你非常讨厌日本,想要伤害这里的人,但是……如今你还想这样做吗?在过去的一个半月里,难道你的想法就没有一丝改变?"

可能是血缘关系,让他这个兄长依然想要偏袒杰克。

但无论如何,雅树依旧无法认为杰克是一个彻头彻尾的恶人。根据年龄差距与对平日里的关系的推测,雅树认为是长野在主导这个"计划"。如果对面只有杰克,自己或许可以想办法说服他不再继续犯罪。

对方已经犯下了抢劫谋杀的罪行,在最后时刻说服他放弃精心准备的"计划"可能极为困难。当雅树提出这件事时,兄弟间那种微妙的平衡可能彻底崩溃,自己的生命也很可能受到威胁。

但雅树还是非这样做不可。

自己的孪生弟弟因对祖国怀着一种含混的怨恨而失控。

如果说世上只有一个人能够阻止他,那这个人恐怕就是自己。

这或许是种傲慢的表现，但如果不去试试，就什么也做不成。

"我不知道你们所说的'Great plan'到底是什么。是诈骗？是恐怖袭击？还是另一起抢劫谋杀案？可是，想要报复你所憎恨着的日本，就真的只有这种办法吗？"

"只有……这种？"

"你可以用其他办法，比如，向我们的父母索要抚养费，这是他们本就该出的。虽然没有死掉的后田洋一郎那么有钱，可是辅导班的生意还算不错，他们应该有能力拿出一笔钱来，我也会帮你说服他们的。杰克你在美国过了那么久的苦日子，如今应该重新开启新的人生。想要通过金钱来解决问题，就让导致这种结果的亲生父母来承担责任吧。我们一起从父母手上夺回你重启人生所需要的资金吧！"

雅树越说越快，口水飞溅出来。

尽管说这番话时用的是日语，不知道对方是否能理解透彻，但雅树感觉到自己的诚意已经随着言语传达了出去。杰克的视线落在地板上，口中轻轻嘀咕着"restart"这个词。

看到他局促不安的表情，雅树确信了。

自己的猜测是正确的，他的确还有些迷惘。他在犹豫着是否要在涉谷那起案件发生后，继续怀着他来到日本之前——遇到雅树前的动机，执行第二次犯罪计划。其实他自己有时也搞不清这个问题的答案，但他别无选择，只能继续行动。

这也无可奈何。因为在日本，杰克唯一可以依赖的就是那个毫无道德观念的长野。

然而现在——

"我喜欢杰克。尽管你对我做了这么粗暴的事，但我就是喜欢。连我自己也不知道为什么会这样想。"

真心话就这样脱口而出，连雅树自己也没想到。

"喜欢"这个初级词汇杰克当然认识，他继续低头盯着地板，但是惊讶地睁大了双眼。

我们是——双胞胎兄弟。

"所以，我希望杰克能过上正常的生活。我想让你为自己的罪行付出代价，等到你出狱的那天，可以用父母的钱继续生活。我也会帮助你，一切都会好起来的。只要把抢来的钱还回去，老老实实向警察自首，就不会有最糟的情况发生，而且我也不会让那种事发生。"

雅树坚决地说着，杰克则默默低着头。

似乎无法忍受这种气氛，杰克在原地坐了下来。两人的眼神完美相遇。

"你好像能读懂我的心呢。"杰克耸耸肩膀，左右摇了摇头。

"老实说……来到日本后，我了解了许多。我本以为日本是个物质与精神都十分贫困的国家，甚至穷到要把孩子送到海外去，实际上却并非如此。而你这个哥哥，一开始看上去像个惹人厌的'社会精英'，实际上却只是个怎么看都和我一模一样，和我有着许多'gongtongdian'的普通人。所以……老实说，我已经越来越没有动力去实施那个'计划'了。我开始不断思考自己当初到底是因为什么生气。当初说好只关你一个月，但后来却延长时间，也有一半的原因是这个。"

"杰克……"

"我会取消掉那个'宏伟计划'的。"

他轻描淡写地宣告道。

雅树一时间有些难以置信，不禁屏住了呼吸。

"真的吗？你不会只是随便说说，哄我而已吧？"

"不会的。虽然有时候我会敷衍别人，但不撒谎是我的原则。"

"可是，这么轻易就取消……不用和长野商量一下吗？"

"没问题，那个'计划'没有我参与是行不通的。我决定放弃，就意味着结束了。"

雅树回忆起最近长野对杰克的催促。从他们夺走自己的身份证明，并要求自己教杰克日语的事情来看，在"计划"的某个环节里似乎需要让杰克来冒充雅树。长野没有日本国籍，也不可能有着与自己一模一样的日本兄弟。光凭他一个人，想必无法完成犯罪计划。

杰克的话有着一种常理无法解释的可信度。

雅树放下心来，长舒了一口气。

原本打算花费一晚来说服他，但事态出乎意料地在向好的方向发展，这说明杰克对那个"计划"本来就有所犹豫了。

不知为何，雅树觉得就像自己对杰克产生了深深的感情那样，不知不觉间，杰克也将自己视为特殊的存在。最开始在杰克眼中雅树是"没有被抛弃"的那个人，而雅树则遭到了杰克蛮横的囚禁，两人间本应存在着嫌隙。然而在不知不觉间，雅树与杰克被同卵双生这种神秘的、独一无二的关系逐渐拉近，而如今，两人的心终于交会在一起了。

不过那个"宏伟计划"究竟指的是什么呢？

雅树的心中依旧留有疑问，不过既然实施者本人决定要取消，也就没理由继续追究了。

诈骗、恐怖袭击或是贩毒——尽管并不清楚细节，但无论如何，雅树阻止了一起新的犯罪。想到孪生弟弟能应承自己的请求，一阵暖意再次涌上心头。

"你能理解这些，我很高兴。"雅树不禁面露微笑地说道。

杰克也带着一丝难为情的笑容回道：

"这句话该我说。没想到你能看出我在犹豫。"

"因为是双胞胎啊。我们一定能够心有灵犀、互相理解的。"

"怎么会呢。我们可是在不同国家的不同家庭里长大的。"

"不然要怎么解释？谁会喜欢上囚禁、严苛命令自己的人，还与他合作呢？"

杰克大笑着挠了挠自己的脑袋："回想起来，我做了很多坏事呢。"雅树尽量用积极的心态答道："就让它成为过去吧。只要你能信守承诺就行。"

"承诺？"杰克眨了眨眼，"哦……你是指一个月的期限吧。"

"虽然已经超了半个月，不过你会放了我，然后向警察自首，对吧？他们好像已经嗅到了你的味道，可能早点行动的好——"

"不。"杰克的音调突然提高了一些，"我不会自首，而且也没打算立刻放了雅树。"

"什么？"

难以置信的事态发展。

雅树顿时变得脸色苍白。

——刚刚，他说了什么？

"你说话怎么不算数！"雅树有些急躁，"因为当初说好一个月后你会自首，我才会配合你那些奇怪的命令。而且你不是刚刚才说过不撒谎是你的原则吗？"

"是你误会了吧。当时我说的是我会光明正大地出现在警察面前，你的罪名会被洗清，你也能回到工作岗位上去。至于别的我可是一句没说，这也能算是撒谎吗？"

对于这种谜语一般的回答，雅树不禁抱住了脑袋。

光明正大地出现在警察面前——却不是自首？

不立刻释放雅树——却能让他洗清罪名，回到工作岗位上去？

思考得越多，大脑就越混乱。

"这到底是怎么回事……"

雅树的声音有些颤抖。而杰克只是淡淡说了句："不好意思，搞得像是在给你挖陷阱一样。"

"我不打算向警察自首，也要再过一阵子才能放了你。只不过接下来我不想再骗你，而是和你正式建立合作关系。雅树你为人正直，或许没法轻易接受……"

"什么意思？"

"要是让文也知道，他肯定气得不行。不过算了，反正'计划'已经取消，我决定好好和你谈谈。"

杰克仰起头来，像是想要下定决心一般闭上双眼。

仿佛故意要惹得雅树焦急一般，这个姿势维持了好一会儿。终于，他张开了恢复血色的嘴唇说道：

"初次见面时，文也提过我和他之间的关系。那会儿我还不会日语，所有话都交给他来说……当时文也是怎么说的？"

"他和你是儿时玩伴……你们都是被人从日本送到美国的国际养子……应该是这样说的。"

"原来如此，那么现在我要把真相告诉你。其实——我们并非儿时玩伴，甚至连朋友也不是。文也·长野并不是国际养子，而是土生土长的日本人。他确实接受过军事训练，但所属的并非美军，而是日本自卫队。"

"啊？"

雅树一时难以理解。

——这家伙到底在说什么？

"看来你完全没意识到啊。嗯，身为美国人的我是能看出些破绽，但文也的演技还是很不错的。他的英语确实相当流利，最重要的是说得非常自然，不像日本人那样过于担心语法、发音之类的细节。"

"长野是日本人？还是自卫队出身？怎么会……"

"在一起这么久了，你都没有怀疑过吗？"

被杰克反问后，雅树拼命在脑海中搜寻细节。被囚禁后，自己是否见长野展现过不同于美国人的一面？

——恐怕太多了。

无懈可击、过于熟练的日语，与杰克相比略微有些奇怪的英语音调，绑住雅树手脚时命令他坐在地板上的那句话，要求他把身份证明连同存折一起交出，最终夺走了他的那件物品……

无数记忆如水流般涌上心头。

话说回来，杰克当初闯入公寓时是直接穿鞋进来的，而长野却很快脱下了运动鞋。杰克对他在便利店买来的炸猪排三明治赞不绝口，而长野却能毫不费力地拆开那种特殊三角形包装的饭团。无论是饭团还是速溶味噌汤，他在吃喝时都是一副司空见惯的样子。

当时雅树没有怀疑过这些，因为他彻底接受了长野"在日裔家庭长大"的解释。

正因为相信了那句话,雅树自然而然地接受了他与杰克的差异。在日裔美国人的家庭中长大,说话确实会有口音,或是习得了一些日本人的行为举止。

然而,在得知真相并回想起这一切时,雅树还是能感受到长野的行为过于日本化了。一个从未上过日本学校,也从未在日本公司工作过的人,怎么会知道"抱膝坐"和银行印章这些本土文化?

"可是……"努力抑制住颤抖的声音,雅树向面前冷静的孪生弟弟问道,"既然这样……你们到底是什么关系?"

"我们是在一个郊区酒吧里偶然相遇的。"

"当时我沉溺在自暴自弃的生活中,几乎身无分文。文也则是自由自在地在美国漫游。我们俩的共同点是,当时我们都觉得'随时死了也无所谓'。"

"我向你讲过我的成长环境吧?"杰克叹了口气,"文也也是一样。家庭关系破裂,没有亲密的朋友,对工作无所谓,人生也看不到未来,每天就只是漫无目的地活着,重复着枯燥无味的日子。这种无味的人生,不管什么时候结束都无所谓。"

"当时在酒吧角落里,我发现有个和我很像的家伙。我问了一下,他说自己加入过日本自卫队,但他不适应严格的纪律,于是就不干了。后来他又在某个美军驻日本基地附近的小酒馆里当服务员,但因偷窃店里的钱而被赶了出来。随后他又干了许多不同的工作，最后因为厌倦了那个狭小的岛国而来到了美国。但他并没有凭借在小酒馆里工作时培养的英语口语能力重新打拼一番，而是开始了漫无目的的旅行。他打算把钱用完，然后找个地方自生自灭。"

"日本也好，美国也罢，一旦跌落底层，就不可能翻得了身。"面对初次相遇的杰克，长野用冷淡的口吻说道。

对于素有"自由之国""移民之国"等诸多美称的美国，这名男子似乎没有任何期待。这让杰克感到失望。

"说得太对了，伙计。在这个等级分明的国家里，一旦沦落为底层，就再也没法翻身，哪还会有什么希望！努力就有回报？公平又自由的国家？少扯淡了。这不过是有钱佬们给穷鬼展示的幻象罢了。就因为我长着一副亚洲人的面孔，在这个国家处处受歧视。文也，你说得太对了。美国比日本大得多，想要寻死，这里真是再合适不过了。"

长野和杰克就这样敞开心扉谈了起来，愈谈愈欢。不知不觉中，借着酒劲，两人把各自的成长经历和对处境的不满一五一十地倾诉出来。他们就这样以惊人的速度成了交心的伙伴。而在相遇的几个小时后，长野和杰克又发现他们在某个方面可能达成了利益一致的共识。

"我们当时谈得十分投机。尽管既不是儿时玩伴也不是朋友，但我们正式成了'伙伴'。我协助文也，文也也协助我——只要我们互相帮助，实现彼此的目标，那么原本灰暗的生活里就会出现希望的光芒，而我们也能找到逆转人生的机会。"

"彼此的……目标？"

雅树实在无法了解他的思路。

长野与杰克是怀着不同的目的来到日本的——难道是这个意思吗？他们原本并不是齐心协力的犯罪伙伴，而是在利益一致的基础上，以"商业合作"的方式达成共识，并决定共同前往日本。

然而雅树还是不明白——两个在美国偶然相遇的男人，仅仅通过分享自己的故事，就能产生如此强烈的共鸣？

"雅树你这么聪明，一定很容易猜到我们的目的吧？"

"我猜不到……"

雅树无力地摇了摇头。

"那就由我来告诉你吧。"杰克得意地晃了晃肩膀，用恩赐般的口吻说道，"我的目的先前也提到过，就是想去见见那个过去与我分别，如今仍在日本生活的孪生哥哥。我想知道他是怎样的一个人，过着怎样的生活，还想知道他对长相一模一样的我究竟有什么看法——总之，我要先弄清这些，要揭开这个困扰我多年的身世之谜。要是可能的话，我也想见见自己的亲生父母，然后仔细参观一下自己生活过一段时间的日本。我想要了解自己的身份，重新审视未来的人生，这样做或许能够让我找到一条出路……虽然这么说还是有些笼统。"

令雅树感到意外的是，他并没有听到"复仇"或"报复"这种充满犯罪色彩的词眼。杰克过去不是将雅树称为"没有被抛弃"的那个，说过他羡慕雅树，憎恨送走自己的父母吗？还是说，虽然怀着这种复杂的心情，但实际上他对与自己血脉相连的家人和日本这个国家的兴趣还是占了上风？

未能察觉到雅树的困惑，杰克依旧滔滔不绝地讲着：

"因为过去我一直无所事事地生活，所以没钱买国际航班机票。而且就算到了日本，要是不会说日语，也没办法找到孪生兄弟，就算见面也没法正常交流。而文也在美国漫游，身上有一笔存款，同时掌握英、日两种语言，因此他可以帮到我。"

"那长野的目的是什么？"

"别这么着急，兄弟。"似乎对雅树的焦躁有些诧异，杰克轻轻一笑，"冷静想想不就知道了？"

"刚刚我不是提到了文也和我的共同点吗，就像我和美国的家人断绝关系一样，他所成长的家庭早就分崩离析了，原因是他母亲过去被一个男人骗得很惨。当时她认识了一个有意与她发展关系的男人，然而当她和丈夫分手，准备同那个男人在一起时，对方却在骗走了她的全部积蓄后消失了。结果她沦为单身母亲，过上了极度贫困的生活。虽然这种下场是自食其果，但骗她离婚，还卷走钱财的男人显然更加可恶。文也就这样怀着对那个骗婚者的憎恨，在东京周边破烂得像贫民窟一样的地方，与他愚蠢的母亲生活在一起，终日生活在暴力和危险中。那么……"

杰克像卖关子一样刻意不再说话,并以异常平静的眼神望着雅树。

"你知道那个男人是谁吗?我们来到日本之后所做的事可以给你点儿提示。"

雅树倒吸了一口凉气。

即使没有提示,在听到"骗婚者"这个词时,答案已经显而易见。

在审讯室里,警察曾问过他几个莫名其妙的问题,他们的声音此刻又在他的耳边响起。

——你跟比你年长的女人交往过吗?

——是不是想替那个受害的女人报仇?

在听说长野是土生土长的日本人时,他为什么就没想到这点呢?

雅树缓缓挤出了浮现在脑海中的名字。

"后田……洋一郎,对吗?"

"嗯,答对了。"

"那就是你为长野做的事吧?"

"是的。"

杰克用发音清晰的日语和蔼地答道。

发生在涩谷的案件并不是无差别谋杀,而是存在着明确的动机。

只不过那动机并非是杰克的,而是长野的。

后田洋一郎——那名被杀害的老人曾对多名女性进行过婚姻诈骗，但仅被定过一次罪。其他的要么没被发现，要么被发现了，但因证据不足，他最终被释放。四十多岁时，他将欺骗女性后瞒过警方视野所得到的一大笔钱当作启动资金，经营了数家夜总会和酒吧，最终成为富豪，甚至还在涩谷区购置了豪宅。毫无疑问，他招惹了不少仇恨，就连警方也怀疑那些被后田欺骗过的女性与雅树是不是有什么关系。

雅树的脑海中突然浮现出长野离开前的样子。

当杰克问他要去哪儿喝酒时，他怒气冲冲地回道："池袋？我怎么会去那种地方。"没错，记得警察还是律师说过后田在年轻时——也是他进行婚姻诈骗的时候——就住在丰岛区。丰岛区池袋。由于联想起那个可恶的家伙，长野似乎下意识地有些反应过激。

看来杰克选择后田洋一郎这个老人作为目标，是有着明确理由的。他故意杀害后田，既是为了给积怨多年的长野报仇雪恨，也是为了从宅邸内夺取大笔财富。

可是——

"不对，这不太对劲吧？"

"哪里不对劲？"

"为什么要杰克你代替长野去复仇？"

雅树的声音不知不觉间变得高亢。如果长野在场，自己可能就要吃苦头了，但或许是因为杰克同样有些情绪激动，没有注意到这点。

"那种犯法的事，长野一个人去做不就行了，为什么非得让别人代劳？他只需要帮忙出机票和当翻译，让你去做，你冒的风险也太大了吧！"

"雅树，你冷静一点。"

"你让我怎么冷静？因为这件事，我无端受到怀疑，长相和名字在国内变得尽人皆知，还在拘留所里被关了三个多星期！"

"这件事对我是有好处的。"

"啊？"

"犯罪风险其实并没有你想象中那么高。事实上，可以说几乎没有风险。"

"没有风险？你在说什么？做了那么多坏事还会没有风险？"

"不是让你听我说嘛。"杰克深深叹了口气，在雅树不情愿地闭上嘴后，他又开始兴奋地讲了起来，"首先，由我动手的好处是，能在超过一亿的日本人里快速寻找到你。只要我的面孔清晰地出现在摄像头内，警方迟早会逮捕到和我一模一样的孪生兄弟。这件事长野之前也提过，对吧？"

"我确实听说过……可是如果我年纪轻轻就死掉了怎么办？当时我也有可能根本就不在日本啊。"

"那种情况只是万一而已。在日本，排除掉因精神疾病自杀和因其他疾病而死亡的人，年轻人的死亡率能有多高？我身心健康，你应该也大致相同。而且你也不至于随随便便就出车祸死掉了吧？"

"这个……"

"恰好不在日本的概率也很小。在二十六岁的日本男性中，此刻在海外留学或工作的人能有多少？更不用说现在不是度假旺季。因此，怎么说也得有99％的成功率。"

"就算这样……"雅树不禁咬住了嘴唇，"日本也不是很小。如果我是北海道或冲绳人，警察再怎么说也不至于——"

"我不是说过吗，我从美国的养父母口中得知，三岁时我被送到了东京附近一个乡村小镇的福利院里，所以说地域方面也完全吻合。就算你搬到国内其他地方，就算监控摄像头拍到的画面只在当地新闻里播放，但只要你在那里生活过，肯定会有人联想到你的。"

雅树被这番奇谈怪论惊掉了下巴。然而正因如此，他实在无话反驳。

也许杰克从未考虑过父母向雅树透露过真相的可能性。在雅树知道自己有个孪生弟弟的前提下，一旦面临被逮捕的危险，他会立刻向警方提供线索，而杰克的计划也会就此破灭。

难道看轻生死的人一旦决定犯罪，就会如此胆大妄为？"简直就是乱来！"雅树怒不可遏。"可事实上我已经成功了。"杰克轻轻耸了耸肩。

"至于为什么我说犯罪没有任何风险呢……"他得意扬扬地继续说道，"刚刚你问我为什么不让文也自己复仇，那是因为那样做的风险实在太大。要是他从后田家里把钱抢走,一旦警方发现证据,他就百口莫辩了吧?但我不一样,如果换成我面对警察,事态就会按照我们预想中的发展。"

"这是什么意思?"一头雾水的雅树问道。

"非常简单——"杰克得意地继续解释道,"我在案发现场故意留下了自己的DNA。一般来说,这些DNA会成为辨别犯人的证据,然而对于同卵双生的兄弟来说就不这么简单了。由于无法区分DNA的来源,等到我们一起出现在警察面前时,只要我们都不认罪,坚称犯人不是自己而是对方,最终就都不会被判有罪。不仅是我,任何人都不会受到法律的制裁——这就是我完美的复仇计划。"

雅树愣住了。

光明正大地出现在警察面前,却不是自首。不会立刻释放雅树,还要继续和他相处一段时间,但最终雅树的罪名会被洗清,也能回到工作岗位上去——这难以理解的想法背后,原来隐藏着这样的目的。

这是一种基于同卵双生子共同否认罪行以期实现脱罪的完美犯罪。

他们就是为了完成这个计划,才把雅树牵扯进来的。

"你们的计划……根本就是纸上谈兵!"

"别说得这么肯定嘛。在国外,有许多同卵双生子同时被指定为嫌疑人的案例,最后的结果都是两人被无罪释放了。"

"但是……如果我告诉警察,长野就是后田婚姻诈骗案的受害者的儿子,那么我们之间是谁在案发现场留下了DNA,不就一目了然了?"

"哦?是吗?难道雅树你知道文也的真名,或者他母亲的名字?"

杰克的反问过于犀利,雅树一时无话可答。

杰克说得没错。文也·长野——仔细想想,身为受害者的雅树都能轻易得知的全名,不可能是他户籍上的真实姓名。而且据说有不少遭遇后田欺骗的女性都选择了默不作声,因此警察未必知晓她母亲受骗的事。

"事先声明啊,我没有蠢到在飞机上和他坐在一起。你被警察逮捕的这段时间里,我也始终有意和他保持距离,所以我们两个不会同时出现在任何监控录像里。除非日本警察不嫌麻烦,向美国警方提出要求,然后奇迹般地找到那家偏僻的小酒吧,还能获取可靠的目击证词,否则我的处境不会变得更差。毕竟我们俩长得一模一样嘛。"

听懂杰克这句话的含义后,雅树瞬间不寒而栗。

如果警察询问手机店店员、房地产中介或是搬家时碰巧路过的大学同学三井,就能证实除了双胞胎以外,确实还有另一名神秘男子的存在。

然而,这个人身份不明,至少不叫什么"文也·长野"。而他是国际养子、日裔美国人这一信息,只是雅树因被误导而轻信的谎言。

此外，即使警方查清了长野的真名，以及他与死者之间的仇恨关系，情况依然不会好转。因为——他的共犯不是雅树而是杰克，这件事没有决定性证据。便利店里的监控摄像头的确能时常拍到杰克独自外出的身影，但在警方不能明确区分双胞胎二人的前提下，无法将其作为雅树被囚禁的证据。

"要是警察问我，我只会耸耸肩膀：'啊？你在说什么？那个人是雅树的朋友，不是我的！'这样就没问题啦。"

杰克的话里充满了自信。看来他每天都在小心谨慎地避免留下任何证据，也避免在监控摄像头与通信设备上暴露他和长野之间的关系。

雅树陷入了沉默，杰克则带着淡然的表情叙述起涩谷那起案件的全貌。

案发当天，他独自进入大卖场购买了一把菜刀。在此过程中，他故意让店里的监控摄像头从正面拍到了自己的面孔。由于不知道自己身在日本的孪生哥哥的发型和体形，他特意戴上针织帽盖住了头发，还穿了不会显露身材的宽松服装。

随后他在后田宅邸附近与长野会面，把割伤自己手指后沾血的菜刀与沾有自己汗水的围巾，连同几根头发一起交给对方，然后他自己前往正门，长野则向宅邸后门走去。

无论是雅树、警察还是观看过那段录像的所有日本人，都被彻彻底底地欺骗了。实际上，闯入豪宅行动的人并非杰克，而是长野。长野坚持要亲手复仇,并表示"我不能让你承担被抓现行的风险"。因此,杰克只是伪装犯人,在正门安装的监控摄像头前来回走动,但是并没有进入宅邸内。而长野则从后门翻墙进入院子里,独自完成了一切,并留下了能够检测出杰克 DNA 的物证。

正如长野和杰克所计划的那样,身为孪生哥哥的雅树很快被逮捕了。雅树当然不会承认自己犯了罪,但这样已经足够了。他有案件发生时的不在场证明,因此很快就获得了释放,这也在他们的预料之中。接下来两人与雅树接触,并在准备"宏伟计划"的同时,构思了杰克出现在警察面前的话术,以免露出破绽。

随后杰克会在合适的时机解除对雅树的囚禁,与雅树一同前往警察局。届时,杰克会向雅树表示"我下定决心自首了",然而这只是谎言。一到警察局,杰克就会按照事先准备好的剧本开始"表演"。

杰克会说自己遭到了孪生哥哥的陷害。案发当天,哥哥把他叫到了公司附近的一家咖啡馆里,毫无理由地硬是让他等了一个多小时。实际上在咖啡馆里的人是他,而作案的则是雅树。自己不远万里从美国赶来,只是为了与失散多年的双胞胎兄弟见上一面,然而对方却利用他不会说日语,将他当成了制造不在场证明的工具——

面对突如其来的背叛,雅树一定会大惊失色并立即否认,他会讲述自己在家里被囚禁了一个半月的经历，告诉警方杰克有一个日裔美国人朋友，并表示杰克曾在他面前承认过自己所犯的罪。然而，雅树以为被夺走的那些身份证明和贵重物品其实依然在他自己家里，名为文也·长野的日裔美国人实际上也并不存在，在雅树身上甚至找不到一丝施暴的痕迹，雅树的话在警察眼中只会是一派胡言。从后田家里抢来的钱会被长野提前转移，因此不用担心警方发现新的物证。

至于杰克，则会声称那个叫长野的人是雅树的日本朋友，雅树是在利用杰克不熟悉日语的情况下来诬陷他。警方手中掌握着确凿的DNA证据，因此他们会坚信犯人一定是这对双胞胎中的一个。雅树本人也坚信犯人是杰克而不是长野，因此调查的焦点只会集中在兄弟两人身上。相当于无论是警察还是雅树，都会陷入杰克的计谋中。

哥哥说的是真相，弟弟则谎话连篇。然而只要无穷无尽地争论下去，这种荒谬离奇的事情就永远也拉扯不清，警方根本无法判断谁说的才是真话。最终能够得出的结论也就只是"犯人必定是两人中的一个，但无法确定究竟是谁"——调查会因证据不足而终止，两人也能重获自由。

"虽然有点疯狂，不过是个不错的计划吧？"杰克说完闭上一只眼睛，竖起了右手的大拇指。

"这样文也就以最低风险从后田那个恶棍手中拿回了母亲被夺走的钱。我也与失散了二十三年的孪生哥哥顺利重逢，还加深了我们两个人之间的感情。这就是我和文也合作的力量，怎么样，吓了一跳吧？"

"原来……不是你。"

雅树小声嘀咕，仿佛彻底松了一口气。

"嗯？"

面对雅树的反应，杰克转了转眼珠。

"动手的人……是长野。你只是答应他在案发现场留下DNA，并出现在监控摄像头里？"

"是啊，刚才不就说过了吗？"

在满是愤怒与失望的情绪中，只有这一件事令人安心。

在杰克方才的长篇大论中，只有这是唯一的救赎。

弟弟所说的一切都荒谬至极，他容忍长野的行径，并在积极与之合作的过程中犯下了严重的罪行。

不过，与自己血脉相通的孪生弟弟，至少不是那起抢劫杀人案的执行者。

他并没有用与自己一模一样的那双手、那些手指去杀人——

"喂，你生气了？"

雅树低着头，下方突然出现一张偷看自己的面孔。那种感觉简直与对镜自视毫无区别。

看了眼对方的眼睛，雅树默默避开视线。仅仅这个动作就足以传达他的心情。

"对不起，"杰克突然出乎意料地说，"的确是我们没有顾及过你的感受。因为在实际见面之前，我不知道你到底是怎样的人。早知道你是这样一个好相处的人，我会一开始就向你讲明一切，尽早尝试与你合作。很抱歉欺骗了你，但我现在会坦诚地向你讲明一切，希望你能够原谅我。"

　　杰克保持着盘腿坐的姿势深深弯下腰来。他似乎已经学会了日本的道歉方式。

　　"唉……也是，雅树你会生气也很正常。虽然你有不在场证明，最终获得释放，但长相和名字都在新闻里被曝光，给你带来了很大的麻烦。不过没关系了，你既诚实又勤奋，等到我们都获释后，熟悉你的朋友和同事们一定会坚信我这个来历不明的美国人才是罪犯，雅树你的名誉会恢复如初，最终一切都会好起来的。所以，只要再忍受一次警察的盘问就好了。或许你会觉得这种要求太过蛮横，但这是我最后的请求。"

　　杰克的话语中流露出真挚的情感。

　　自己的孪生弟弟并没有想象中那样邪恶。相反，他是个过于直率的人，甚至为违反法律与道德的犯罪行为倾注了如此多的热情。

　　雅树隐约能够理解，却又不太理解。

　　"喂，别不理我好吗？啊，难道说……你是在生文也的气？他总是对你又打又骂的，关于这点我替他向你道歉。他虽然有点情绪化，但本质上是个好人。为了让我们能够相聚，他真的费了很大功夫。他特地给美国那边的领养中介打了电话，这才打听到我被亲生父母虐待并送进福利院的消息。来到这边后，我不会说日语，凡事都是请他帮忙——"

"我不是这个意思。"

不经意间，这句日语脱口而出。杰克的辩解简直驴唇不对马嘴，雅树感到有些愤怒。

被雅树突然打断话头的杰克惊讶地望着对方。

"没错，我很生气，这是我这辈子最生气的时候。但我生气不是因为被警方逮捕，或是被长野殴打，而是因为这种合作对你来说太不公平。"

"不公平……unfair？"

"没错。"

"与文也之间的合作不公平吗？应该不会吧。文也做的事情确实违法，可是追溯起来，他才是受害者，他只不过是想取回母亲被骗走的钱，再加上三十年的利息，这有什么不对的吗？"

"因为你们违背了社会的——不，是做人的原则。"

"才不会呢。法律就绝对是正义的吗？有很多事是无法通过遵守原则来解决的，世界上有很多人都这样做，为什么雅树你不能理解？"

"理解？怎么可能理解！你对后田洋一郎的所作所为是不被容许的。就算是复仇，也做得太过火、太离谱了！"

"是雅树你这个人太过死板。"

"不对劲的人是你！得知了自己的出身，仅仅是为了来日本见双胞胎兄弟，就干出那种事情——"说到一半，发现不知该如何用英语表达，于是雅树换成日语激动地继续说道，"……就帮助别人去抢劫杀人！"

杰克突然一脸茫然。

他略微有些犹豫，继而用不自信的语气问道：

"'杀人'指的是……murder？"

一边说着，一边眼神不安地游移。

盯着自己的孪生弟弟，雅树的内心萌生出一种强烈的不协调感。

从方才起，两人的对话就有些驴唇不对马嘴。

究竟是为什么？

是什么导致了沟通上的隔阂？

在脑海中思索一番过后，雅树想到了一个恐怖的可能性。

难道说——

一个半月以来，在艰难的囚禁生活中的所见所闻，顿时全部在脑海中涌现。

——可别把我跟他混为一谈，我只是个翻译。在涩谷抢劫杀人的是你弟弟——杰克。

——他之所以杀了那个老头，是为了把他的孪生兄弟，也就是你给引出来。

——杰克的成长环境不太好，比一般的孩子要稍微调皮些。

——不准再提那起抢劫杀人案。虽然看上去不怎么在乎,但杰克也在受着良心的谴责。这一点你要清楚。

——要是再提涩谷那件事,我就宰了你,听到了没?

果然如此……原来是这样吗?

——这玩意儿屏幕太小,不方便看。

——考虑到后续的事,不能在以他的名义签约的手机上留下搜索记录。

——把电视关掉,太吵了。

——本来我想把电视扔了,可最快也得三周才有人来回收,怎么会这么磨蹭?

纷乱的线索开始连接在一起,与过去杰克的所说所做没有任何矛盾的一个真相渐渐浮现出来。

"杰克,难道说——你根本就不知道?"

雅树捧住脑袋,向自己的孪生弟弟问道。

"你不知道新闻报道的内容吗?长野不单单是抢走了钱,而且杀了人!他用你买来的菜刀杀害后田,然后抢走了那一大笔钱!"

雅树在脑海中尽可能搜罗着熟悉的单词,用英语再次大声说道。

杰克似乎依旧没能理解现状,但听到雅树快速重复多次的笨拙解释后,他的脸色顿时变了。

"什么,杀人?怎么会——你在说什么呀?"

"难道你不觉得刚才自己的话有问题吗？好好想想，自从你学会日语后，亲眼看过报纸或网络新闻吗？听过电视或收音机里的报道吗？从别人口中听说过那起案件的信息吗？"

"这……"

"我们涉嫌的可不只是简简单单的抢劫，还有谋杀！长野夺走的不只是钱，还有一条人命！这在日本是十恶不赦的罪过，是要判死刑的！这和帮你做翻译、替你出机票钱的条件是一个级别吗？知道这件事了，你还能说他是个好人，还能指责我太过死板吗？"

杰克的脸色瞬间变得苍白。看到孪生弟弟六神无主的样子，雅树明白自己最坏的预感已经成真。

长野欺骗了他的搭档。

他利用杰克不懂日语这点，告诉杰克自己要做的仅仅是"抢劫"，而实际上却是"抢劫杀人"。他威胁雅树保持沉默，故意让杰克使用不方便的翻盖机而非智能机，并时刻监视杰克，让他远离电视、报纸等信息来源。直到现在，杰克依然被他蒙在鼓里。

分明应该更早察觉到的……回想起来，杰克独自进行抢劫谋杀这个消息，是在自己被囚禁的第一天，杰克完全不懂日语的时候，长野单方面告诉自己的。然而两人之间存在着明确的上下级关系，杰克看上去并不像坏人，以及他的日语不好，似乎总是受长野摆布的情况，自己明明早就知晓。

"文也……杀了后田？不可能……雅树，你不要吓唬我。"

"如果你觉得是假的，可以用电脑或手机搜索新闻。现在你应该能看懂了吧？"

在雅树犀利的反击下，杰克似乎逐渐清醒过来。原本张大的嘴巴渐渐合上，他似乎终于明白：雅树没理由对自己撒谎。

杰克带着惊愕的表情嘀咕着：

"难道我……帮助他杀了人，不是仅仅从坏人手上把钱拿回来？"

"是的，长野刻意对你隐瞒了真相。"

"文也，为什么……"

"那还用问吗，要是他说要杀了后田，身为搭档的你肯定会犹豫不决，好不容易得来的复仇机会就会泡汤。恐怕等到装作毫不知情地将我们送到警察手中后，他就要逃往国外了。"

"国外？"

"即便知道在审讯过程中自己可能受到怀疑，但只要杰克你坚持自己的谎言，计划就能成功。届时他就可以大摇大摆地回到日本。即使你后续改变主意，将他指控为凶手，他也早已带着那一大笔钱逃之夭夭了。届时他会感谢你替他争取了时间，并在国外过上悠闲自在的生活——这就是长野的如意算盘。"

"那也不能肯定他一开始就打算杀人吧？"杰克突然提高声音，急切地辩驳道，"也许是突发事故呢？原本只是打算行窃，没想到突然在屋里遇到人，一不小心才出了人命。杀了人长野肯定也不好受，没办法对我说明。但等到要去警察局的时候，他一定会和我说清的！"

"真的是这样吗？如果只是打算行窃，为什么要特地带凶器去那里？"

雅树说完这句话后，杰克显得有些畏缩，眼神也迷离起来。

"那只是为了携带我的血液而已。再就是以防万一，关键时刻可以当作武器防身。还可以用来撬保险箱或是当作犯罪证据，所以文也……"

"你真的能接受这样的借口吗？你真是个滥好人啊！"

"可是……"

"杰克，你清醒一点！简单想想就知道长野从一开始就打算抢劫杀人了。要么就是他事先根本就没确认过后田是否在家，只打算一被发现就杀了他。"

当时究竟是哪种情况呢？无论如何，两者相差不大，都是在积极考虑杀人，而且无法改变他用谎言蒙骗杰克的事实。

对长野来说，那个害得他拥有不幸童年的男人的性命肯定比鸿毛还要轻，只是因为被捕后可能面临死刑或监禁，他才会暂时放弃复仇的念头——直到遇见了杰克这个容易被骗的人。

屋内的日光灯照在孪生弟弟的一头黑发上。只见他无力地摇了摇头，艰难地开口道："我明白了。确实……或许雅树你说得对，但我们已经无法回头了。无论文也做的是偷盗还是抢劫谋杀，我们想要彻底争取无罪，就只能继续执行计划。"

"为了自己不受牵连，就要包庇一个杀人犯吗？"雅树严厉地叱责道。

杰克不甘地咬着嘴唇，低头望着地板用嘶哑的声音说："文也和我都是从小吃苦长大的，我们已经决定了要互相救赎，这你是绝对无法理解的。"

仅有雅树与杰克两人的房间，此刻陷入了漫长的沉默。

现在几点了？雅树突然想到。两人已经谈了很长时间，已经是半夜了吗？长野还是第一次离开这么久，给两人留下这么长的独处时间。

长野出门前所说过的话突然在耳边回响。

"喂，杰克。"

连自己都对这个想法感到恐惧，雅树急忙前倾身体叫了一声。

"怎么了？"杰克不情愿地回道。

雅树喘着粗气问道：

"刚才长野说'明早之前会回来'，对吧？你不觉得有些奇怪吗？"

"哪里怪了？"

"为了不让你得知涩谷那起案件的真相，他一直都小心翼翼，今晚却要跑去外面喝酒，让我们有这么长时间独处的机会，你不觉得他太粗心了吗？"

"那又怎样？"

"他或许已经不打算回来了。"

听雅树说完，杰克不禁瞪大了双眼。

"不可能，不会这样的。我还没对他说过要取消'宏伟计划'呢，文也不可能在这种时候抛下我逃跑，绝对不可能。"

"情况可能已经变了。其实那会儿我发现了一件事……"

你们在过去的一个半月里一直筹划的那个"宏伟计划"究竟是什么？雅树抑制住打破砂锅问到底的冲动，向杰克简单说明了先前看到的怪象。

"是在你冲澡时发生的事。长野盯着笔记本电脑的屏幕，小声说了句'怎么会这样'，声音显得十分惊恐。我在想，是不是发生了什么对他不利的状况，导致他决定提前出国。"

雅树越说越相信自己的判断，而且长野出门之前的神情有些尴尬。当时他之所以会说出那句"Good night"，可能正是为了掩饰背叛搭档的尴尬。

"不，等等。文也说过当我去见警察时，为了防止发生意外，他必须藏得远一点。但他不可能在这种时候消失，也不可能溜去国外。"

"要是你这么想，那我们不如查一查。"

雅树指着长野住过的西式间。由于方才杰克没有关门，可以看到笔记本电脑就放在床上。

"你的意思是……要检查文也在电脑上看过些什么？"

"那还用说。"

"做不到的。刚才我不是说过，我不知道密码。"

"系统是Windows，对吧？只要再有一台电脑，重置启动密码就行。"

可别小看系统工程师啊——雅树心里嘀咕着，用手指了指日式间。

"我的私人物品放在那边的衣柜里，对吧？那里应该有我的笔记本电脑，可以帮忙拿过来吗？再把我手上的绳子解开。"

"可是……"

"我不干别的，只是安装一款软件，用U盘制作启动盘而已。不放心的话，你可以盯着我。"

雅树用强硬的口吻催促着。同样的话又说过一遍后，杰克终于艰难地站起身来。

从日式间的衣柜里传来一阵慌乱翻找的声音。稍过了一会儿，杰克拿着笔记本电脑和一个U盘回来了。随后他掏出匕首，割断了束缚着雅树双手的绳子。久违地接触到自己的电脑，雅树内心稍稍感到一丝安慰。

上大学时曾有朋友向雅树咨询过Windows系统密码重置的方法，当时他就试过一次。于是，他用电脑连接好从原来的公寓里带来的便携式Wi-Fi，一边回忆一边进行操作。

在杰克的注视下，制作启动盘的工作顺利进行着。随后雅树将U盘插入长野的笔记本电脑，继而将电脑重启，按照屏幕上的指示选择账号，密码重置便完成了。

再次重启电脑，输入新设定的密码后，雅树毫无困难地进入到桌面。杰克不由得嘟哝道："所谓的安全性真是个若有若无的玩意儿啊。"雅树没有回话，只是打开互联网浏览器。由于找不到类似邮件软件的图标，因此他推测长野很可能是用浏览器看到的信息。

不出雅树所料，最近的浏览记录已被清除。看样子对方删除了过去二十四小时的浏览记录。为防万一，雅树扫了眼回收站，里面也是空的。

"果然不出我所料，都已经删除了。"

"雅树你……连这个也能恢复？"

"大概吧。"

雅树决定使用起初就考虑过的一款数据恢复软件。

他在网上搜索过后，选择合适的软件安装好。扫描模式有许多种，雅树选择了最简单的那个。由于没过多久警察就来拜访，因此长野很有可能无暇将删除后的数据处理到不可恢复的地步。

事实正如雅树所想。

在扫描结果列表中，雅树发现了互联网浏览器的书签文件。迅速进行恢复处理后，他再次打开浏览器的历史界面。

"这是……"

在一旁看着的杰克不禁哑口无言。

显示在浏览记录顶端的，是从最近的车站到成田机场的电车换乘查询页面。

下面还有"航班搜索""国际航班""东京""首尔"等关键词。

"首尔是……Seoul？"

"是的，韩国首尔。"

雅树说完，杰克瞪大了双眼。

"他为什么要去那种地方？"

"可能只是想尽快逃离吧，无论哪里都好。日本去韩国很快，航班也很多。他可能打算先离开日本，然后再飞往其他国家。"

"原来如此。"杰克皱着眉头以手扶额，"来不及阻止了吗？长野已经离开好一会儿了吧？"

"不……还不一定。"

雅树瞟了眼屏幕右下角显示的时间——二十三点十五分，随后用手指在触摸板上滑动。

他从浏览记录里找到"东京至首尔机票"的字样并点开，画面中显示出出发日期为第二天的航班列表。他又将搜索结果限定为关西机场、福冈机场这种不在国内转机的机场，并快速浏览一遍后，跳转到成田机场的官方网站，检查了国际航班时刻表。

"看来最晚飞往首尔的航班在今天晚上九点前后，他赶得上吗？"

"不可能赶上。"杰克当即答道,"我开始冲澡那会儿已经过了八点半了。"

"这样的话,长野的目标可能是明早的首班航班,最早的是上午九点从成田机场出发。长野大概打算今晚赶到机场,明早乘坐这班飞机离开。他应该已经等不下去了。"

雅树在脑海中反复推敲、验证着自己的推理。在搜索结果中并没有发现羽田机场的航班,而且羽田机场离东京市中心更近,从羽田直达国外的航班很受欢迎,因此在起飞前不久订票并不容易。除此之外,浏览记录顶部显示的是成田机场的换乘指南,这是长野前往成田机场最有力的证据。

如今的长野已经背叛了自己的搭档杰克,并打算靠着从后田手中抢来的钱逃往国外。

他只带了钱包和手机出门,为了避免怀疑,肯定把护照揣在裤兜或其他地方了。

"文也……为什么他……"

不知何时,杰克捂住太阳穴痛苦地弯下了腰。

"我们明明约好,等我和雅树都被无罪释放之后要再见一面的,他还说会支援我今后的生活。我相信在文也的帮助下,我一定能重获新生,迎来光明的人生……为什么他会突然背叛我?"

先前杰克就没有意识到自己竟是杀人犯的帮凶,如今的反应再次让雅树感到他并不是彻头彻尾的坏人。

在恢复如初的浏览记录里，雅树默默寻找着能够解答孪生弟弟疑问的答案。

滚动页面的过程中，他的目光停留在一行引人注目的文字上。

雅树倒吸一口凉气，停止了手上的动作。

这是——

"喂，杰克你看！"

雅树用力拍了拍沮丧的孪生弟弟的肩膀，指着屏幕中的某处。

《英国某大学研发出同卵双生子识别法，将其用于涉及双胞胎的犯罪调查》

这是一篇发表在日本科技新闻网站的文章。雅树点击链接打开正文。

发布日期是二〇一五年四月二十九日，与电脑屏幕右下角显示的日期相同，正是今天发布的文章。

英国哈德斯菲尔德大学研究人员成功开发出短时间内区别同卵双生子DNA的方法……

该鉴定方法是由英国西约克郡哈德斯菲尔德大学的格雷厄姆·威廉姆斯博士所开发出来的，通过加热DNA并测量令氢键断裂的温度来实现识别……

同卵双生的兄弟姐妹，如果没有在完全相同的环境下成长，其受成长环境与生活习惯影响的遗传基因序列就会表现出不同的"DNA甲基化"现象，即基因序列的化学反应……

　　通过该方法，在犯罪现场所提取到的同卵双生的兄弟姐妹的DNA，能在两三个小时内轻松判断出它的具体所属。

文章中插入了研究者所发表的论文的英文标题。

看到英语的杰克，与方才的雅树一样倒吸了一口凉气。

"就是这个……"雅树艰难地对孪生弟弟说道，"长野先前就是看到了这篇文章，意识到他心中的完美犯罪即将破产。如果能够鉴定出案发现场留下的DNA是属于杰克的而不是属于我的，就彻底没有争取无罪判决的机会了。为了避免无端的罪责，你一定会向警方坦白实情，这样一来，长野就会以凶手的身份遭到通缉。因为预料到这点，他才匆忙逃命的。然而他却没有告诉你，只顾着自己脱身！"

雅树越说声音越大，话语声被墙壁反射后隐隐回响。

杰克盯着电脑屏幕，嘴唇不停地颤抖。

他的脸上写满了绝望与愤怒。雅树只觉得内心深处涌出一股狂热，自己的脸上想必也正挂着相同的表情。

"杰克，报警吧。然后我们赶去成田。"

雅树猛然站起身来，却忘了自己的双脚还被束缚着，杰克吃惊地用双手搀扶住他。"抱歉。"雅树说道，借着杰克的肩膀，他终于顺利起身。

"即使警察赶去机场，认识长野的也只有我们。这种卑鄙的背叛者肯定没有告诉过你真名，所以走吧，我们亲自去抓住凶手。要是让他逃亡国外，一切不就完蛋了吗？"

杰克闭目思索片刻，嘴角微微动了动，继而拿过地板上的匕首迅速一割，束缚着雅树双脚的绳子便轻轻落在地板上。

"说得对，我们走，一起去抓文也。"

他用清晰而流畅的日语高声说道。

※

晚风掠过脸颊，夜色急速向后退去。

杰克就在自己的侧前方奔跑着。

许久没有使用过的肌肉发出异响，让雅树的脚步有些踉跄。

然而这种局部的不适，却使他真切体会到了被囚禁一个半月后所重获的自由。

亮着白光的路灯一个个接近他，又在背后渐渐远离。

已经能看到前方车站明亮的灯光了。

对那个人的愤怒点燃了雅树内心深处的火焰，将他全身推向前方。

无须言语，也能感受到彼此思想的共鸣。

已经无法挽回的时间与试图重新挽回的时间，在双胞胎兄弟别无二致的身体中纠缠着。

两人在关门前的最后一刻冲进末班车内。换乘的电车穿越县境，进入到千叶县，然而它这个时间已经不再通往成田机场。两人同疲惫的上班族与醉酒的乘客在终点下车，随后坐上出租车前往机场。

在车上，雅树使用杰克的手机直接联络了位于涩谷警察局的调查总部——"我是被你们拘留到上个月月初的桐谷雅树，现在正和我的双胞胎弟弟基树在一起，但他并不是杀害后田的凶手，真正的凶手正打算乘坐明天的飞机逃往国外。他的名字叫文也·长野，但不一定是真名，年龄为三十到三十五岁，过去隶属于日本自卫队，身高不到一米七，眼睛细长，皮肤偏黑，短发，身穿黑色长袖polo衫和米色长裤。据说他的母亲过去遭遇过婚姻诈骗，生活一直相当困苦，因此对后田心生痛恨。我和基树打算拦住他，现在正在去成田机场的路上。"

警方对至今仍是嫌疑人的雅树究竟有多信任，两人不得而知。但隔着电话被诘问了一番后，对方要求杰克来接电话，甚至还要他们告知目前所乘坐的出租车的公司名称、司机姓名和车牌号码。

电话打了很久，雅树从后视镜中看到出租车司机的目光开始游移，表情也愈加僵硬。或许是在涩谷高级住宅区发生的抢劫杀人案与在新闻报道中出现过的雅树的面容使他回忆起了什么。杰克用略显生硬的日语说了声"对不起,吓到你了",这位略显胆怯的中年司机赶忙摇着头干咳了几声。

就在两人乘坐出租车三十多分钟后,离成田机场不远的时候,事态突然发生了变化。伴随着令人紧张的警笛声,几辆旋转着红灯的警车从后方接近,其中一辆迅速超过了雅树和杰克所乘坐的出租车。在疾驰在夜间高速公路上的白色相间的车身上,可以看到"千叶县警察"的黑色字样。

看到这一幕,雅树恍然大悟。涩谷警察局的刑警先前之所以迟迟不肯挂断电话,或许就是为了方便追踪。雅树提供的出租车牌号、实时位置等信息,都被他们即时同步给了千叶县警方。

当意识到这件事时,原本以正常速度行驶在机动车道上的出租车已经被数辆警车三面包围。

前座的司机似乎露出一丝宽心的表情。仔细一看,他的一只耳朵里正插着蓝牙耳机。原来趁雅树与杰克没有察觉的时候,他已经向出租车公司传达了警方的行动。他动不动就咳嗽一声,想必那是对应着"是"或"否"之类的信号吧。

——"前面的出租车,请从下个高速出口驶出,离开高速公路后请立即停车。"

从后方警车的扩音器里传来了警察的声音。杰克听到后顿时变了脸色,转头望向雅树。

"喂,雅树,没问题吗?他们不是来抓文也,而是来抓我们

224

的吧……"

"不，不会这样的。"

尽管如此回答，但雅树还是瞬间感受到了孪生弟弟心中的不安。雅树突然回忆起警察们反复用强硬的口吻诘问，强迫自己认罪的审讯经历——我受够了，再也不想经历那样的痛苦了。

方才之所以会老实地告知出租车的车牌号，是因为如果在这里含糊其词，可能会引起警方的怀疑。我们没有任何亏心之处，我们相信警察，会诚实提供正确的信息——雅树打算明确表达自己的诚意。

然而结果却有些出乎意料。

"对不起了客人，我要下高速了，真是不好意思。"——司机反复道着歉，在去成田机场的最后一个高速路口下了高速。警车依然从三面围绕着出租车，似乎并不打算离开。警车紧临着出租车车身，即使威胁司机冲出去，对方也不可能做到。

出租车刚在路边停稳，前后的警车里就陆续冒出多名身穿警服的警官。其中一人扶着已经打开的出租车后门，向车内探视着。

"我们是千叶县的警察，可以请两位付过车费后下车吗？"

"要带我们去哪儿？刚刚我和涩谷警察局通过电话，约好要在成田机场见面的。"

"请先让我们了解情况。警视厅的人目前也正赶往这里。"

"你会带我们去机场吧？只有我们认识凶手的长相！"

"不管怎样，请先出来说话。"

尽管语气彬彬有礼，但态度十分坚决。"给你添麻烦了，不用找了。"雅树把钞票递给司机，然后咬着下唇催促杰克下车。

万幸的是，两人没有被按住或者戴上手铐，但警察们的目光却都异常锐利，显然他们并没有得到信任。一旦轻举妄动，很有可能会被立即制伏。

面前的警官表示，在搜查总部的刑警们抵达之前，两人要分别被带进不同的警车中接受问话。"你们不去逮捕凶手吗？"雅树坚持追问着，然而对方只是冷冷地回道："这是我们的工作，不是你该考虑的。"显然，雅树在电话中向涩谷警察局的刑警所传达的内容，眼前这位警官并不知晓。

或许警视厅仅仅是紧急请求千叶县的警方尽快控制桐谷兄弟——尤其是其中被看作真凶的杰克——并限制两人的行动，确保他们安全等到警视厅方面的负责人出现。面前这位警官的任务恐怕不多不少，只有这些。

尽管心情烦躁，雅树还是低声告诉杰克："千万不要发火或是大喊大叫，否则会被抓起来的。"随后转身离开，在警察的指引下坐进了旁边警车的后座。透过几名警官身体间的缝隙，雅树瞟到杰克正在用小动物寻求帮助般的眼神望着自己，继而被带上了另一辆警车。

可是在这里发火就输定了。

雅树努力克制住内心的焦躁，耐心地向那些身穿警服的千叶县警察复述了先前在电话中讲过一遍的内容。为了保证诉求清晰，他主要强调了三点：通过浏览器的历史记录来看，真凶长野很有可能已经抵达机场，并打算乘坐明天上午九点的航班飞往首尔；想要抓住真实姓名未知，也没留下照片的他，只能雅树和杰克亲自前往现场寻找；他发誓，自己和杰克之间的双胞胎关系被长野利用了，他们并不是杀害后田洋一郎的凶手。

时间实在是过得太慢了。长野此刻在哪里？又在做些什么？虽然知道他不可能在大半夜前往韩国，可是雅树依旧难以放心。快点让我们离开这里！我们要亲手抓住那个卑鄙地利用他人，以最不可饶恕的方式解决私仇的长野！

大约一个小时过后，警视厅的刑警们纷纷露面。然而雅树内心的期待再次落空，因为他们与先前接听电话的涩谷警察以及后来出现的千叶县警察问了类似的问题。"要是再不快点，那家伙就要溜了！"雅树不断催促着，然而警方始终表示"先得把你们的问题问完"。看来为了提供足以支撑观点的证据，他们打算先对雅树与杰克的那间公寓进行紧急搜查。

雅树心里十分后悔——自己先前的想法真是太天真了。

没想到会在这里被阻拦。早知道这样的话，先前就不该报警，而是同杰克一起去机场才对！

不，这样做实在太冒险了。

尽管雅树非常希望亲手抓住长野，但成田机场实在太大，此刻他可能并不在机场，而是在机场附近找了个地方在休息，而且雅树与杰克没有机票，无法通过安检区。即便能找到长野，若是当场强行抓捕，反而会被机场安保人员当成嫌疑人先行制服。在最后关头紧急报警也并非良策，解释起来也很麻烦，若是在这个过程中飞机起飞，就彻底完蛋了。

因此，想要阻止长野出境，就必须借助警察的力量。但现在他们对自己和杰克的疑心太重。难道就毫无办法了？难道时间就要这样耗尽了？

想必不善日语的杰克现在正遭受着与自己相同的待遇，雅树不禁有些心痛。不过两人的陈述中应该不会出现什么矛盾。只要将一切据实相告，警察最终也不得不相信他们的陈述——目前也只能如此想了。

雅树热切的期望，终于在远处的天空渐渐发白时实现了。

警察终于指示将两人转移到警视厅的车上。"我们正在成田机场航站楼及周边设施内寻找与你们所提到的特征相符的男子，但目前还没找到，你们能协助我们寻找吗？"——尽管觉得这个内心渴望已久的请求来得太迟了，但雅树还是立即答道"没有问题"。

拂晓的天空依旧一片昏暗，深蓝色的警车慢慢驶向前方。

不过与先前一样，雅树与杰克并没有同乘一辆警车。"我弟弟在哪儿？"雅树开口向身旁的中年刑警问道。

"他也正前往机场。分头行动会更容易找到，你说对吧？"刑警回道，"前提是你们口中的那个家伙真的存在。"

对方说得漫不经心，雅树费了好大劲儿才控制住自己的手，没有一拳揍过去。

大约十五分钟过后，几人抵达了成田机场第一航站楼，而载着杰克的警车似乎绕去了第三航站楼。据刑警表示，去首尔的首趟航班是从第一航站楼起飞，但第二和第三航站楼内设有不少二十四小时开放区域和商店。

此时距前往首尔的首次航班起飞还有不到四个小时。

雅树快步穿过自动门，进入航站楼内部。紧跟在身后的几名刑警令人有些烦躁，但他现在不能奢求太多。

第一航站楼夜间开放的区域位于一楼到达大厅的接机处，这里配有电视和自动售货机。但由于时间关系，大多数乘客都在睡觉。他们姿势各异，或半躺在长椅上，或趴在置于膝头的行李上。墙边还有一些带插座的吧台座位，许多人的长相无法看清，但都不太像是长野。

雅树在长椅间来回穿梭，探头张望，最后甚至有些乘客睁开蒙眬的睡眼用怀疑的目光打量着他。他又走进附近的男子洗手间里，检查是否有人占着隔间，然而没有发现任何线索。于是雅树返回到警车上，前往第二航站楼。

一楼是国际航班到达大厅，二楼则设有开放的餐厅和药店。与第一航站楼相比，这里有很多乘客在长椅和吧台的座位上休息。

有外国人、本国人，有看着比较学生气的年轻人、小孩，有女人、年长或高个的男人。

随着时间流逝，焦虑感愈加强烈。

他在哪儿？

他到底在哪儿？

在这么多人里寻找长野不啻于大海捞针。尽管机场内开着空调，温度适宜，但雅树的手脚却微微颤抖，额头和颈部不断渗出汗水。

距离飞机起飞还有三个小时。

在此期间，雅树曾与杰克等人擦肩而过，看来在第三航站楼也没发现长野的踪影。雅树不禁有些失望，然而就在此时，杰克带着鼓励的微笑向他挥了挥手。看着他举起的手臂，雅树勉强挤出微笑，举起右手作为回应。

是的。

还不能放弃。

听说第二航站楼里有家去年新开的胶囊旅馆，于是雅树带着刑警们向那边赶去。刑警对前台接待说明情况后，几人穿过店内一条装潢成未来风的过道进行检查。胶囊仓整齐排列在两边，但大多数人都拉下了窗帘，让人看不清内部。早上六点过后，乘客们陆续起床，但依旧不见长野的身影。

保险起见，一行人又前往杰克等人检查过的第三航站楼，情况依然不容乐观。刑警表示各航空公司办理登机手续的柜台将于早上七点开放，于是几人再次返回到第一航站楼。

在乘坐警车返回的路上，雅树疲惫不堪，昏昏欲睡，但依然在用几近僵化的大脑思考着。难道长野没有留在机场过夜，而是住在附近的酒店或洗浴中心？但搜查周边设施的警察们为什么没有报告？或许他只是搜索过换乘信息，实际上却住在东京市内？不，或许连笔记本电脑里的历史记录也只是误导，搞不好其实他在羽田机场。他要逃亡的目的地真的是首尔吗？如果是其他地方，搞不好昨晚就已经乘坐合适的航班离开了——

恐怖的想象瞬间占据了脑海。不久后，一行人到达了第一航站楼前的车辆乘降区。

雅树勉强拖动僵硬的双腿跳出警车，冲进建筑物内。在刑警的带领下，一行人前往四楼的出发大厅，发现杰克他们已经等在那里。

跟着杰克与雅树的刑警相互交流起来。听说长野昨晚离开公寓时只带了钱包和手机，刑警推测他很可能不会在登机柜台办理行李托运，而是选择自助值机。基于这一假设，雅树等人决定在一排自助取票机旁等待。另一方面，为了防止长野躲过雅树等人的目光，杰克一行人在登机口安检区监视。

"长野那家伙到底躲哪儿去了？"

杰克咂了咂舌。为了回报他刚才的鼓励，雅树坚定地说：

"现在才是最关键的时刻，我们一定能找到他。"

"没错……你说得对。"

杰克振作精神竖了竖大拇指，继而向安检区走去，雅树则留在柜台附近。如果长野计划乘坐上午九点飞往首尔的航班，他应该很快就会出现在办理登机手续的柜台附近。

雅树焦急地等待着那一刻到来。

因为没有手表和手机，雅树反复向身旁的刑警询问时间。对方每次回答时都是一脸的不耐烦，仿佛在纳闷为什么要来支援这么一个人。

早上六点五十五分。

七点。开始办理登机手续。

七点零五分。十分钟过去了。

长野依旧没有出现。黑色polo衫、短发、个子不高但肌肉发达。监视过程中，雅树看到了一个戴帽子的可疑男子，他以为是伪装后的长野，于是悄悄接近，发现认错了人。

七点二十五分。

七点半。安检区开放了。

七点三十五分。四十分钟过去了。

"那个人真的会来？要是胡编乱造的话，咱们就走着瞧。"背后的刑警发出了不悦的声音。"他会来的。"雅树在心里咒骂着，瞪大双眼死死盯着自助取票机。

"来吧，长野——"

雅树在心中呐喊。就在此时，他的目光停留在远处一个穿着随意、正在操作机器的男子身上。

只见他身穿纯白T恤，配一条米色休闲裤，没有携带任何行李箱之类的物品。在机场，通常只有外国人会穿得如此轻便，可看他的肤色，明显是晒得黝黑的黄皮肤，身材相对矮小，更像韩国人或是日本人。

只见那名男子手持护照和机票，离开自助取票机，迅速向安检区走去。

在看清他的面孔时，雅树倒吸了一口凉气——之所以先前从背影和侧脸没认出来，是因为他的脑袋上没有一根头发。

雅树指着那名光头男子，高声喊道——

"就是他！"

"就是他！"

两声高喊重叠在一起。雅树仔细一看，只见远处的安检区，杰克也在指着光头的长野。

听到两人的声音，潜伏在附近的刑警一拥而上，以夹击之势迅速包围住长野。在周围人群的注视下，长野注意到雅树两兄弟的身影。他稍一瞋目，赶忙打算逃离，但已经晚了，四五名刑警顿时将他团团围住。

先前一直怀疑和挖苦雅树的老刑警拿出威慑的气势，他对长野说："我们是警视厅的人，有点事情想问问你，能和我们去那边吗——"

长野一瞬间有些不知所措，但下一秒就迅速转身，猛地推开个子最小的那名女警，试图突破包围逃之夭夭。剩下的刑警们看到这一幕，慌忙离开雅树和杰克，上前支援。其他潜伏在人群中扮作乘客巡逻的便衣警察以及机场保安人员也纷纷赶来。

由于是来乘坐国际航班的，长野身上自然没有任何武器。在混乱的人群中，长野已经被几名刑警制服。尽管他曾是一名以武力自傲的自卫队队员，但在以寡敌众的情况下没有任何胜算。"七点四十三分，以妨碍公务的罪名将你逮捕！"一名年轻刑警的声音在围观者的一片嘈杂声中显得格外高亢。

"Hey，bro.（嘿，兄弟。）"

一句调笑般的英语传入耳中，雅树这才回过神来，继而回头望去。

杰克就站在他身边。他瞥着被制服的长野和周围愈加密集的人群，脸上露出了喜悦的笑容。

"日本警察也太松懈了吧。因为不能随便用枪，文也稍微一反抗，他们就一股脑儿扑上去了……就不怕我趁乱开溜？"

"喂，可别打这种歪主意。虽然没杀人，但你也算不上是彻底清白的。"

"我知道。"

杰克轻笑一声，似乎觉得让雅树慌乱这件事很有趣。

"我也不至于在遍地都是警察的机场上演一出逃亡大戏，只是单纯在感谢自己的幸运。多亏有这个机会，在分别前，我才能和雅树你再聊上几句。"

杰克的嘴角再次上扬，但这次的笑容里夹杂着一丝落寞。

"文也那家伙小心翼翼的，伪装倒是做了不少。那么晚出的门,他究竟是在哪里换衣服和理发的呢?"

"可能是在便利店里吧。"

"就是我常去的那个?难不成日本的便利店出售服装,甚至还能理发?"

"怎么会呢。"望着傻傻的杰克,雅树不禁苦笑,"只是最普通的纯白T恤,大部分便利店里都会卖的。刮胡刀之类的也是。"

"原来如此。虽然不知道他昨晚到底躲在哪里,但时间肯定够了。为了防止被监控摄像头定位,他做了最基本的伪装。"

"只是他没想到我们在昨晚就赶往机场,而且还和警察一起——"杰克说罢,心满意足地点了点头。

他说得没错。长野伪装自己,只是为了防止在出国后被辨认出与这个案件有关,不过再怎么改变发型和服装,也只能骗骗那些画质不好的监控摄像头,不可能骗得过与他长期相处过的雅树和杰克的眼睛。

雅树恢复了笔记本电脑上的浏览记录,并据此洞察到长野的意图。

遭到背叛后,杰克没有过于消沉,而是理性地接受了雅树的劝说,做好了同样被捕的心理准备,来到了这里。

若是双胞胎兄弟两人没有顺利合作,或许长野早已优哉游哉地通过安检,成功逃往海外了。一旦他从韩国再去往另一个国家,警方可能就真的抓不到他了。

杀死老人并携款潜逃后在国外安享生活,对长野来说,这个未来其实已经近在咫尺了。

稍加想象，就令人毛骨悚然。

"文也欺骗了我，如今我也不和他站在一边了。"在嘈杂的、时不时传出叫喊声的国际航班出发大厅里，杰克大声说道，"但我真的……很理解他的心情。在迄今为止的人生里，文也经历了太多痛苦。他的妈妈被骗后成为单身母亲，整日虐待他，文也经常连吃都吃不饱。他想要投奔亲生父亲，但对方已经有了新的家庭。越是看到别人幸福，他就越是觉得自己不幸。这种痛苦我真的非常理解。"

杰克的话语中充满了怀念与感慨。这个故事或许也是两人在美国的那间小酒吧里一见如故后，长野分享给他的吧。

"虽然我骗你说，他和我一样是国际养子……但他在日本找不到容身之处的心情和我是一样的，不然也不会大老远地跑到美国这个与他毫无瓜葛的地方去寻死。他是真的被逼到了绝境，才会想着将那个把他推入深渊的后田洋一郎从这个世界上抹掉，顺便夺取一大笔钱，让自己能'重获新生'。从某种意义上讲，我们是文也的一丝希望之光。"

默默听杰克说完，雅树觉得像自己这种从小到大生活都很幸福的人，很难轻易赞同这番话。

长野曾利用杰克的善良，诱使他犯罪。然而无法否认的是，还是有一种精神维系着两人的关系，那就是惺惺相惜，或者说互舔伤口，尽管这种精神是负面的。

一个女人挤出人群向这边跑来,正是方才被长野撞倒的那名小个子刑警。她来到两人面前,问道:"可以请两位来警察局配合调查吗?"看来警方打算就长野被捕一事对他们进行更详细的问讯。

从警方的角度来看,杰克至少会被视为入侵后田洋一郎宅邸并抢劫的共犯。尽管雅树与杰克积极协助警方逮捕长野,也坦诚讲述了真相,但两人不可能一起接受问讯。

也就是说此刻雅树与杰克即将分别。

在表情严肃的女警面前,雅树与杰克面对面望着彼此,随即两人同时伸出右手。初次与孪生弟弟握手,那只手掌是那样的温暖而柔软。

"谢谢你,雅树。我为先前做过的事向你道歉。"

"我会等着你的,一直等到你出来。"用日语回过话后,雅树用英语继续说道,"你要偿还自己犯下的罪责,杰克。使用了从后田那里抢来的赃款,从某种意义上说,你也是明确的共犯了。"

"你误会了。"

"嗯?"

"抢来的那些钱,我一分没动过。"

"什么……"

双胞胎弟弟的否认令雅树感到无比意外。

那么,当初他从双肩包里掏出来的那沓钞票到底是哪儿来的？难道不是他们口中的"宏伟计划"，即打算实施某种犯罪所需的资金吗？或者说杰克只是以长野手下的身份负责管理这笔钱，自己并没有过使用的意愿？明知那笔钱的来源，却依然用自己的钱在便利店购买三明治和松饼——这样的说辞显然很难令警方信服。正当雅树满腹疑问时，女警打断了两人的对话，问道："可以走了吗？"或许是她不懂英语，因此没有对杰克的话进行追问。

在小个子女警背后，杰克笑得像个天真无邪的孩子。

"放心吧，我向上帝发誓。相信我。"

"我会相信你的。"雅树在内心无声地回道。——不要再欺骗我、背叛我了，拜托了，杰克。

几名刑警纷纷回到这边。最先跟着他们走出去的是杰克，随后是雅树。在那名女警的催促下，两人穿过了依旧喧嚣的出发大厅。

迈着脚步向前，雅树不禁抬头望去。

国际航班出发大厅看上去是那样宽敞，宽敞到完全不像是建筑物的一部分。天花板是那样高大，来自世界各地的人们提着行李箱与手提包来来往往。与先前被囚禁的公寓大相径庭，这里的空间延伸到视野尽头很远的地方。

啊啊，雅树不禁感叹。

自由了。

我终于真正自由了。

第四章
真相

二〇一五年，六月。
回归后的日常似乎有些不太真实，
但那毫无疑问就是平凡的日常。

※

奈美出现在约定会面的钟楼前,一头青丝在夏日夜风的吹拂下轻轻摇曳。那头黑发如今不能用中长形容,而是彻底成为飘逸的长发了。这令雅树感受到分离后的时光是那样漫长。

"雅树!"

奈美没有情不自禁地扑进雅树的怀里,反而像两人刚刚开始交往时那样,含羞带涩地站在他面前。原本小动物般的两只圆溜溜的眼睛,微笑起来变成了弯弯的月牙。

就在三个多月前,雅树遭到囚禁的那天晚上,他们在小酒馆见面时,她也像今天这样戴着白色口罩。"天气这么热,没必要戴口罩吧?"雅树捏着自己的口罩问道。

"因为起痘痘……其实不是啦。"奈美在回答的时候依旧显得有些羞涩。

是啊,奈美就是这样的一个人。

这种久违的温暖令雅树险些落泪。

"抱歉,一直没能见面。其实我今天应该见过你再去上班的……"

"没关系,不用道歉啦。我知道你是为了保护我不被媒体骚扰。而且你没从那间公寓搬走,所以还有许多麻烦事吧?对了,公司那边怎么样了?"

奈美转移起话题来还是那么干脆利落，雅树不禁苦笑道："我已经复工，回到原来的部门了。"

"太好了，真是太好了！"奈美双目放光，轻轻拍了拍手。充满喜悦的声音传入耳中，令雅树感到心情无比舒畅。

就在两天前，户部经理突然联系雅树，提议他考虑一下复工的事。

从上个月中旬起，警方终于不再找他问讯。虽然早就将新签约的手机号码告诉过公司，但没想到居然会这么快，而且还是公司主动提出让他复工。或许是他们已经看到了检方决定对雅树不予起诉的新闻速报。雅树毫不犹豫地接受了他的提议。"那就明天——会不会太急了？后天吧，来总部就好。"户部当即做出决定，复工日也很快定了下来。

雅树很难相信电话里的消息——因为就在三月上旬被保释那会儿，户部还曾半强迫地逼自己停职。直到今早去了公司，看到户部一脸尴尬的表情，雅树才相信这不是梦。

公司的态度之所以转变得如此迅速，自然是因为社会舆论。

桐谷雅树，这个被认为是抢劫并杀害后田洋一郎一案嫌疑人的人，有一个幼时就成为国际养子的同卵双胞胎弟弟。而这位身为美国人的弟弟如今出现在日本国内，并因涉嫌入侵后田家而遭到逮捕——

得到这方面的最新消息后，各大报纸与周刊立即争相发表文章。先前被逮捕的雅树是无辜的，真正犯罪的是过去连他自己都不认识的孪生弟弟及其同伙。在记者采访的过程中，调查总部的初步结论逐渐明朗，媒体谴责警方调查草率，导致雅树当初被误捕，纷纷开始声援雅树。关于这起案件的新闻每天都在报道，电视上的综艺节目与社交平台引领了此次事件的舆论。

或许是因为对长野和杰克的审讯仍在进行，警视厅一开始选择了沉默，然而面对媒体的攻势，最终不得不在昨天傍晚承认了误捕的事实，并由警视总监在各家媒体面前发表了简短的致歉。"惺惺作态！能不能真诚点？""跟我们道什么歉，去向当事人雅树道歉啊！"这些评论昨晚雅树在电视机前都听到了，对此，他既觉得自己像是局内人，却好像又不是。

受到炮轰的不仅仅是警视厅。

雅树的父母同样遭到了媒体的批评。为什么他们不肯把雅树有双胞胎弟弟的事告诉警方？就这么眼睁睁看着受冤枉的儿子遭罪？而且他们将一对双胞胎兄弟硬生生地分开，将其中一个送往国外，做父母的为什么会这样冷酷无情？为什么能做出这样的事？

公众的兴趣自然而然集中在这些方面。其实这些问题雅树也想知道答案，但自从囚禁结束后，他还没有和父母见过面。

他只与母亲通过几次电话。尽管是她主动打来的，但每次电话一通她就在电话那头哽咽。听到哭声，雅树只好每次都说："还有记者在家门外转悠吧，你们也不容易，下次找个机会见面后再慢慢聊吧。"随后便挂断电话。

回家的计划一直没能实施。尽管知道迟早都要见面,但也不急于一时。他们虐待并抛弃年幼的杰克,将他送到国外让别人领养,并通过搬家和转籍巧妙地掩盖了过去的污点,一直隐瞒到现在。即使雅树被警方误捕,父母依旧坚持不肯透露秘密。如今的雅树,真的不敢去听他们语无伦次的辩解,去看他们的表情和反应,去推测他们到底是否还爱着自己。

目前最重要的还是搬家、复工,与奈美和朋友们相聚。至于和父母坦诚相会,就放到后面吧。

"同事们是什么反应?"

听到奈美的问题,雅树终于回过神来。想起午休时同事们特地从驻扎的公司赶回总部来看望自己,他不禁满面笑意。

"大家都说,'我们早就相信你不会有问题的'。"

"是吗……"

"他们说:'像桐谷这样认真负责的老实人,怎么会为了钱去杀人呢?'本以为回公司后他们会戴着有色眼镜看我,可大家似乎都真心为了我能复工感到高兴。"

"真是太好了。"奈美微笑着说,"就知道不是只有我一个人相信雅树。"

"也是。可我在大家眼中的印象居然是'认真负责的老实人'……工作方面我是挺认真的,但这种说法真的是夸奖吗?"

"肯定是夸奖啦。"

"或许吧。"

"雅树你并不只是认真负责而已，你还坚强、自信——正因为这样，每到关键时刻你总能燃起斗志。"

奈美以歌声般动听的声音说道。雅树回想起在那间公寓里自己拼命劝说杰克，以及深夜里冒着风险前往成田机场时的情形，心里一阵悸动。曾经与奈美度过的时光是那样平静，她似乎早已熟知雅树的本性，也非常了解雅树是个什么样的男人。

不过同事们暖心的反应还是着实令他感到意外。

被强迫停职的时候户部曾说："包括部门的其他同事在内，现在公司里的人都在用异样的眼光看你。"然而实际情况似乎并非如此。那些与雅树最为亲近的同事在他获得保释后一直在向户部抗议，认为强迫雅树停职没有道理。

身为一名普通经理，户部自然无权反对公司高层的政策。高层命令他不许让雅树复工，以免出现不必要的麻烦，部下们则抱怨他在没有证据的前提下怀疑雅树。相当于他被上司和下属夹在了中间，最终不得不对雅树撒谎——这似乎就是那天的真相。

也正因如此，今天一整天户部都显得很别扭。午休结束时，他一脸不悦地递给雅树一杯花季咖啡馆的冰抹茶拿铁，里面还加了雅树喜欢的生奶油。雅树差点没笑出声来，这想必是安浦千夏的指示吧。

如果说早晨刚去公司那会儿心里还有些别扭和不安的话，那么到下班时，这些令人烦躁的情绪就几乎消失殆尽了。回想起来，也正是因为安浦千夏的推荐，自己才会成为花季咖啡馆的常客，总是去点加了生奶油的抹茶拿铁，以至于店员们记住了他的长相。正因如此，最初被捕时自己的不在场证明才得以成立。这样一看，自己还真是得到了她不少帮助呢。

雅树简要地讲了今天发生的事，把奈美逗得大笑起来，不断说着"你们的上司真是太可爱了""你的同事干得漂亮"这样的话。雅树轻轻牵起她的手，走进附近的一栋建筑里，继而走上三楼的一家意大利餐厅。

这是两人庆祝交往纪念日时曾经去过的地方。尽管这次工作结束后的见面是临时决定的，但与奈美已近三个多月不见，雅树还是希望这次的重逢能有个体面的场所。话虽如此，这里倒算不上什么特别高级的餐厅，连学生咬咬牙也能消费得起。

在服务员的指引下，两人坐在餐桌旁边，随后摘下口罩。"不是包间，可以吗？"雅树向着扭头张望的奈美问道。"没关系的。"奈美回答。

为了避开好奇的目光，雅树现在出门时还是会戴口罩，但这并非他的本意。既然现在所有人都已经知道雅树是无辜的，那么至少在与恋人共进晚餐的地方，他还是希望可以自然露面的。

雅树先点了两杯发泡酒，两人轻轻干杯。与案件相关的经过，雅树已经通过打电话和发信息给奈美讲过了，因此不必再讨论这个沉重的话题。菜品一道道上桌了，两人开始品尝美食，交流着对一些琐事的感受，平静的时间转瞬就过去了。

"你知道吗，雅树……"在两人用完甜点提拉米苏，将要离开的时候，奈美突然一脸认真地说道，"这件事我不想在电话里，而是想当面和你说……"

与往日不同，此时奈美的语气显得有些迟疑。雅树有些担心地问道："怎么了？"

奈美像是终于下定决心似的开口讲道：

"四月二十九日那天，差不多中午的时候……"

"嗯？"

"雅树你……没有来找过我，对吧？"

雅树疑惑万分，实在听不懂这个毫无头绪的问题。长野在四月三十日早晨被警方逮捕，二十九日就是前一天了。那是长野看到了关于同卵双生子DNA鉴定方法的文章，因此决定逃亡海外的日子。那天夜里，雅树说服杰克，两人一同在街道上狂奔，去寻找长野。

"没有……那时我被他们囚禁在公寓里，还没有获得自由。"

"是吗？看来我没有猜错。"

奈美在桌子上交叉双手，将目光投向远方。几秒钟后，她有些犹豫地继续说道："我在那天……见到了雅树的弟弟。"

"弟弟？"雅树惊呆了，"你指的是杰克？"

"对。"

她点了点头。雅树屏住呼吸，凝视着恋人严肃的面孔。

那种感觉，真的很怪——奈美低头望着桌子。

当时在大学校园里，突然有人从背后拍了拍她的肩膀。她扭过头去，发现一个似乎是雅树的人站在对面。

那个人穿着自己熟悉的衣服——是雅树偶尔会穿的那件素色衬衫。此外，他的相貌、表情及一举一动都与雅树极为相似，可感觉哪里又有些不太一样。奈美愣在原地，久久地凝视着这个许久未曾与她联络的男人。

"然后，那个和你一模一样的人拿出一张字条递给我看。"奈美继续说道，"字条上用你的字迹写着'嗓子坏了，说不出话'。"

"那是……"那正是杰克让自己写下的内容。

"服装、长相和字迹全都一模一样。如果是平常的话，我一定会喊着'雅树'冲上去的。可是……不知为何，我却没这样做，反而吃惊地问他：'你是谁？'"

雅树望着奈美的双眼惊呆了。

"等等，奈美你那个时候就知道我们是双胞胎了吗——"

"当然不是。"奈美干脆地否认道，"只是怎么说呢……直觉告诉我，那个人不是我所认识的雅树。"

"然后……杰克说了什么？"

"他捂着喉咙，什么话也没说。毕竟那张纸上原本就写着'说不出话'嘛。他盯着我看了一会儿，似乎有些落寞地笑了笑，然后就向校门口走去了。我喊了他,但他没有回头。"

"……就只有这样?"

"嗯,就只有这样。"奈美点了点头,"为什么他要这样做?"

"我不知道……"

雅树苦苦思索也没能明白,杰克为什么要费尽心思地扮成他,特地去见奈美一面?即使成功骗过奈美,他又不能说话,究竟是想做什么呢?

"这么说可能会有点怪……"奈美依旧凝视着已经空掉的甜点盘,"如今各种新闻媒体都在对'黑白兄弟'的话题津津乐道,讨论究竟是什么决定了两人不同的命运——虽然只见过他一眼,我却完全没有这样的感觉。一个内心堕落的人,不会流露出那种落寞的表情。我想,那个人在本质上一定和雅树你非常相似,只是在某些方面稍有不同,虽然具体是什么我也不太清楚——"

说着说着,奈美的语气逐渐有些激动。她猛地捂住嘴巴,随后低头道歉:"我在说些什么呀。雅树肯定不愿意听到那个伤害过你的人和我见面的事吧,真对不起。"看她低着头垂下肩膀的样子,雅树忙说:"啊啊,没关系的。"

这倒不仅仅是安慰,而是雅树的心里话。

自己与杰克在本质上极为相似。在相处的那一个半月里,雅树对这件事真是再了解不过了。

——这二十六年来从未知晓的,在相貌上与自己别无二致的孪生弟弟。

在看到转籍前的户籍时，他也曾因为这个事实受到过沉重打击。随后，初次见到闯入公寓的杰克时，雅树内心更是产生了强烈的抵触。那种感觉就像是有人在不知不觉间偷走了他的细胞，并克隆出了一个怪物一样。那是一种难以言说的厌恶感，在此后很长一段时间里，雅树都在受这种感觉的困扰。

然而正因如此，此刻雅树心里却充满了慰藉。他和杰克固然十分相似，但本质上仍然是两个独立的个体。自己的恋人能够清晰而发自本能地认识到这一点，雅树感到无比欣慰。

"奈美，我有一个问题。"

"嗯？"

"你觉得一对同卵双生的兄弟或姐妹，他们的个性是怎样塑造的呢？"

"个性？"

"对。仔细想想，这件事是多么奇妙啊。明明拥有完全相同的基因和DNA，为什么会成长为内在不同的人呢？"

这是雅树从被囚禁后就一直在思考的问题。奈美聪慧，不知为何，雅树很想听听她的答案。

"嗯……"奈美先是托腮思考了一会儿，随后轻声开口，"这个假设或许过于平庸，或者说过于单纯……"

"没关系，怎么说都可以。毕竟没有所谓的正确答案嘛。"

"我觉得或许是记忆吧。"

没想到奈美自信满满地说出了"记忆"这个词。

249

"世界上没有任何两个人从头到尾都在经历完全相同的事，双胞胎也一样。即使外貌与性格再怎么相似，出生后所度过的人生也不可能完全重合。也就是说，不同的经历所形成的不同记忆，塑造了两个人的个性。"

奈美略带严肃的解释很有她理科研究生的风格。雅树慢慢点了点头，笑着对她说："非常清晰的讲解，谢谢。"

因不同的经历而形成了不同的记忆。

如果真是这样，那或许正是与奈美一同度过的这段时间，塑造出了桐谷雅树这个独一无二的人。

雅树自己也有着类似的想法。因此，刚刚见到杰克时所感受到的抵触与厌恶，如今已经彻底烟消云散了。他不是我，我也不是他。只是在诞生时偶然的细胞分裂中，两人共享了生命最基础的部分——或许正因为体会过那一个半月的囚禁生活，自己才真正理解了这一点，才有了如今的自己。

结过账后，两人走出店门。"真好吃啊。"奈美心满意足地摸着肚子。正当她即将走入都市的喧嚣时，雅树突然把她喊住："对了！其实，我在考虑结婚的事。"

"咦？"奈美惊讶地回过头来，声音甚至显得有些失态，"怎……怎么挑这种时候说？"

"被囚禁的时候，我一直在后悔没有向你求婚。如今终于有了机会，我想在能说这句话的时候，明确表达出来。"

"那也不能这样啊！"

奈美嘟着嘴抬头望着雅树，然而脸上的表情又像是要绷不住的样子，既像要哭又像要笑。

紧接着，奈美用力一把拉住雅树的手。

"等我硕士毕业了再说吧！"

"那当然啦。"

"就算结婚，我也不会辞掉工作的。"

"那当然了，都什么年代啦。"

两人轻松交谈着，仿佛在进行无关紧要的闲聊般一同走进街上的人群中。然而雅树全身的血液在血管中急速奔涌，几乎能够通过掌心让奈美感受到。

期待已久的日常在稍作改变后，即将重新开始。

而当杰克以入侵民宅及包庇凶手的罪名遭到起诉，并被判处缓刑的消息传到雅树耳中时，已经是四个月之后的事了。

※

刚乘上车，大巴就轰鸣着缓缓启动了。客运站出口的红绿灯变了颜色，车辆从与客运站连接在一起的人行天桥下方驶出。秋日所独有的橙色调阳光透过玻璃窗直射进来，刺痛了雅树的双眼。坐在身旁的杰克也眯起装饰眼镜后的双眼，拉低了棒球帽的帽檐。

在遥远的美国长大的他,此刻久久凝望着窗外的风景,心中似乎充满怀念。

"没想到会是这样的地方。"

杰克扭过头来,叹息着低声说道。

身高、面孔大小、颈长、肩宽,从头到脚都一模一样。当两人挨着坐在一起时,雅树更加清楚地意识到自己与杰克是那样相似。不过当初那种不适与厌烦的负面感情如今早已经烟消云散了。

"虽然我被文也骗得很惨,不过雅树你也是个彻底的滥好人呢。"

"滥好人?为什么?"

"你想想看嘛,自愿做保证人把我从安置所里带出来……要是我突然跑了该怎么办?为了一个无关紧要的外国人,几千美元就打水漂了哦。"

"别再说你是什么外国人了。"

"Foreigner"——这是一个十分具有排外感的词语。

然而无论对雅树,还是对日本这个国家来说,杰克都绝不算是外人。

"杰克你才不会跑呢。"

"你倒是很有自信嘛。"

"看表情就清楚了。"

"因为我们长得一样?"

"嗯，差不多吧。"

雅树的回答让杰克无奈地笑了笑。不过与囚禁雅树那时不同，他的笑里并没有嘲笑的意思。真是拿你没辙——雅树似乎听得到他心里的话，杰克则继续望向窗外。

在春天里的那一天，孪生弟弟在警察的陪同下与他在成田机场分别。而此刻两人正悠闲地坐在大巴上摇晃，这种感觉实在奇妙。

从成田机场被带到涩谷警察局后，杰克当天就因涉嫌入侵民宅而被逮捕。在此后的审讯过程中，每当时间接近法定的二十三天拘留期限，警方总会找出其他嫌疑继续拘留他。

协助杀人罪、盗窃罪、包庇罪。

其中关于协助杀人罪与盗窃罪的起诉没有继续推进。尽管能够证实杰克在大卖场里购买了作为凶器的菜刀，但没有证据表明其目的是抢劫杀人。此外，警方推测后田家里遭窃的那两千万日元也没有在两人身边发现。"其实我根本不知道文也那天到底有没有抢过钱。"——杰克本人也做过这样的供述。此外，由于杰克清楚地记得后田家的院子里所放置的奇石与各类装饰，因此警方判断案发当日，杰克的确没有进入屋内，而是长时间潜伏在大门附近。再加上他在成田机场主动协助警方逮捕长野，最终警方认为他的供述较为可信。

如果长野打算恶意攀咬，在供述中表示两人是共犯的话，杰克很有可能以协助杀人与抢劫的罪名遭到起诉。不过，最后长野说出了真相，对他打算利用同卵双生的兄弟实施"完美犯罪"的事实供认不讳。

其实刚刚遭到逮捕时，长野坚决不肯认罪。然而在科学搜查研究所对证据中遗留的物质再次进行仔细鉴定后，事情发生了变化。经调查，警方在后田衣物上发现了长野的汗液中所携带的微量DNA，这下他再也无法抵赖了。至于他没有将杰克牵扯进去的真正原因，究竟是他在一瞬间彻底放弃了抵抗，还是出于对同样"没有容身之处"的杰克的同情呢？不得而知。总之，长野最终坦白了一切，也让杰克的供述得到了证实。

另外，雅树最终没有向警方提交被囚禁一个半月的受害报告。毕竟即使没有这件事，身为杀人凶手的长野也会受到严惩，因此雅树不愿意再去多折磨杰克了。尽管在那段时间里经历了许多痛苦，但当时杰克每次出门都会给自己带回些饭团和三明治，也不像长野那样动辄使用暴力。在三岁时就遭到遗弃，成为国际养子的他，同样是受害者，雅树不想再增加他的罪责了。

如果允许的话，雅树希望杰克能够获得不予起诉或无罪释放的结果。尽管是受长野蒙骗，但他也曾伪装成凶手故意出现在监控摄像头中，此外还进入过受害者宅邸的院子，这些事实都没有辩解的余地。最终，他因入侵民宅罪与包庇罪被送上法庭。

判处三年缓刑。

听到这一判决时，雅树松了口气，感到无比宽慰——只要不再犯罪，杰克就不会被送进监狱。

然而这宽慰也只有短短一瞬。

雅树知道，即使是缓刑判决，在日本犯下入侵民宅罪的外国人也会被强制驱逐出境，因此他赶忙向律师咨询。律师表示，即便不考虑这点，杰克也是以旅游的名义进入日本的。没有签证，他九十天的停留资格[1]也会在拘留期间到期，目前他已经属于非法滞留状态。

法院宣判后，杰克并未获释，而是被转移到移民安置所中关押。

还没与孪生弟弟见上一面，甚至无法得知联系方式，就要眼睁睁地等着他被强制遣返美国，显然是雅树所不能接受的。他下定决心去探望杰克，也做好了被拒绝的心理准备，然而仅仅出示身份证明就轻易获得了许可。看来这里与警察局、检察厅不同，没有接见方面的限制。

会面只能在工作日进行，且每天只有十到十五分钟时间。尽管在工作时间安排见面有些困难，但就像被看不见的磁铁所吸引着，雅树一次又一次去见了孪生弟弟。

渐渐地，雅树了解到杰克可能会在移民安置所中被关押数

---

[1] 日本对美国公民提供免签或免落地签证待遇，美国护照持有者可以前往日本旅游，进行短期商务访问，停留不超过九十天的期限，无须事先申请签证。然而免签证入境后，访问者需要遵守日本的入境规定和要求，并确保其停留时间不超过规定的期限。

月。由于强制遣返的包机费用由国库资金支付，等于是使用日本的税金，需要很长时间才能批下来，因此，如果能自行准备飞机票，自费离境是更加合适的选择。只不过杰克几乎没有一分钱存款。

杰克被逮捕已经过了五个多月，先前他一直被迫在拘留所或看守所里过着没有自由的生活，如今又被长期囚禁在移民安置所中，也不清楚究竟什么时候才能获释。对于经历过拘留与囚禁的雅树来说，光是想想就够可怕的了。

因此，在与入境管理局的官员商量过后，雅树决定给杰克准备回美国的机票，并承诺资助他一段时间的生活费，以免他回到美国后陷入困境。从日本出境可以携带的现金上限是一百万日元，有了这笔钱，应该足够他开启一段新的生活了。

大约一个月后，自费出国与暂释的许可都获批了。由于担保方是雅树所在的大公司，杰克的罪名也算不上严重，再加上他既有过日本户籍，又有父母和雅树等亲人在，种种条件都对杰克的获释产生了积极的影响。

"你真是好心啊，为我这种人付出这么多。"

望着窗外的杰克不停地嘟哝着这句话。

然而雅树摇了摇头，否认了他的说法。

"其实这些钱并不是我自掏腰包的。机票、后续资助你的生活费以及为防万一所需的保证金，都是从你自己留下的那两百万日元中拿的。"

"可是自己的银行账户里有钱的话，一般人都会揣进自己腰包里吧？像我这种情况，迟早要被遣送回美国。可你不仅从安置所里把我救出来，还……"

杰克坐直身体，向大巴行驶的方向望去。透过前挡风玻璃，能够看到一片平平无奇的住宅区。再往前一些，就能看到点缀在家家户户间的一块块水田和旱田了。

刚刚提到的"那两百万日元"，指的是杰克先前留在雅树的银行账户里，却不知为何没有被警察或法院没收的一笔钱。

这笔可疑的存款，是成田机场那场混乱过后，雅树被长时间问讯，终于回家后的某一天发现的。他对此有一些印象，因为当初杰克的确用黑色双肩包把装有厚厚一沓钞票的信封带到了他家里。说起来，自己的储蓄卡被抢走时，长野与杰克曾有过一段可疑的对话——"我去便利店用一下ATM。""也是，现金一直带在身上太不安全。"

雅树当时立即向警方做了汇报。他认为可能是突然出现的孪生弟弟在夺走他的储蓄卡后，将一部分从后田家里抢来的钱存了进去——当时处理这件事的警官眼睛一亮，表示"有可能是这样，我们立刻展开调查"。

然而过了许久，警方也没有就此事联络自己。按理说，在雅树汇报完之后，警方应该立即从银行获取雅树账户的流水，并将其作为促使长野和杰克认罪的凭据，可最后为什么彻底放任不管了？留在雅树手中的两百万日元为什么不能成为抢劫罪或盗窃罪的确凿证据？就在雅树疑惑的过程中，杰克的公审日期近了，而这个谜题至今也没有答案。

初次在安置所里与杰克会面时，雅树就迫不及待地提了这个问题。"那是我自己的钱，是合法的。"孪生弟弟的回答让雅树疑惑地眨了眨眼。"怎么会呢？你不是说在美国身无分文吗？""但那的确是我的钱。之前我也说过，我向上帝发誓，后田的那些钱我一分都没动过。""那你是在哪儿得到的？""它们是合法的，这不就够了吗？没有被警方没收就是最有力的证据，不是吗？"在一连串的追问与反问中，当天的会面时间就结束了。

在又一次的会面中，雅树提出了另一个疑问，杰克为什么要冒充雅树独自出现在奈美面前？杰克轻描淡写地回道："只是想见见雅树的女朋友而已，就这么简单。"无论雅树怎么追问，得到的都是这种敷衍的回答，没有更详细的解释。

在十字路口，大巴慢悠悠地左转。他们偶尔能感受到其他乘客投来的目光，但并非因为两人是双胞胎，也并非因为桐谷兄弟曾经出现在新闻里，只是因为用英语交谈的人十分少见罢了。

由于杰克戴着棒球帽与装饰眼镜，雅树则是戴着口罩，因此一眼看上去并不会发现两人是双胞胎。除此之外的另一个原因是，刚从安置所里出来的杰克，头发已经乱糟糟的了。

"我反倒想尽早摆脱这些钱。"听杰克说一般人会把钱揣进腰包后，雅树用带些玩笑的语气说道，"毕竟出处不明，还有犯罪嫌疑，而且还会受海关限制。我宁愿把它们都塞给你，反正想用也用不了。"

"雅树你的确是个十分正直的人。"

杰克转过头来，突然耸了耸肩膀，用日语说道。他夸张的肢体语言与说出来的话不太协调，令人觉得有些滑稽。

"行啦行啦，除去机票钱和生活费后，剩下的你就收着吧，记得要感谢我哦。"

"谁知道该感谢你什么啊……"

"我问过警察，从税务规划的角度来看，那两百万日元最好是你我各分一半。"

"税务规划？又是什么意思？"

不理解其中的含义，雅树皱着眉头问道。罪犯和"税务"这个词似乎不太搭。

然而杰克只是微微一笑，并不回答雅树的问题。

看来他还在隐瞒着什么。

雅树账户上那来路不明的二百万日元，再加上他去校园里探访奈美的神秘行动……经过一个半月精心筹划的"宏伟计划"，却在雅树的劝说下轻易取消。尽管雅树相信杰克并不是彻头彻尾的恶人，但事实是与他在一起时仍会感到一丝不安。

大巴在经停站停车，随即再次开动。在此期间，杰克丝毫没有想要开口的迹象。

没办法，再怎么浪费时间也没有答案，还是先跳过这个话题吧。

"好吧，先不提那两百万日元的事。从后田家衣柜里抢走的那一大笔钱，长野究竟把它藏在哪儿了？据警方说是有两千万日元。"

"不知道。究竟藏在哪儿呢？"

"连杰克你也没有头绪？"

"那天晚上我们去后田家重新会合时，我看到文也带着一个大包……但包里究竟有没有那笔钱，他后来把包放到哪里了，我就一无所知。"

那是长野从仇人手中夺回的钱，自己不能染手——这是杰克从一开始就没打算要求分赃或索取合作报酬的原因。他的确是个滥好人，但也正因如此，他才能在审讯中说出这点，警察最终减轻了对他的处罚。

尽管如此，雅树依旧无法接受长野——据新闻报道，他的真名是野上和文，三十四岁——仅受到杀害老人的起诉。杰克见过的那个大包究竟在哪儿？警方拼命搜索也没能找到，这点很是令人担心。

"或许是藏在极其难以发现的地方吧？比如，埋在富士山树海¹的某处，或是用塑料袋包好沉入湖底。"

"搞不好是这样呢。"

"为了遗属，希望这笔钱能够尽快找到。"

"是吗？"杰克的眼珠滴溜溜地转着，"那本来就是后田通过婚姻诈骗得来的赃款，这样的钱回到遗属手里，不觉得恶心吗？"

"嗯，你说得倒也没错……不过最糟糕的情况是几十年后长野出狱，从一个隐秘的地方取出当年藏好的钱，再过上奢侈享乐的生活……"

"我觉得不会这样。"杰克抬头望着大巴车内的车顶，若有所思般地说道。

听出他语气中似有深意，雅树扭头问道：

"为什么这么说？"

接着，他突然意识到不好的可能性，吓得赶忙又问：

"难道说……你知道这笔钱藏在哪儿？"

"不是这样啦。"

"难道你打算趁着长野蹲监狱，自己偷偷取走这笔钱？"

"瞎想什么呢，就这么信不过我？我可不是那种满脑子私欲的家伙。"杰克差点笑喷出来，连忙反驳道。

---

1 泛指富士山周围被森林覆盖的地区。由于范围广大、人烟稀少、开发不足，在过去十几年中，这里成为日本自杀率最高的地方，是名副其实的"自杀之地"。

看着他那副开朗的表情，雅树的想法改变了——事情应该不是自己想的那样。

"对不起。"雅树用日语道歉。他听到对方也用爽朗的声音回道："没关系。"

雅树突然想起自己在被囚禁期间每天教杰克学日语的事。杰克态度认真，学习速度也很快，是个好学生。如果两人能一同长大，在父母经营的辅导班上课，或许杰克也能成为其他学生羡慕的对象和榜样。

不过，桐谷辅导班如今已经停业了。

穿过乡村，大巴驶入了两旁矗立着一排排住宅的小镇。大约二十五年前这里曾经进行过大规模开发，是当时的新兴住宅区。由于附近居住着许多家庭，父母说这里最适合开辅导班了。

雅树拍了拍杰克的肩膀，示意他按下窗边的下车按钮。两人在公园前面的车站下了车。比起小时候，这里的游乐设施少了许多。

在向入境管理局申请杰克暂释的许可时，需要汇报他在日本国内的暂居地。经过犹豫后，雅树还是选择了位于乡村小镇的老家。

这次终于要回家了。

与基树两个人一起。

当雅树打电话将这件事告诉母亲时，她明显有些惊慌失措。

可想想也很正常。毕竟在杰克被捕后，雅树还没有和父母见过面。始终在躲避的儿子,突然要带着二十多年前送去美国做养子的另一个儿子回家,怎能不令他们惊慌失措?

但雅树觉得,这个时候再适合不过了。

他自己也十分畏惧与父母交谈,始终不愿意主动去见他们,以至于将回家的计划拖到了现在。

然而与杰克在一起,他就有了勇气。甚至可以说,如果不是和弟弟在一起,他就没有勇气面对父母。

多希望一家四口能够敞开心扉,坦诚交流一次。

而如今,这个愿望即将实现。

"我们走吧,这边。"杰克正用好奇的眼神看着孩子们在公园里玩耍,雅树从背后对他轻声说道。

"有点心潮澎湃呢。"

不知是什么时候学会的,杰克自信地从口中吐出一个成语。

或许是即将与亲生父母见面,想要表达那紧张而激动的心情吧。又或许是依照成语原本的意思,单纯想表达期待的感觉。

就这样,两人并肩向家里走去。

身后孩子们兴奋的叫喊声久久未息。

有这样一种生物现象,叫作"DNA甲基化"。

简单来说,它指的是一种漂浮在细胞内,名叫"甲基"的原子集合体,与DNA的特定位置相结合的现象。

甲基化后的基因无法像过去那样制造蛋白质。这样一来,基因功能受到抑制，本应发生的成长与变化就无法再"表达"出来。

与基因突变不同，甲基化并不是不可逆的。一旦被某种因素触发，甲基基团就会离开，基因功能就会恢复正常。然而如果这种"非甲基化"并未发生，基因的"表现"还是会长时间受到抑制。

举例来说，植物在气温变暖时会开花就是该现象的体现。在寒冷的冬天里，控制开花的基因功能会受到甲基化的限制。而当春天来临，气温升高，DNA甲基化解除，基因重新制造蛋白质，美丽的花朵就会绽放。

人类也是如此。假设两个人同样携带患有心脏病的基因，但其中一个注重健康饮食，保持良好的生活习惯，另一个人则生活放纵，那么只有前者才会出现DNA甲基化现象，从而阻止心脏病"表现"出来。

在我们的体内，这种现象时常都会发生。

这种现象也常常被人比作"开关"。

甲基化就是关闭基因的开关。

非甲基化则是打开基因的开关。

即使是拥有相同DNA的同卵双生子，最终也会成长为不同的人，并经历不同的命运。正因如此，他们不一定会患上相同的疾病，他们的寿命也不会完全相同。在每个人的体内，有着完全独立的因素去控制DNA开关的开合。

即使外表相似，同卵双生子还是会有许多差异——指纹、虹膜、静脉、齿型、左右利手、体形、运动能力、饮食喜好，甚至大脑功能、性格、兴趣、梦想、恋爱倾向等。

人类的复杂性与个体差异，原本就不能仅通过基因来解释。人类基因的数量大概是两万五千个，仅与青虫相同。而在DNA中，基因所占的区域只有2%，至于其余98%的区域究竟在扮演着什么角色，现在仍旧是个谜团。人类先天被赋予了基因，在后天的环境差异中，最终成长为独一无二的存在。

那么，究竟哪部分是由基因决定，而哪部分又属于"自我"呢？

雅树一边走着，一边在头脑中思考着最近查到的资料。正因如此，从巴士站到家门口的五分钟转眼就过去了。

回过神来后，那栋熟悉的白墙房子已经出现在眼前。

"就是这里？"

杰克疑惑地指着门柱。原本嵌在上面的石制名牌已经消失，仅留下一个长方形空洞。原本挂在门前，上面写着"桐谷辅导班"的木质招牌也已拆除。这种感觉雅树在获得保释与杰克被捕后都体验过，但亲眼见到这幅光景，他才意识到媒体与好事者在这里掀起的"暴风"比自己历经过的更加猛烈。

真不清楚到底该不该同情他们。

如今就在身旁的杰克，之所以会在美国经历那种悲惨的日子，就是因为父母残酷虐待并抛弃了他。而留在日本的雅树固然从小到大衣食无忧，经历了良好的教育，但被警方误捕的时候，父母却没有伸出援手。他们的态度是继续隐匿杰克存在的事实，并对雅树见死不救。

这是理所当然的报应——雅树心中升起熊熊怒火，却又不愿相信这就是事实。愤怒与可耻的同情，这两种情感正在雅树的心里交织着。

至于杰克呢，看到亲生父母，他会高兴吗？

还是说会爆发出累积在心中多年的恨意？

在这种关键时刻，尽管雅树有些退缩，但还是逼迫自己走到门口，按下了门边的门铃。

从屋内传来穿着拖鞋下楼的脚步声。紧接着房门从内侧被人打开。

父母的身影映入眼帘。不知为何，他们看上去衰老了许多。

"我回来了。"这句话卡在雅树的嗓子眼儿里，无论如何也说不出口。

站在门口的父亲惊讶地睁大双眼，母亲则是扶着房门，眼里盈满了泪水。

四个人都一言不发，这样静止了好几秒。

"你回家啦……"

父亲首先打破了沉默。他的目光先是落在雅树身上，随即投向杰克。

或许是父亲的声音令她回过了神，母亲赶忙招呼雅树进屋。

尽管面孔一模一样，但对父母来说，还是能轻易分辨出养育了二十多年的大儿子与从小抛弃的小儿子。

一楼教室里弥漫着灰尘的味道。

四个人排成一列走上楼梯。来到二楼的客厅后，父母带着惴惴不安的表情指了指餐桌。

或许是因为雅树提前通知了大巴到站的时间，餐桌上的茶具已经准备好了，旁边还摆着过去在这个家里几乎没见过的挂耳咖啡和红茶包。

"啊，我和大家一样喝绿茶就好。"

或许是察觉到咖啡和红茶是为自己准备的，杰克用彬彬有礼的日语说道。父母显得十分惊讶，想不到在美国长大的他也会说出和自己同样的语言。

母亲连忙在茶杯里倒上绿茶，几人都小心翼翼地坐到了餐桌旁。原有的四把椅子一下子坐满了人，看上去还真的蛮像一家人在聚餐。

而这也是桐谷一家四口首次齐聚一堂。

仿佛预先商量好似的，大家接连拿起茶杯轻轻啜饮了一口。父亲低着脑袋，母亲则是眼神游移，几个人都不知道该如何相处，这种尴尬的氛围持续了一段时间。

首先开口的是父亲。

"真的很对不起……"

父亲简短地说了一句，随后深深地低下头去。母亲学着父亲的样子也跟着说道："真的很对不起。"雅树与杰克就这样默默注视着他们发量日渐稀疏的头顶。

"你们是在向谁道歉？"带着几分愤怒，这句话不由得脱口而出。或许是对一向温和顺从的"独生子"雅树此刻的变化感到惊讶，父亲抬起头来，眼珠不安地转动着。

"你们俩……当然是向你们俩道歉。无论对雅树，还是基树，我都很过意不去——"

"这样不对吧？"

雅树瞪着父亲，一阵怒火涌上心头，声音也自然而然提高了。

"不要把我们掺在一起，好吗？我的事可以过后再说，首先应该向基树——向他一个人道歉才对吧？"

当然，雅树发自内心地想冲上去追问父母当时为什么不为他做证。然而与孪生弟弟童年的遭遇相比，自己的问题显得那样微不足道。

尽管杰克的语言能力相比过去有了极大的提高，但很难想象在没有雅树的帮助下，他能够与父母进行完整而顺利的交流。现在，只有他能代替过去的桐谷基树倾吐出心中的愤怒与悲哀。

父亲欲言又止，干脆闭上了嘴。他与母亲微微对视一眼，继而两个人齐齐地向杰克低下了头。

与刚才不同，这次他们没有说话。或许他们还是不太相信能用日语与在美国长大的杰克交谈。

杰克注视着低着头一动不动的亲生父母，脸上的表情有些复杂。能看得出他内心五味杂陈，既有困惑、烦恼，也有对面前这种罕见场景的兴趣。

"明明有个双胞胎兄弟，在过去那么长时间里却对此一无所知，我为此感到羞愧！"雅树冲动地代替弟弟倾吐着心里要说的话，"为什么你们只留下我，却抛弃了基树？还有，明明能让他留在日本，为什么要把他送到美国受苦？他在那边的家庭和学校里遭受了严重的歧视与不公，害得他高中一毕业就离家出走，过上了自暴自弃的生活……甚至被野上这种罪犯骗去做违法的事！"

"我没想到会是这样……"母亲的表情无比痛苦，嘴角也在抽搐。

"问题就只有这些吗？基树还小的时候，你们就对他拳打脚踢。母亲虐待基树，父亲不管不顾，他的人生都是因为你们才走上了歪路！而他被新的父母领养后，你们还刻意搬家、转籍，想要当作他不存在——"

"雅树。"

"等等……"

父母同时开口，打断了雅树的话。

两人睁大眼睛，嘴唇也抽搐着。

母亲的话语中充满了憔悴："打孩子……虐待孩子这种事……我们怎么下得去手？"

"啊……"

"对自己的孩子施暴,给他留下痛苦的回忆,这种事……我怎么做得出来……"

"这件事你是听谁说的?"父亲表情沉重地说出这句话。

雅树望向坐在身旁的杰克,只见他默默地摇了摇头。

看到这个动作,雅树回忆起五个半月前杰克说过的话。

——"他特地给美国那边的领养中介打了电话,这才打听到我被亲生父母虐待并送进福利院的消息。"

震惊的雅树终于察觉到——使他们产生误会的真凶正是野上和文。没等父母再次开口,杰克便前倾身体,用清晰的日语说道:

"那都是野上的谎言。他应该是想激怒我,让我憎恨日本,好方便成为他的同伙……对吧?"

"是的……"父亲低头叹了口气,"应该是这样吧……"

"难道——雅树你一直躲着我和你爸爸,是因为听说我虐待了基树?"母亲用微弱到近乎呜咽的声音问道。

这的确是原因之一。雅树点了点头,母亲仿佛崩溃般将脸埋在臂弯里。

她的样子让雅树有些心疼——但如果不是因为虐待,为什么父母会抛弃两个孩子中的一个呢?

"让我来解释吧。"

似乎读懂了雅树内心的想法,父亲用双手扶着桌子说了下去……

一九八七年十二月。

雅树的父母已经结婚三年了。那一年他们辞去了各自在中考辅导班与高考辅导班的工作，决定齐心协力，开办一家二人心中期盼已久的属于自己的辅导班。

他们决定好地点，看好了房，并从融资机构贷了一笔开业资金。随后两人支付了初始费用，做了室内装修，课桌椅也都买齐了。然而就在几千张漂漂亮亮的招生传单印刷出来后，两件出乎意料的事情发生了。

第一件事是母亲怀上了双胞胎。

第二件事则是父亲被诊断出了白血病。

前者原本是一件喜事，却因后者转成了让人焦虑的事，而这一切又刚好发生在两人急需要钱的当口，时机过于不巧。父亲的病情不容乐观，医生表示必须立即住院治疗。

夫妻俩慌忙取消租约，同时停止了包含装修与购买设备的一系列工作，然而两人工作后攒下的钱已经花了不少，尽管勉强能够偿还债务，但已经所剩无几。当时母亲偶尔还会孕吐，但已经开始在附近的超市打工了。父亲也在反复出院和住院的间隙做些批改模拟试卷这样的兼职。然而几乎所有的收入最后都扔进了医疗这个无底洞中。

他们的生活突然变得举步维艰。在忙乱的日常生活中，两人突然意识到，以他们目前的状态来说，实在难以养育孩子，然而此时已经过了客观允许人工流产的时间。

"我会加把劲儿的。"

面对沮丧的父亲,母亲坚定地说。

"这是我们一直渴望的孩子啊。无论有多困难,他们都一定会乖巧又可爱的。等到辅导班顺利开办起来的那天,就让他们俩也做咱们的学生。"

然而问题也是从那时出现的。在忙碌地做着陌生的兼职工作之余,母亲要去看望住院的丈夫,还要费力地寻找价格亲民的产院,去二手商店和跳蚤市场寻找婴儿尿布和浴盆……这一切让母亲的精神与肉体持续处于疲劳状态。尽管通过孕检眼见着双胞胎日复一日地平安成长,但她在产院候诊室里却总是焦虑得想要用头撞墙。

这并非因为她不爱腹中的孩子。恰恰相反,她对孩子的爱要比山高比海还深。但正因如此,她才会感到害怕。

"我好担心,我真的会是个好妈妈吗?"

"一定没问题的,人们不是常说'船到桥头自然直'吗?"

母亲在病床前倾诉着内心的不安,打着点滴的父亲则竭尽心思予以安慰。然而可惜的是,这些话并没有成为事实。

带着一对刚出生不久的双胞胎独自打车从产院回家后,母亲几乎夜夜无法安眠。每当双胞胎中的一个睡醒哭闹,另一个也一定会被惊醒。无论是在更换尿布的间隙,还是在按照产院教的方法喂奶的过程中,总有一个孩子会号啕大哭。母亲很想抱起来安慰,但只能恨自己没长着第三只手。

轮到给第二个孩子喂奶时,奶水总是不足,冲了奶粉装在奶瓶里还没晾凉,饥饿的孩子就已经哭个不停,本已经吃饱睡着的那个又被吵醒,号啕大哭。现实与梦境的界限开始模糊不清,等到清醒的时候,母亲发现自己已经倒在了榻榻米上。

没有任何人可以求助。丈夫因重病住院,也没有其他亲属去照顾他。他与在九州从事渔业的家人们关系交恶,多年以前就断绝了关系。邻里间的交往也仅限于偶尔传阅社区资料而已。

就这样,无论是在现实中还是梦中,母亲都是以泪洗面。即使父亲偶尔从医院回来,也从未展露过笑容。父亲帮忙冲泡奶粉,竭力帮助母亲育婴,然而年幼的双胞胎还是渴求母乳。每当这时,母亲都会带着一副痛不欲生的表情来哺乳。为了支付奶粉钱与丈夫的医疗费,母亲整日愁眉不展。由于吃不好饭,脸颊都凹陷了。

决定性事件发生在双胞胎刚满五个月时。两人几乎同时开始翻身,又因为半夜面孔朝下时无法自行翻回来而夜啼。喂奶遇到的麻烦,加之担心孩子把脸埋在床褥里导致窒息的恐惧,使母亲失眠的症状不断恶化。

有一天晚上,母亲抱着双胞胎,同时用左右乳房给两人哺乳。就在这时她突然打了个盹,左臂一松导致孩子滚落在地。摔到脑袋的孩子号啕大哭,凌晨时还呕吐了一次。面色苍白的母亲将孩子带到医院,检查后发现头盖骨上有条微小的裂缝,不过并无大碍，医生表示观察一段时间就可以放心了。

然而母亲的精神压力到达了极限，已经无法信任医生的话。

要是几天、几个月或几年后状况突然恶化，孩子死了该怎么办？要是留下后遗症该怎么办？都怪我在哺乳时打瞌睡，没看好孩子，我不配做母亲。啊，他又在哭了！明明是双胞胎，为什么这个会更爱哭呢？难道是因为这样，我才在潜意识里把他摔到了地上？为什么那天我抱着他的手偏偏不是惯用的那边呢？

在医院里倾听过母亲的诉说，父亲断定母亲由于产后抑郁而产生了臆想。"快别这样想了，明子你不是那种人，用左手抱着那个孩子只是巧合而已。"——然而这种不合时宜的劝导反而令母亲更加焦虑。

就这样日日夜夜听着两个孩子的哭声，母亲心中难以抑制的冲动开始作祟。

但矛头对准的不是那对可爱的双胞胎，而是自己。

连亲生的孩子都照顾不好，自己真是个没用的母亲——她觉得无颜面对住院的丈夫，这样的母亲还不如没了的好——

于是，她开始反复自残——用菜刀割伤手腕，用奶瓶用力敲砸手臂，用脸去撞装有尿布的垃圾桶。后来她连食水都难以下咽，母乳也因此断了。奶粉消耗量的增加，让家庭的压力更大了。看着存折上的余额，母亲趴在桌子上，一根接一根地薅自己的头发。

多亏当时照顾他的一位年长的护士，父亲才知道了这件事。由于太久没来探望父亲，护士有些担心母亲。因为他家离医院比较近，护士下班后就顺道去看了一眼。结果发现来给她开门的母亲穿着像是几天都没换过的睡衣，两个躺在床褥上的双胞胎正饿得哇哇大哭。或许是没有及时更换尿布的缘故，空气中弥漫着一股酸臭的味道。

护士严厉地警告父亲："这样下去你太太会疯的，趁着还没出事，赶紧把孩子送到亲戚家去！"于是父亲强行从医生那里申请了临时出院许可，打车赶回家中，随后开车带着母亲与孩子们来到了医生和护士们曾经提过的社会援助团体。那里是该县最为出色的非营利团体，业务极为广泛，在育儿辅导、介绍儿童保育机构、寻求领养家庭等方面都能够为市民提供援助。

父亲狠下心来想送走两个孩子，母亲却极力反对。了解情况后的工作人员也同意把孩子送来，因为没有稳定工作且身患重病的父亲与压力过大、反复自虐的母亲不可能正常抚养这对双胞胎，这是显而易见的事实。

于是，在工作人员和善的陪伴下，父母就这个问题一直谈论到深夜。

起初母亲坚持要领双胞胎回家，然而看到孩子们吃过工作人员喂的奶后静静入睡的样子，她的内心犹豫了。但是在一个问题上，她始终无法妥协——"无论如何也不能把两个孩子全部送走，至少要留一个在身边好好抚养。今后我一定会做一个合格的母亲。"最终父亲屈服，同意了母亲的要求，他们终于达成了共识。

那么要带回哪个孩子呢？对父亲来说这是个艰难的抉择，但母亲带着悲哀的眼神指了指雅树。

是经常在夜里哭闹，更难养育的那个孩子；是自己在喂奶时一不小心失去意识，摔到了脑袋的那个孩子；也是无论将来发生什么意外，都必须亲自照顾的那个孩子……

"对不起，我的孩子，但你一定去哪里都不怕。你夜里很少哭闹，吃奶粉吃得也香，是个坚强的好孩子。我爱你，对不起！对不起，都怪我是个坏妈妈……"母亲泪眼婆娑地对着正在熟睡的基树说道。

在那个时代，针对家庭困难的行政介入不如当今这样频繁。最终，基树被送往一家与援助团体有着密切合作关系，由天主教堂运营的儿童福利院。最终父母抱着熟睡的雅树，泪流满面地目送着基树离去了。

那是一九八九年二月，雅树与基树当时差不多只有半岁。

幸运的是，后来父亲治疗成功，病情开始恢复。育儿的负担减半，出院后的父亲也能帮忙分担，母亲的自残行为明显减少了。雅树的茁壮成长更是减轻了母亲的担忧，在一岁半以后，他不再夜啼了，而是成了一个安静好养的乖孩子。

父亲出院后找到了在辅导班做讲师的工作。他担心母亲总是窝在家里过于闭塞，便劝她去超市继续工作。在此期间，雅树被送到托儿所照顾，两人的生活渐渐宽裕起来。父母有时会去探望基树，看着他和福利院里的朋友们愉快玩耍，两人心中一阵宽慰。甚至有几次他们把雅树带来，在得到工作人员的许可后，让两人在院子里一同玩耍。

然而母亲的精神状态并未完全恢复。"应该很快就能把基树给接回来了""要不明天就联络一下吧"——每当像这样愉快地商量后，母亲总是会被噩梦所扰。被噩梦惊醒后，她总是呼吸急促地坐起身来，疯狂地抓挠头皮，把整张面孔埋进被子里。即使父亲摸着后背安抚，也无法让她停止哭泣。

这是典型的创伤后应激障碍。两个幼儿此起彼伏的哭声、整夜无法入眠的恐惧、应接不暇的哺乳、把孩子掉落在地上的事故、身为母亲的自卑……为了防止将内心的怒火发泄到孩子身上，当初她总是用奶瓶敲打自己的胳膊，搞得两只手臂上布满了瘀青。

如果接回基树，生活是不是又变回过去那副模样？自己也就罢了，若是再让孩子受伤怎么办？

虽然明白雅树与基树已经不需要像过去那样照顾了，然而对于那段创伤的回忆却依然会偶尔出现在平静的生活中，撕裂母亲的内心，令她陷入疯狂。自残行为偶尔复发，使母亲难以顺利照顾雅树。每当这种事情发生，父亲都会请假，努力照顾卧床的妻子和年幼的孩子。

事实上，以目前的条件还远远不足以接回基树。父亲决定不再提起这个话题，并专心于安顿生活。

在孩子两岁时，援助团体突然再次联系到父母。

"基树快要开始懂事了，要不要把他送到别人家里做养子呢？其实这方面的工作也是我们的职责，因为在记事的时候，我们更希望让孩子们生活在温馨的家庭中，而不是我们这样的福利院里。"

据说这个援助团体与美国的领养中介有着紧密联系。彼时，日本国内肯领养孩子的家庭凤毛麟角，而作为接受养子的大国美国，每年都会从包括韩国在内的东亚国家领养数量很多的婴儿。由于在那边，社会对非血缘子女的接受程度比日本更高，因此与其勉强在国内被人领养，送到美国对孩子反而更加有利。

面对援助团体的建议，父母冥思苦想，犹豫不决，与工作人员讨论了一次又一次。母亲的精神状态没有好转的迹象，因此并不清楚未来能在什么时候领回基树。而与此同时，孩子们正在不断成长，开始好奇各种事情。为了不让基树一直被束缚在福利院里孤单生活，也为了不让已经完全适应独生子生活的雅树为难，必须尽早做出决定。

最终，父母决定接受工作人员的建议。他们希望两个孩子分别在不同的国家自由成长，这样也能避免在国内偶然相遇而产生复杂的情感——怀着这样的想法，父母提出了国际领养的申请。

不到一个月，他们就收到了基树被美国养父母领养的通知。

结果敲定后，父母希望能够再见基树一面，但这个请求被工作人员婉拒了，因为那样会产生不必要的纠葛。这种说法很有道理，因为如果父母在那个时候见到基树，很有可能会后悔当初的决定。

一九九二年二月四日，特别领养判决生效，基树在法律层面上正式脱离了桐谷家。尽管没有见到他的养父母，但在户籍手续中能够知道基树新的姓氏是韦斯特。

基树被送到美国后，父母一度成了抽走灵魂的空壳。内心泣血的父母将所有的爱倾注在雅树一人身上，邻居们则议论纷纷——"我记得那家的孩子好像是双胞胎，现在只剩一个，到底是怎么了？是夭折了，还是送去福利院了？"

后来有一天，父亲向母亲提出建议——"如今基树已经在新的家庭里过上了幸福的生活，我们也停止懊悔吧。如今我们有了存款，为什么不再次尝试实现过去的梦想呢？这是为了雅树，更是为了基树。假如哪天他从美国回来，咱们可不能让他丢脸，一定要成为让两个孩子都自豪的父母。"

于是，父母决定从头再来。他们把关于基树的一切藏在心头，斩断了过去的纠葛。随后两人搬到现在所住的小镇里，开办桐谷辅导班。而此时雅树已经三岁多了。

漫长的故事终于结束。

或许是为了让杰克也能听清，父亲的语速很慢。

雅树全程目瞪口呆。故事的原委与他想象中大相径庭，坐在旁边的杰克也一脸诧异。

原来送养的原因并不是虐待。

母亲并非抛弃了杰克,而是在两个孩子可能都保不住的情况下拼死留下了雅树。

之所以会选择美国这个国家,也是接受援助团体的劝说,认真考虑过未来的结果。

"可是……至少要把这件事告诉我啊。"雅树艰难地说出这句话。

"可能……"父亲面色阴沉地回道,"可能是爸爸妈妈不想在你面前丢了面子,不想让你知道我们有着那么狼狈不堪的过去。"

"狼狈不堪?怎么会呢?要是我知道爸爸你患过病,妈妈过去差点精神崩溃,或许我早就接受了。"

"也许我们应该再勇敢些。"母亲伤心地低下头,"为了不被你瞧不起,我们拼命藏起了过去的一切。而且我也觉得,没有必要把父母的辛苦和这些苦衷讲给你听。"

尽管雅树自己没有孩子,却隐约也能理解那种感受。

"怎么样,杰克,你听懂了吗?还有什么想问的?"雅树不好意思直视父母,扭头向杰克问道。

"大致明白了。"杰克点了点头,望着远处轻轻说道,"人们总是这样,由于一些无可奈何的原因变成了坏人。"

"继续说吧。"杰克轻轻催促了一句。雅树重新望向父母,深吸一口气说道：

"总之，我知道你们的意思了。那么，我被逮捕后，你们没有向警方透露基树的存在，也是为了保住面子？宁可让我蒙冤被送上法庭，也不想丢了父母的面子？"

"怎么可能！"父亲激烈地摇头否认，"是因为我们还在犹豫的时候，律师就告诉我们你有不在场证明，不会被起诉了……而且当时我们还不确定基树是不是真的在日本……"

"这还不是有一部分保住面子的想法吗？"

母亲叹了口气，打断了父亲的辩解：

"我们把其中一个孩子送养出去，这个孩子因为涉嫌抢劫杀人被逮捕。这样的事情一旦让学生和家长知道，我们在他们心中的信誉就会彻底消失。一是我们舍不得让那些学生在考试前没人辅导；二是想起你爸爸过去生病、失业那段时间里我们遭受的困难，我担心这个辅导班再也开不下去了。老实说，虽然不想承认，但你说得也很对。"

听到这句话，雅树的幻想破灭了。

自己的想法果然没错。父母为了自保，没有将双胞胎弟弟的事情告诉警察。如果当时雅树被蒙冤送上法庭，父母或许会急忙出面做证，但如果有其他证据能让雅树免予起诉，他们就会继续隐匿那些可能危及他们社会地位的信息。事实上当时正因为学生和家长都觉得雅树是"模范学生"，并深信他的清白，辅导班的经营状况才没有受到较为严重的影响。

"开什么玩笑!"

雅树膝盖上紧握的拳头不住地颤抖着。

"就算免予起诉,被打上嫌疑的烙印,哪有那么容易洗清?被关在拘留所里直到保释期满……你们知道我每天在审讯室里都经历了什么吗?"

"雅树——"杰克突然以严肃的声音说道,"别那么生气。关于这件事,我也要稍微补充一下。"

雅树诧异地望着身边的孪生弟弟。不会是他对父母刚才说过的话有什么误解吧?然而杰克却只是一脸平静地说:

"刚刚她的话只有一半是真的,另一半则不是。因为,是我向他们施压,强迫他们不准说出去的。"

"你说……什么?"

"之前雅树不是觉得奇怪吗?在巴士上,你曾问过我那两百万日元的出处。"

杰克轻轻抬起一只手来,指向餐桌对面缩着身体的父母。

"当时他们也是在这儿。我事先接触过你的父母,让他们出了一笔'生活费'。说得好听一点,就是父母给儿子的'礼物'。我记得在日语里叫'zengyu(赠予)'。"

当那个发音在脑海中转换为汉字的瞬间,雅树恍然大悟。

——"我问过警察,从税务规划的角度来看,那两百万日元最好是你我各分一半。"

那句莫名其妙的话,似乎提示了在日本赠予行为免税的最高限额——每年一百一十万日元。超过这个数额，就需要向税务局申报了。

为了验证杰克所说的真实性，雅树急忙望向父母。身为初中辅导班和高中辅导班的老师，他们应该懂得一些英语。

然而眼前的一幕却令雅树震惊。

父母神情复杂，始终低着头听杰克说话。

"不好意思，瞒了你这么久。其实这不是我第一次来。二月中旬——也就是我们初次见面的一个月前，你被警方逮捕，身份也暴露了，当时我和文也就来过一趟，地址是他在网上的帖子里找到的。只需要老同学、邻居或者是一个'老熟人'，就能把犯罪嫌疑人的个人信息挂在网上向全世界公开，这个时代还真是可怕啊。"

雅树回忆起杰克刚才在大巴上将目光投向窗外时脸上那副怀念的神情。

"既然机会难得，还是听他们谈谈后续的经过吧。要是我一直用英语说话，会打破你们家庭团聚的氛围吧？"

杰克向父母点了点头，悠然地品了一口杯子里的绿茶。

雅树与父亲对视了一眼，接着是母亲。

在一片沉默中，雅树等待着他们开口。

"……基树是在你被逮捕后的第三天到来的。当时已经快半夜了，突然传来门铃声。我和你爸爸一下子警惕起来，还以为是那些不礼貌的记者，一开始就没有理会。"

母亲微微一顿，她一边频繁地瞥着父亲，一边犹犹豫豫地说道：

"但门铃一直在响，我们就看了眼摄像头。这一看吓了一跳，本应被警察抓走的雅树怎么突然回来了？我和你爸爸赶紧下楼到了门口，刚一开门——他就一声不吭地走了进来。就在那一刻，我不知怎的就明白了，啊，这个孩子不是雅树，而是基树。"

穿着卫衣的杰克站在门口的水泥地上，默默地凝视着父母。

随后一名自称是翻译的陌生男子不由分说地闯了进来，他用流利的日语告诉父母，杰克是他们的"另一个儿子"。

尽管没有受到凶器之类的物品威胁，但杰克眼神阴郁，带着令人难以违抗的气场。他身后的翻译迅速提问，问题包括警察或律师是否透露过目前的调查状况，桐谷雅树有双胞胎兄弟的事有多少人知道，他们是否向警方讲过这件事，等等。

尽管时隔二十三年与基树重逢，内心无比激动，但父母还是先一一回答了这些问题。于是，基树和长野得知了律师说过雅树在案发时有不在场证明；桐谷有双胞胎弟弟的事，应该只有领养机构和儿童福利院的员工知道，而且他们在职务上有保密义务；案发后，两人多次讨论过有关基树的事，最后终于下定决心，打算在这几天里和警方联系。

"没有立刻把这件事告诉警察，都怪我和你爸爸太软弱……"母亲揉着眼睛再次真诚地说，"那个翻译对我们说：'基树让我告诉你们，不准把我的事告诉警方和律师，当然也不要告诉真正的雅树。我手里有推翻他不在场证明，使他成为凶手的决定性证据。只要你们拿一笔钱出来，我就老老实实闭嘴回国。要是不想让你们的宝贝独生子成为杀人凶手，就按我的要求去做。'"

"怎么会……这不是真的吧？"

雅树向坐在身旁的杰克投去责怪的眼光。杰克耸了耸肩表示："是文也帮我转达的，可能让他说出来会更像威胁吧。"

"一开始我们抵抗过，想着雅树不会遭到起诉，就没立刻开口答应。于是，那个翻译说：'另一个儿子成为杀人犯被警察抓走，也不是你们乐意看到的结果吧？'听到这句话我就犹豫了。然后基树在那个翻译耳边嘀咕了几句，让他说'我是你们的儿子，真要算起来，你们总得出一大笔抚养费，用这笔钱付了岂不是很划算'。听了这句话，我和你爸爸彻底无话可说了。"

"我和你妈妈泄了气，听从了他们的指示。"父亲接过话头，垂头丧气地说道，"于是我们把家里的现金全部找出来交给基树。虽然远远抵不上二十三年的抚养费，但我们求他拿着，并告诉他，要是不够可以再来。"

"那笔钱的数目是……二百万？"

"二百万……可能更多一些吧。总之是把家里有的都给了他。"

那些零头估计用在了杰克监禁雅树期间的生活费上，以及尽管具体内容已经不得而知，但如今已经取消了的"宏伟计划"上吧。

这笔钱的数目与后田家里被盗走的那些钱的数目相差甚远，原来杰克给自己的账户里存入两百万日元这种数目不多不少的钱，就是出于这个原因。

雅树回想起来，杰克曾多次强调那笔钱是"合法"的。当他的储蓄卡被抢走时，他曾警告过杰克不要把赃款存进自己的账户里，当时杰克说了一句"当然不会"。

而在机场临别，雅树表示杰克要赎罪的时候，杰克也说"你误会了""抢来的那些钱，我一分没动过"，否认自己和那笔钱有关系。

在入境管理局的安置所里见面时，杰克也反复强调存进雅树账户里的两百万日元"是我自己的钱，是合法的"。

这些话，原来都是真的。

杰克从一开始就没打算动长野从后田家里抢来的钱。因此在那起案件发生后不久，他就出现在桐谷家，以抚养费的名义要走了一笔钱，用于他在日本的行动。而办理手机和租房的一系列事宜，同样是用这笔钱开销的。

从手段上看，他们从雅树父母手里勒索来的这笔钱可以视作灰色资金。然而从餐桌对面父母写满悔意的脸色来看，说这笔钱是他们心甘情愿送给杰克的倒也不是没有道理。警察没有追查存入雅树账户里的这二百万日元，也是因为父母坚定地证实了杰克所说的话。而这一切，雅树都不知情。

看来父母确实对过去一直念念不忘。

二十五年前，他们因贫困与病痛将自己的血肉送去了那个难以触及的地方。那时的情境，两人始终未曾忘怀。

父母讲完许久，雅树依旧不能回过神来。

杰克喝完了杯中的茶，用手肘支着桌子说道：

"原来是这样。所以，雅树就没有怀疑过吗？"

"怀疑什么？"

"我从一开始就知道，自己是双胞胎中的弟弟。"

"用日语能够区别出兄弟，但英语就不便表达。而且如果是双胞胎的话，就连'兄弟'这样的词都不会用，顶多就是说一句'You are a twin'罢了。"

这么一说雅树才意识到，Twins——"双胞胎"，Twin——"双胞胎中的一人"。

"也就是说，美国的养父母用英语讲述你的成长经历时，杰克你并不知道我们两人谁是哥哥、谁是弟弟。而来到日本后，和我接触之前，你才从讲日语的父母口中得知了长幼顺序？"

"就是这样。"杰克乐呵呵地说。

突然间，一切都能够理解了。

父母并没有抛弃过雅树，他们只是被人误导，相信了只有保持沉默才能拯救雅树，以及因自己的失责而没能好好抚养，导致人生道路偏离正轨的基树。

几个月前的记忆突然涌上心头，雅树不禁苦笑。"喂，怎么了？"杰克戳了戳他的侧腹。雅树望着投来目光的杰克说道：

"没什么……还记得吗，长野被捕的前一天晚上，在那间公寓里，我是不是拼尽全力想说服你，制止你犯罪来着？"

"哦，那时啊……"

"当时我不是对你说过这样的话吗：'你可以用其他办法，比如，向我们的父母索要抚养费，这是他们本就该出的''我们一起从父母手上夺回你重启人生所需要的资金吧'。"

"原来你说的是这个意思啊！"杰克忍不住笑了，"因为当时你说的是日语，所以我听得一知半解。"

"我就知道，还是很难让你完全理解。"

"不过真的就像有心灵感应一样呢。"

"是啊！没想到你早就从父母手中拿走了两百万日元。"

两人相对而视，继而齐声笑了起来。

这一次，雅树产生了一种不同于以往的强烈感觉——即使相隔遥远，不知道彼此的存在，但自打出生的那一刻起，两人就始终是双胞胎兄弟。过去自己在玩着玩具车或是搭建积木的时候，总是不自觉地寻找着本应陪伴在身旁的某人的影子。两人无时无刻不在相互追寻。

面对着相谈甚欢的儿子们，父母似乎不会说话了。父亲只是咬着嘴唇，母亲则用手捂住了双眼。

在这种情形下，杰克用日语结结巴巴地对他们说：

"刚来的时候吓着你们了……真是不好意思。钱,等我回美国后会还给你们的,不过可能需要一些时间。"

"没关系,不需要还。"父亲用力摇了摇头,"要是你在我们身边长大,本来应该花更多的钱来养育你。不用还了。"

"真的?"

"我们更关心的是……你在美国那边和什么样的人一起生活?过得好不好?可以和我们说说吗?身为你的亲生父母,我们很想知道这些。"

母亲略带拘谨地开口,杰克一瞬间显得有些茫然。

看上去他有些困惑,可能是对父母的存在,以及他们对骨肉至亲油然而生的爱意不太习惯。或许在过去,甚至没有与父母年纪相仿的成年人对他的经历产生过兴趣。

杰克用日语和英语交替着,慢慢讲起了曾经给雅树讲过的成长经历。

抵达美国的那一天。

养父母离婚与幸福的终结。

新的父亲与兄弟姐妹。自己所遭到的歧视。

自己的价值。三万美元的代价。

离家出走。断绝关系。频繁更换工作。

连续不断的人生下坡路。

讲完漫长而艰辛的故事后,父母的脸上挂满了泪水。父亲用含糊的声音道着歉,母亲则在片刻的沉默后放声大哭。

最后，母亲终于抬起头来，用坚定的目光注视着杰克。

"谢谢你回家来看爸爸妈妈。身为父母，我们过去的所作所为难以原谅。无论基树你怎么恨爸妈，我们都没有怨言。只要你能接受，今后爸妈一定好好补偿你，请你一定要给爸妈这个机会。原本以为再也没有机会了，可没想到还能见面，妈妈真是太高兴了，觉得像做梦一样。"

"可能现在你必须要回美国去，但过后一定要再回来。我和你妈妈会一直等着你。等到了那个时候，我希望能履行身为父母的义务。不只是在经济上，还有其他各个方面。"

雅树在一旁静静地听着，他能感受到，为了让杰克能够理解，为了能传达自己的心意，又不显得像是要将好意强加于人，父母在说话的时候始终都在斟字酌句。

不过两人似乎顺利地将心意传达给了杰克。只见杰克仰望着天花板，脸上露出略显尴尬的笑容。

"感觉有些怪怪的。"

或许是为了掩饰自己的难为情，这句话并不是对父母，而是对雅树说的。

"过去我就常常看着镜子里的自己，想象自己在日本的亲生父母究竟是什么样子。是高个儿还是矮个儿？是胖是瘦？我的长相更像爸爸还是妈妈？"

"那现在是不是有些期待落空了？"

"为什么这么说？"

"因为他们既不高也不矮，既不胖也不瘦，至于长相，既能说像爸爸也能说像妈妈。"

"确实有些出乎意料。能够了解到自己的根源，真是有趣啊。"

杰克翘起嘴角微微笑了笑：

"不过有一点需要纠正——包括我在内，咱们一家四口人都很瘦，从美国人的角度来看。"

"是吗？我觉得挺正常的。"

"总之，看着就像是一家人。"

"一家人。"——杰克特地用日语重新说了一遍。

父亲坚定地点了点头，母亲的嘴角微微松弛下来。雅树把手搭在孪生弟弟的肩膀上，杰克也把胳膊伸出来搂住雅树的肩膀。

五十多岁的父母与二十多岁的儿子们。

作为一个家庭的开始似乎有些太晚。

尽管如此，这四人选择"重新开始"，也未尝不可。

雅树放任自己的思绪飞扬。

日光灯温暖的光芒从天花板上洒下，照亮了重获新生的桐谷一家的未来。

※

时隔半年，他们再次来到了机场出发大厅。

"只不过坐飞机的人并不是我。"望着宏伟而开阔的斜顶天花板，雅树自言自语道。

心情有些复杂，如释重负中夹着一丝孤寂。若是这里换成成田机场，是否又会有另一番心境呢？

"幸好不是成田，而是羽田的飞机呢，雅树。"

背后传来声音。雅树转身一看，是似乎已经办理完登机手续的杰克。他所穿的黑色上衣是雅树的，因为这周气温突然下降，所以雅树把自己的几件冬装送给了他，就当是饯别的礼物了。

"因为这里离东京市中心很近嘛。而且在成田机场留下过不好的回忆。"

"我跟你想的一样，那种事情真的是不想再有了。"

那个夜晚在一群刑警的陪同下追踪长野的记忆又要浮现，雅树赶忙将它驱赶出自己的脑海。

"游览东京开心吗？"雅树问道。

杰克露出洁白的牙齿笑着，心满意足地竖起大拇指。

"当然开心，天空树和浅草都很棒。感谢你给我一天的自由时间。"

"我知道杰克不会在这种时候逃跑。"

"怎么知道的？靠双胞胎之间的心灵感应？"

"没错。"

"背着囚禁和协助抢劫的前科，居然还能获得信任，有血缘关系可真是太赚了。"

杰克替换成英语说道，接着扬起嘴角，轻轻耸了耸肩。这个姿势像是在对雅树的松懈感到不满，但从他柔和的眼神看来，似乎也没有那么坚决。

入境管理局所给的一周时间即将在今天结束，从羽田机场飞往美国的航班是晚上八点，现在距起飞时间还有四个小时。

这周他似乎一直安静地待在先前申请作为暂居地的家里。母亲昨晚九点多给雅树打电话，说基树今天早晨离开家，想在东京游览一番，好好看看自己出生的国家。虽然他说自己一个人也能游览，但母亲还是希望雅树能陪陪他。

早点商量的话或许会更好些，在这个时候协调第二天的工作已经太迟了。原本想利用弹性工作制在傍晚赶到羽田，但今年的年假已经用完，突然请一天事假又有些难以开口。

身为担保人，雅树并不是对杰克完全放心，但最终还是选择了让杰克独自游览。"要不我和你爸陪他去吧？"母亲担心地一再询问，但雅树坚决回拒了。他觉得还是要尊重孪生弟弟的想法，不要搞得像在监视人家一样。

而在今早离开家门的杰克，刚刚已经如约到达机场出发大厅的等待区。他并没有逃走，相反还早到了会儿。他在机场便利店里买来的袋装松饼，在雅树赶来的时候已经吃得只剩一口了。

"我拍了好多照片呢，你看你看。"

杰克从口袋里掏出手机向雅树展示着。看到屏幕里的浅草雷门与仲见世大街时，雅树疑惑地问道：

"这是哪来的手机？新买的？"

以雅树的名义签约的手机早已注销，而且那是部翻盖机。如今杰克手中的是一部简约的深蓝色智能机，雅树对此完全没有印象。

"哦，是这样，今天我去派出所碰了下运气，没想到真的找到了。先前我不是说过吗，刚来日本的时候我不小心把手机弄丢了。这个国家真是太好了，治安和警察的态度都很棒。没想到丢了八个多月的手机，今天一问就找回来了。"

"你是用日语和警察交流的？费了不少劲儿吧。早点告诉我嘛，说不定在你回家之前就找到了。"

"雅树已经够忙了，我不想因为这点小事让你操心。而且我也想试试现在的日语水平。"杰克笑着回道。

展示完天空树与天空镇[1]的照片后，他将手机放入上衣口袋，

---

1 位于日本东京市墨田区的大型综合性商业区域，因以东京晴空塔为标志性建筑物而闻名。

回头望了一眼后方的安检区。

"好了，差不多该走了。刚来的时候觉得这里路也窄、屋也小，生活起来挺不方便的……可是被强制遣返后，却有点舍不得。"

"你对日本有所改观，身为日本人，我还是很高兴的。"

"总有一天我还会来的，希望雅树你也能去美国做客。"

杰克伸出右手。

雅树犹豫着是否要回应他的道别。

察觉到雅树的异样，杰克有些诧异地抬起眉头。

"怎么了？肚子疼？"

"不是。"

雅树严肃的表情让开玩笑的杰克碰了个钉子。

他直直盯着与自己身高别无二致的孪生弟弟的双眼。

"离登机时间还有一阵子呢。"

"说的也是……怎么，想去附近的餐厅一起吃个晚饭？"

"关于你的'宏伟计划'，我还有些问题想问。"

雅树轻轻开口，杰克脸上的笑容瞬间消失。

自从重获自由后，雅树一直在脑海中思索着这个问题。

长野与杰克剥夺了自己的自由，强迫他服从各种命令，曾花费了数个月时间进行准备，他们究竟想在日本做些什么？

从两人迄今为止的言行来看，发生在涩谷的那起案件与"宏伟计划"明显是两种不同的犯罪行为。然而在自己面前，他们始终严守秘密,从未谈论过关于计划的任何内容,连一星半点儿的线索也未曾透露——雅树始终是这样认为的。

然而有一天,一个可能性突然出现在脑海中。那是在一周前,一个与杰克共同住在老家里的夜晚。

从争取在涩谷那起案件中无罪释放,到那神秘的二百万日元的来龙去脉,孪生弟弟把一切真相都如实告知了自己。然而只有那个"宏伟计划"的内容,对方始终保持缄默。眼看离出国的日子越来越近,杰克还是一直回避雅树提出的问题,看不出有任何想要解释的意思。可是既然已经取消,也就没有必要继续固守秘密了吧。

这是为什么呢?

在最近一周里,雅树冥思苦想了许久,最终得出了一个结论。想当面向杰克确认,恐怕只有现在这个机会了。

"你们所谓的'宏伟计划',既不是诈骗和恐袭,也不是复仇——继后田洋一郎之后杀死我们的父母,更不是跨国毒品交易之类的。"

身份证明与银行卡被夺取。

被强制解约自己的手机,并重新签订合约。

被迫从小二层搬到公寓楼。

这一切都是极为直白的预先准备。

"杰克你当时是想接管我的人生,对吧?你打算抹消我的存在,以'桐谷雅树'的身份在日本开启全新的人生。我说得没错吧?"

既没肯定也没否定。孪生弟弟只是面不改色地盯着自己,似乎在催促自己继续说下去。

——成为桐谷雅树。

这就是"计划"的最终目标。

尽管已经终止,但杰克始终不肯将"宏伟计划"的内容告知雅树,因为他不愿破坏两人之间已经重新构筑好的关系。

"先前我们提到涩谷那起案件的全貌时,杰克你曾说过'我协助文也,文也也协助我——只要我们互相帮助,实现彼此的目标,那么原本灰暗的生活里就会出现希望的光芒,而我们也能找到逆转人生的机会'。而你当时说你的目标是'与生活在日本的孪生哥哥重逢'。"

"嗯,我是这样说过。"

"当时我确实相信了,可事后回想起来却觉得不对劲。即便你相信长野的目标不是抢劫谋杀,只是单纯的偷窃而已,但与一名罪犯合作的交换条件却只是'与孪生哥哥重逢',这个动机明显太过单纯,再怎么说也不太公平。后来我终于意识到,那个'大计划',可能是为了实现杰克真正的目的。"

雅树告诉杰克,在过去的对话中,有句话始终在他内心挥之不去。

那是还在小二层公寓里的时候,杰克讲述自己的成长经历,说在美国遭受了严重的种族歧视。在那个漫长的故事的最后,他曾说过这样的话——"所以直到现在我都在羡慕你,也憎恨着抛弃了我的父母"。

对生活在日本的孪生哥哥,杰克用的是"羡慕",而不是与父母放在一起的"憎恨"。

如果我就是他。如果没被送出去当国际养子,留在父母身边的那个孩子不是他而是我的话……

每当想到自己身为同卵双生子中的一个,杰克心中就会涌起嫉妒之情,眼中浮现出"另一个自己",并向往着可以在属于自己的国家长大,不用遭受种族歧视,完全有可能存在的"另一个未来"。

这样一想,杰克过去所有不合常理的言行便都能解释得通了。

例如,在囚禁期间,杰克曾问起自己的成长经历、对食物的喜好等方方面面。那不仅仅是对孪生哥哥的人生感兴趣而已,而是为了获取成为"桐谷雅树"这个日本人所必要的信息。

接下来,急于提高日语水平,则是因为在这个英语通用度不高的国家,必须掌握一定程度的日语才能生活下去。他没有独自用参考书学习,也没有依赖搭档长野的指导,而是坚持选择雅树当自己的老师,也是为了尽可能地模仿雅树的口癖和常用表达方式。

至于对雅树的工作内容与编程技术表现出浓厚的兴趣,也是出于相同的原因。当初他兴致勃勃地问出"要是不去公司的话，可以做自由职业吗"这样的问题，显然是为了寻求取代雅树后尽可能避免与他人接触，自立生活的方式。

杰克与搭档长野通过解约手机并搬离公寓的方式，断绝了雅树与家人、熟人接触的一切途径。但当他们最初夺取雅树的手机时，为何只记下了母亲的电子邮箱地址呢？这或许是为了避免父母向警方报告失踪或是发布寻人启事，需要伪装成雅树与他们适当保持联络。

除此之外还有一件事，在杰克决定放弃"计划"，打算与雅树合作时，曾说过"那个'计划'没有我参与是行不通的。我决定放弃，就意味着结束了"。如果所谓的"宏伟计划"就是夺取雅树的人生，而在那晚之前他还在打算寻找机会杀掉雅树的话，也就能理解他当时的态度了。

"嗯……就只有这些依据吗？"

杰克默默地听着雅树的推理。他神情肃穆，将目光投在周围穿梭的各国游客身上。

"当时我准备用雅树你的身份来冒充日本人，这一点我无法否认。但是，那也可能只是为了实现另一个目标的临时手段吧？"

"并非如此。"

"这一点你怎么这么肯定？"

"因为会产生矛盾。四月末的那一天，察觉到被长野背叛后，你似乎非常痛苦，于是说了这样的话——'我们明明约好，等我和雅树都被无罪释放之后要再见一面的,他还说会支援我今后的生活。我相信在文也的帮助下,我一定能重获新生,迎来光明的人生'。"

"我考虑过长野会用怎样的方式支援你今后的生活。据我对你们的关系的了解,只有两个选择——经济援助或是翻译上的帮助。但你坚决不肯接受长野的赃款,因此前者不对。也就是说,你的那句话指的是后者——长野作为一个熟悉日本的人,后续将继续协助你。也就是说,你会留在这个国家。你计划重启生活,迎来光明的人生。"

"就算是这样,又有什么矛盾之处?"

"然而这与你将会受到的强制驱逐出境这一处罚并不切合。如果你一开始就打算长期居留日本,为什么不事先取得留学生签证或就业签证?在相关方面管理严谨的发达国家,一个非法滞留的人要怎么才能获得'光明的人生'?换句话说,如果杰克打算永久地留在日本,却没有尝试过获取长期居留的签证,说明你从一开始就知道并不需要这么做。只要你将我抹杀,夺取我的身份,就能轻易成为日本人了——怎么样,有什么要反驳的吗?"

雅树气势汹汹地问道,盯着眼前的孪生弟弟。

傍晚时分,机场出发大厅的一角,两人就这样静静地对视着。

几秒钟后,杰克不再镇定。

"唉，还是露馅了。"

像是搞恶作剧被揭穿的孩子那样，杰克耸了耸肩，接着用手摸着后脑勺，抬头望向高高的天花板。

"要是没被察觉，我真想把这件事情当作没发生过。可惜还是没能瞒过你的慧眼。"

"这算是承认了？"

"基本上吧，不过有些方面是你想太多了。"

杰克面露难色，像是在犹豫该从何讲起。片刻过后，他开始滔滔不绝地讲述起来。

"雅树你说得没错，我始终深深羡慕着双胞胎中'没被抛弃的那个'。"

"是个人都会觉得这不公平对吧？我被抛弃，另一个却能留下。只有他真正属于生他养他的那个国家。

"如果今后只能在美国过着行尸走肉般的生活，那我更愿意去取代那个人。我想体验一次本应拥有的未来，想在本属于自己的国家中绽放光彩。

"多年来，这种几近幻想的愿望愈加强烈，但直到在小酒吧里与文也相遇的那一刻，它才突然变得真实起来。"这让杰克不禁感谢上帝，尽管他甚至根本不曾相信过上帝。

"但在另一方面，我也一直告诉自己。留在日本的兄弟在抛弃我的父母身边长大，或许他经历过虐待；或许因为父母不负责任，他的日子过得比在养父母身边长大的我更惨；或许他还没长大就离家出走了；或许他后来也被送进了福利院……如果是这样，那他的生活和我在美国饱受歧视的生活或许差距不大。如果他也过着那种没有人爱也没人需要的孤独生活，或许我还会考虑放弃原有的'计划'。"

"就这样，我乘坐文也安排的飞机来到日本。

"按计划在涩谷作案后，通过媒体报道和网络新闻我得知了你的信息，但结果却令人震惊。你拥有研究生学历，毕业于国内的名牌大学，如今是在大型系统公司工作的社会精英。我备受打击，内心的阴暗再度被激起，然而很快我又兴奋起来。

"因为我终于可以毫无顾忌地执行'计划'了。一想到要将你拉进我的泥潭中，内心就雀跃不已。在那一刻，我已经丝毫没有罪恶感了。

"如果能取代孪生哥哥，我就能获得令人注目的名牌大学研究生身份，一夜之间成为社会上的人生赢家，继而也能对抛弃自己的父母实施报复。他们曾经精心抚养过的'独生子'，却在不知不觉中被另一个人所替代，这对他们来说必然是场噩梦。

"原本在美国过着只有高中学历、身为体力劳动者受尽嘲笑的生活，如今却能潇洒转身，迎来崭新的人生。由于收获远远超出预期，当时我无比兴奋，文也也为我感到高兴。

"当然，考虑到学习语言需要时间，我必须暂时放弃大厂正式员工的身份，至于遭到逮捕和审讯则是早已预料到的结果。无论如何，如果'计划'能够成功，那个在所谓'自由国家'里一直身为人生输家的我,就将带着辉煌的履历,在这个远东国家里'重启人生'。

"就这样将一个人一生的积累彻底夺去。

"还有比这更加宏伟的犯罪吗?在弄清你身份的那个夜晚,我和文也经过讨论,决定将这个计划命名为'宏伟计划'。Great plan——你不觉得这名字超棒吗?

"因为计划的整体流程需要与文也的计划相配合,所以会稍微有些复杂。如果只是单方面完成其中一个人的目标,合作的积极性就会减弱,而且可能会导致不公。因此在详细讨论后,我们最终制定了这样的方案——

"首先在抵达日本后,我立即与文也合作,在后田家里留下证据,让人们相信我就是犯人。随后,一旦查清我有双胞胎兄弟,那么我主导的'计划'的前期准备就开始了。具体期限是在目标获释后的一个月内。在此期间,由于我不懂日语,在翻译方面文也将全面进行协助。

"随后我们继续合作,通过囚禁和威胁的方式,在一个月内创造出'桐谷雅树因案件受人嫌弃,从而自行消失在公众视野中'的客观状况——没错,例如,自行更换手机号码,自行签合同寻找新住处,自行搬家,等等。

"这样一来,即使后续有人报警,我的行为与先前也不会产生矛盾。如果有警察上门,我会表示自己'不想见到过去的熟人',再用日语赶走他们,这样就能解决麻烦。人们只会觉得是桐谷雅树被警方当作嫌犯逮捕后精神出现问题，整个人变得疑神疑鬼，决定与所有熟人断绝关系了。

"等我从雅树这里学会足够多的日语，并掌握你的生平、人际关系和必要信息后，计划就将进入下一个阶段。正如你所知道的那样，接下来就要处理涩谷那起案件的后续事宜了。

"文也会提前藏好，而我会带雅树前往警局。随后我们这对双胞胎会进行激烈争论，争取不予起诉或是法庭上的无罪宣判。在审讯中，雅树你很有可能向警方提及我们预先准备的某种'计划'，但这对我们来说无关痛痒，毕竟我们还没有实施任何犯罪行为。

"而当涩谷那起案件了结之后，就将进入'宏伟计划'的收尾阶段了。届时我会与文也会合，再次将雅树你劫持到一个人迹罕至的地方。身份证件与储蓄卡我们会事先办理好新版并藏在某个储物柜里，届时只需要取回就可以了。

"Congratulation！"

"以'桐谷雅树'的身份，我将迎来全新的人生。

"当然，计划或许不会如想象中那样顺利。不过既然双胞胎同时受到怀疑，那么最终获释的时间应该不会存在先后差异。随后你会去的，无非就是老家、女朋友家、之前我们租过的公寓，或是随便找的旅店，这么几个地方罢了。

"重要的是，此时你会彻底放松警惕。我利用双胞胎的身份完成目标，还被无罪释放，你会为此情绪消沉，但一定想不到我们会再来抓你。有心算无心之下,你放松警惕,孤身一人的情况终究会出现的。

"顺便说一句,刚才我说你有些方面想得太多,指的是你的处境。我从来都没打算杀你,这点我可以发誓。不过文也确实建议我杀掉你,以降低东窗事发的风险。

"不过我打算在偏远的地方建一栋小木屋,将雅树你终身囚禁在里面,一直到我死去。

"这便是'宏伟计划'的全貌——"

讲完这些,杰克脸上带着一副如释重负的神情。

尽管身处室内,雅树却不寒而栗。

他的耳边回响起囚禁期间的某个夜晚偷听到的令人不安的对话。

——"你父母……怎么办……"

——"先囚禁起来……再联系……"

——"这样好吗……还是杀掉……稳妥……"

——"我……只是……"

原来两人是在讨论如何处理被绑架的雅树。长野的建议是"杀掉",杰克则坚持保留雅树的生命。

此外,在囚禁的最后一天,杰克提出合作处理涩谷那起案件时也说过这样的话:

"的确是我们没有顾及过你的感受。因为在实际见面之前,我不知道你到底是怎样的人。早知道你是这样一个好相处的人,我会一开始就向你讲明一切，尽早尝试与你合作。很抱歉欺骗了你，但我现在会坦诚地向你讲明一切，希望你能够原谅我。"

或许蕴藏在那句话中的罪恶感，并不仅仅是针对涩谷的案件，更是针对他所构思出的"宏伟计划"。

过去所见所闻的信息，至此终于在脑海中全部连接在了一起。

"别那么沮丧嘛，都是过去的事了。"

望着始终沉默不语的雅树，杰克用异常开朗的声音开导他。

"'计划'终止了，我再也不打算做这种事，所以你就放心吧。而且……其实在囚禁你的后半段时间里，我就已经在犹豫了。了解到你的个性与我们之间的许多共同点后，我对实现'计划'的动力已经越来越弱。至于终止的关键，就是雅树你的劝说，还有见到你女朋友那件事。"

"奈美？"

"那天我怀着犹豫的心情前去找她，想试着以'桐谷雅树'的身份出现在她面前。想着要是没被识破，就继续实施'计划'，但如果被识破，我就放弃'计划'。总之，我想通过她的反应推测夺取孪生哥哥的人生后将会迎来的结局。"

"奈美……立刻就发现对面的那个人并不是我。"

"简直是被一击必杀，真是太可笑了。当时我初次意识到，我就是我，你就是你，这是天经地义的事。不管相貌再怎么相似，我们的人生也截然不同，这个事实我必须尊重。"

"就在那一刻，我放弃了。"杰克挠了挠头，表示即使没有雅树的劝说，他也迟早会告诉长野，自己放弃了那个"宏伟计划"。

"雅树你真该好好谢谢你女朋友。"

雅树仰望上空，听着杰克随口说出的话语。

这些都是过去的问题了，杰克的计划终究是纸上谈兵。在日本这个国家，想在无人知晓的情况下关押一个人数十年之久是件不可能的事。他既不在这个国家长大，也没有完美地掌握日语。此外，他根本就没有念过大学或研究生，想要夺取雅树的履历、重启自己的人生就更加不可能了。

更别说这个计划原本就会以失败而告终。长野故意向杰克隐瞒了抢劫杀人的事实，他无疑是打算趁着双胞胎兄弟向警方自首的时候背叛杰克，独自携带巨款逃亡海外。尽管从一开始就心知单方面完成其中一个人的目标会导致不公，杰克却依然给了长野这个机会，可以说他的预测还是太幼稚了。

但或许正因如此，才会出现如今的结果。

听杰克讲完"计划"的全貌，雅树确实感到一阵寒意，然而对他的感情却未曾改变。

只要自己的孪生弟弟在回到美国后，能够以正当手段开拓"光明的人生"，雅树对他的感情就不会变。

"我不会责怪你。"

雅树慢慢吐出这句话。原本笑得有些卑微的杰克意外地眨了眨眼。

"想知道原因吗……因为'宏伟计划'这种东西,是在杰克对我、对这个国家、对父母一无所知的时候制订的。可是后来你在日本遇见了我,在推心置腹地交谈后,你决定放弃那个可怕的阴谋,那么现在的你就仍是清白的。如果说来到日本之前的你是'杰克',那么现在的你就是'基树'——你们是截然不同的两个人。至少我自己是这样认为的。"

尽管有些断断续续,但雅树还是用英语表达了自己的观点。

听到雅树的话,杰克显得有些震惊。几秒钟后,他又像之前那样笑了,但表情中明显带着一丝宽慰。

他摊开双手,夸张地耸了耸肩。

"真是服了。我没猜错,雅树你——真的是个彻头彻尾的滥好人!难得你来送我,我却对你说出这种事来。可你不但没有扭头就走,甚至还不生我的气,搞得我都有些沮丧了。"

"滥好人是你才对,这话我不是说过很多次了吗?连长野这种可疑的家伙你都能相信那么久,跟他在涩谷作案,还搞什么'宏伟计划'。"

"不不不,我可不是什么好人,也配不上这种好词。不过,唉……如果可以的话,我倒是希望从现在起能做一个这样的人。"

杰克双手插兜,说出了一句略带深意的话。

雅树感觉到这是他告别的信号。

转身瞥了眼身后的安检区，杰克扬起嘴角。

"那么——尽管很不情愿，但我要回到有我的公民权的国家去了。尽管那个国家只会优待富有的白人，对缺少教育的穷人却是那样苛刻。"

"等到拒绝入境期限过了，那时你还是觉得美国不适合你，考虑移民日本也是个不错的选择。无论十年还是二十年，我都会在这里等你。不过到了那个时候，可一定要申请正式签证哦。"

"那当然啦，我可不想让雅树更讨厌我了。对了，学过的日语我会努力记住的。"

看着他友好地微笑着，雅树察觉到一件事。

他已经无法找回过去是独生子时的心境了。尽管思维方式、文化与成长背景大相径庭，但眼前这个美国人，毫无疑问就是自己的家人，是自己在这个世界上独一无二的血浓于水的亲弟弟。

而且他凭直觉感到，对方如今也在想着同样的事——尽管思维方式、文化与成长背景大相径庭，但对方依旧是个让人讨厌不起来的日本哥哥。

"不是'拜拜'，而是'再见'。再见，雅树。"

"再见，基树。"

雅树用力挥了挥手。

与自己一模一样的背影随后便融入安检区的人流中。

他的内心满是不舍，仿佛身体的一半被剥离开来，但同时也充满期待，仿佛一条奇妙的纽带将会漂洋过海，继续将自己与杰克相连。注视着对方穿着黑色上衣的背影，直到它在挡板后面消失不见后，雅树轻轻叹了口气，转身离去。

作为保释期间的担保人，自己的使命已经顺利完成。杰克将使用雅树为他购买的机票离开日本，并重启他在美国的人生。

而雅树也要走向他崭新的日常生活。无论面对好奇还是怜悯的目光，他都必须坚强地挺起胸膛。

为了如今的结局，每个人都付出了过多的代价。其实雅树依然有些责怪杰克，责怪他为什么不能用其他方式来和家人相认。不过他还是很高兴能迎来这样的结局，而不是直到衰老死去的那一天，都不知道自己还有一个孪生弟弟存在。这种感受千真万确，绝无虚假。

在脑海中回顾着那不平凡的九个半月时光，雅树穿过宽敞的候机大厅向出口走去。故事的一切始于二月初，那一天，刺骨的寒风吹袭着大厦，突然间几名警察闯入公司前台大厅，毫不客气地将自己带走。如今冬天即将再次到来，他的内心不禁感慨万千。

走上下行的扶梯，雅树略带伤感地回头一瞥。然而就在此刻——

杰克方才留下的话语突然在脑海中回响：

"不不不，我可不是什么好人，也配不上这种好词。不过，唉……如果可以的话，我倒是希望从现在起能做一个这样的人。"

那句意味深长的话。

脑海中再次闪现出杰克上衣口袋凸起的地方。在出国前突然失而复得的手机、半日的东京游览、浅草雷门、仲见世大街、天空树、天空镇。

雅树的内心突然涌起一阵担忧。

他把手放在胸口，茫然地望着渐渐远去的候机大厅。

杰克——真的仅仅是全心全意地相信长野，被他蒙骗，还帮他犯罪的滥好人吗？

刚刚他完全肯定了雅树的推测，并详细讲述了长野和自己的计划：一、为了给长野复仇，两人袭击了位于涩谷的后田宅；二、囚禁雅树，花费一个月时间准备杰克的"计划"；三、在长野安全藏身后，杰克带着雅树一同出现在警方面前，争取不予起诉或无罪释放；四、再次绑架雅树，将他永远囚禁在乡下的某个小屋里，而杰克则将以"桐谷雅树"的身份开启全新的人生。

然而站在犯下抢劫杀人罪的长野的角度考虑，这个解释却有些行不通。对于长野来说，帮助杰克绑架雅树没有任何好处，更不用说在一开始囚禁雅树的时候，他早已完成了对后田的复仇，并独自拿到了约两千万日元的巨款。如果打算背叛杰克，他完全可以在涩谷那起案件发生后独自携款潜逃海外。随着时间推移，抢劫谋杀这件事暴露给杰克与警方查出真相的风险都

311

会大幅增加，为什么在那长达一个半月的时间里，长野都没有消失，而是耐心地参与了杰克的"计划"呢？

因为他别无选择——

不知不觉间，雅树脑海中拼图的碎片组合到了一起。

当然，这只是一种假设，也可以说单纯只是幻想。然而，最终浮现出的"真相"却牢牢抓住了雅树的心。

——手握这一连串计划主导权的人并非长野，而是杰克。

表面上，长野在力量方面占尽上风。用日语蛮横地对雅树提各种要求，动不动就用暴力对待雅树的人也总是他。

然而回想起来，在长达一个半月的囚禁日子里，长野总是一副心有不满的模样。原本自称是他们这对日、美双胞胎的翻译，然而没过多久就突然撂挑子，对杰克和雅树都不管不顾了。后来他对雅树的态度更加恶劣。

——"少废话，杰克怎么说你就怎么做。我忙得很。"

——"凭什么要给你翻译？你不是会说英语吗？自己搞定吧。"

——"喂，杰克——差不多聊到这儿得了，该出门了。"

尤其是在囚禁的后半段时间里，他总是独自待在公寓的西式间里，在监视雅树的同时无聊地玩着笔记本电脑，丝毫不掩饰对"计划"的反感。而当杰克因为想再学一些日语打算延长囚禁时间时，长野也急着催促杰克：

"时间不多了，本来约好是一个月，都怪你一直拖个没完，结果搞成这样！到时候可别害得我也被抓！"

对于隐瞒了抢劫谋杀这一事实的长野来说，由雅树来教杰克日语是个极大的风险，然而他始终默许这一行动，直到发现那篇关于同卵双生子DNA鉴定方法的文章后才试图潜逃海外。

以上种种表现，难道是因为他从后田家里抢来的钱其实都在杰克手中吗？

也就是说，杰克以两千万日元作为"人质"，威胁长野与他合作，直到"宏伟计划"完成。

至于线索，则是那部手机。

恐怕直到某个时间点前，杰克确实天真地绝对相信他的搭档长野。这位年长他八岁的可靠的日本人，为穷困潦倒的他赞助了前往东方岛国的旅费，并深深赞同了他那脱离常轨的、试图接管自己双胞胎兄弟人生的计划。

然而在涩谷那起案件发生前后，杰克不再像过去那样信任长野了。或许是因为长野表示要独自将从后田那里抢来的巨款藏匿起来。身为搭档的杰克自然想要一同前往，然而长野却拒绝了这个要求。

或许就在这时杰克初次意识到，长野有一天可能会背叛自己。

他立刻趁长野不注意时将自己的手机塞进装有大量现金的提包里。与杰克分开后，长野带着巨款去了藏匿的地点。

如果此时长野立即前往机场并潜逃海外，他的背叛可能就会成功。但将两千万日元的赃款不露痕迹地带出海关并没有那么容易。最坏的情况是，涩谷警察局的警察会迅速赶到机场。即便想做海外汇款，银行在夜间也不营业。在这种情况下，他选择先稳住杰克，毕竟对方是个搞不好需要推出去顶罪的"滥好人"。

换句话说，在雅树获释后，长野自己也需要一定时间的准备，这段时间确实有可能长达一个月。因此，在继续配合杰克实施"计划"的同时，他觉得应先找个安全的地方存放手头的"猎物"，以便仔细评估后续的潜逃时机。

那么那个安全的地方是哪儿呢？

从结果逆推回来，他应该会避免使用存放期限较短、周围摄像头较多的车站储物柜，以及对身份证明及钥匙邮寄手续要求严格、风险较高的贵重物品存放处。雅树猜测的是，长野或许选择了富士山树海之类的地方，把现金埋藏在了那里。总之，那是一个能在半天内从东京往返，又不容易引人注目的地方。于是，长野将从后田家里夺取的"猎物"小心翼翼地藏匿在那里，随即回到了杰克所在的市区。

成功与长野重新接头后，杰克偷偷操作了长野的笔记本电脑或手机，利用手机寻回的功能锁定了信号最后中断的位置，随即虚张声势地向长野表示——

"其实那天晚上我一直在跟踪你，你把钱藏在了××，对吧？在你离开后，我马上就把钱挖出来重新埋到另一个地方了。

抱歉啦，这只是以防万一。等到'计划'完成，我会把钱还给你的。"

效果立竿见影。被猜中藏匿地点的长野震惊地提出抗议，但毕竟协助"计划"是早已商量好的事情，因此他也不便发泄怒火。毕竟是他欺骗同伴在先，因此也没能识破杰克的谎言。不——即便他怀疑杰克只是虚张声势，但如果贸然前去查看，反而会被杰克发现更具体的地点，搞不好还会掉进杰克事先设好的陷阱中。总而言之，被捏住了把柄，长野暂时也只能示弱了。

而就在这一刻，两人的力量关系发生了转变。杰克占据了优势，长野则别无他法，只能选择顺从。尽管担心杰克会发现自己所做的实际上是抢劫谋杀的事而导致合作关系破裂，但那笔巨款成了"人质"，长野只能暂时留在杰克身边，伺机夺回那笔巨款。

——"喂，你应该清楚吧，一个月之后……你可真的得……"

——"说好的事……我会遵守……"

——"要是……我和你没完！"

从囚禁期间的那个夜晚隐约听到的对话片段可以推测出，长野成功地从杰克口中争取到了让步。例如，等到雅树的第一段囚禁结束后，杰克提前归还一千万日元，如果他协助后续的绑架与囚禁，则归还剩下的一千万日元。通过设置这种阶段性条件，即使杰克中途发现他做的是抢劫谋杀的事，并向警方指控自己，他至少也能带着一半"猎物"逃往海外。

然而事态的发展却出乎两人意料。由于有报道称，已经发现了同卵双生子DNA的鉴定方法，导致他计划的前提被彻底推翻。

由于原本依赖的"DNA伎俩"失效，长野放弃了追回巨款的念头，试图立刻逃往海外，结果却在成田机场遭到警方逮捕。如果长野承认抢劫，警方就会根据他的供词搜查，并挖出藏在某处的钞票。但为了减轻罪责，他始终拒绝承认尚未找到证据的抢劫的指控。于是，长野最终仅受到故意杀人罪指控。至于他究竟有没有在后田家里抢走两千万日元，则成了悬而未决的问题。

也就是说……

难道这笔钱还藏在原来的地方，没有被任何人发现？

今天早上杰克离开家门，整个下午都在独自行动。他特地兴奋地给自己展示浅草与天空树的照片，但这样的照片在网上到处都是。其实早在看到杰克的身影没有出现在任何一张照片里，而且他除了袋装松饼外没有购买任何其他特产的时候，自己就该起疑心了。

——"感谢你给我一天的自由时间。"

仔细想来，今早向警察报告，然后在傍晚——不，考虑到游览拍照的时间，应该是在中午过后——就能找到失物，未免也太顺利了吧。光是东京一个城市，每天就有多少人遗失手机，而能送到警察手中的又有几个呢？更何况杰克表示他丢失手机的时间至少是在八个多月以前。

他一直说自己的手机丢了，可今天却突然失而复得。

这意味着只有一种可能。

杰克去了一个他熟悉的地方，并在那里取回了自己的手机。

如果是这样，下落不明的那两千万日元如今又在何处？

"不会是那样吧？"

雅树不禁苦笑。不知不觉中，他伫立在自动扶梯底部。旁边的旅客用恼怒的眼光瞥了雅树一眼，绕过他走开了。

"如果真是这样的话……你的确不是什么滥好人，而是个相当精明的家伙呢，杰克。"

雅树嘴里嘀咕着，向前迈去，离开灯火辉煌的羽田机场，回到了渐渐融入夜色的东京街头。

三天后，东京一家致力于扶助贫困家庭摆脱困境的非营利组织宣布，一名自称"虎头人"的年轻男子向他们捐赠了两千万日元现金。这则新闻一时间被传为美谈。

尾声

"就是这儿了，510号。"

坐在副驾驶上的奈美指着右手边的一栋房子，雅树急忙打起转向灯。刚在机场租了车，由于不太习惯左舵车[1]，每到一个路口雅树都会不自觉地启动雨刷，不过这会儿已经适应了。他顺利地将租来的车停在车库前，推开车门走了出去。

一阵香甜的味道扑鼻而来。这股味道与桂花的香气有些相似，在日本却从没闻过。或许是路边、院子里的那些鲜花与日本的花品种不同的缘故。

眼前是一座淡蓝色的小屋，它与同一街道上其他的房子比起来更加小巧精致。

---

[1] 日本的汽车通常为右舵车。

尽管如此，前院还是相当宽敞，草坪也打理得井井有条。瞥到挂在外墙上金色的"510"字样，雅树伸手敲了敲略显古旧的门铃，示意自己到了。

门扉打开，一张熟悉的、与自己别无二致的面孔出现在眼前。

"嗨，雅树！辛苦你大老远从日本过来！"

杰克张开双手向雅树走来，只见他身穿休闲T恤，口中的日语比当初在羽田机场分别时更加流利。

两人自然而然地拥抱在一起。与其说是令人感动的重逢，这一幕更像是熟悉的家人或亲戚相遇。

从杰克身后走出一位身着深绿色连衣裙与黑色紧身打底裤的亚洲女性。她乌黑的头发长可及腰，相当亮眼。

"这是我妻子艾丽卡。"杰克微笑着介绍道。雅树想起杰克确实说过与他结婚的是在同一家公司工作时结识的日裔美国人。

大约半年前，杰克发邮件邀请雅树来美国做客，因为他与妻子在加利福尼亚买了座二手房。

听说在四年前，杰克从日本回到美国后在各处流浪。他没有回到故乡宾夕法尼亚州，而是不断搬家，在纽约、佛罗里达等地寻找着他认为舒适的地方。最终他定居在了西海岸的洛杉矶，那里是日本人与日裔公民数量最多的城市。

杰克在邮件中表现出了对过去的反省——"我也是被刻板观念影响了。美国明明那么广阔，我却一直觉得我成长的地方就是一切。"

回到美国后,他继续在一家日系大型超市工作,与此同时学习编程,希冀将来能够转行成为工程师。他对自己积极进取的汇报,对始终关心着他的雅树来说是个令人欣慰的消息。

"艾丽卡,这是我的双胞胎哥哥雅树,这是他的妻子奈美。"

尽管都是日裔,但杰克与妻子的日常会话应该是用英语。听到杰克的介绍,雅树急忙纠正道:

"啊,我忘说了。奈美还不是我的妻子,我们只是最近才订了婚。"

"哦?是这样吗?那是我搞错了,应该是未婚妻。毕竟交往这么久了,我还以为你们早就结婚了呢……难道是因为我的事,害得奈美的家人不肯接受你?"

杰克微微皱起眉头,向奈美低头致歉。奈美有些惊讶,不停地在胸前摇着双手,笨拙地解释自己要等找到工作后,再踏入正轨才行。尽管奈美擅长英文的读写,但口语还不够熟悉,因此在说话时羞红了脸颊。杰克听到她的解释也终于松了口气。

"那就好。进来吧,不用脱鞋。"

杰克对艾丽卡招手示意,几人走进屋内。与日本的普通住宅相比,这里的客厅算是相当宽敞,里面还放着L形沙发和一台大型液晶电视。再往内是一张可供六人用餐的餐桌,透过窗子能看到植物郁郁葱葱的后院。

"这房子可真棒啊。"

"是吗？这栋房子又老又小，已经有六十年历史了，但好在我们这种普通人也能买得起。"

"六十年？"

雅树与奈美同时用日语喊出声来，紧接着又相视而笑。的确，地板和墙上的木材看上去已经有些年头了，电视旁边还有个砖砌的壁炉，但还是完全想不到这是六十年前造的房子。两人不禁深刻体会到日本这种常受地震与台风等自然灾害侵袭的国家与这片土地的不同。

艾丽卡从墙壁铺设着白色瓷砖的厨房里端来了四个装着咖啡的马克杯。餐桌上早已摆好一个白色深盘，里面堆满了大号的甜甜圈。"不算很甜，所以应该也合日本人的口味。"杰克抓起一个上面抹了巧克力酱的甜甜圈塞进口中。

"说点正事吧。我有件事想请你们帮忙。"刚坐下来，杰克就像孩子一样眨着双眼，探着身体说道。

"人家刚刚过来，你就要说这个？"艾丽卡有些无奈，继而用温柔的动作抚摩着藏在绿色连衣裙里的腹部。

"其实，我妻子怀孕了，大约五个月后孩子就会诞生，而且是双胞胎。"

"真的吗？恭喜你们了！"

"所以，我想给他们取一个日本名字做中间名，希望也能像我们这样以'树'字结尾。我自己也琢磨过，但取名实在太难了，尤其是我对汉字更加头疼。平假名、片假名、汉字——同一种语言里居然有三种文字,日语真是复杂又怪异啊。"

"你真的放心让我给你的宝贝儿子们取名吗?"

"当然啦。你也是我最最宝贵的兄弟嘛。"

杰克嘻嘻一笑,竖起了大拇指。接着他打开身旁的壁柜,拿出黄色的笔记本和一支铅笔。于是,在这对日裔美国人夫妇好奇目光的注视下,雅树与奈美商量着,在纸上写下了一些备选名字。

尽管只是中间名,但从没想过会在自己还没有孩子的时候,就要替人家的孩子取名了。面对这份重任,雅树有些紧张,花了很长的时间来思索、推敲。

雅树将汉字、罗马音与名字的含义认真地列成一个表,然后递给杰克夫妻俩。他们争先恐后地看着那张黄色笔记纸上的内容。

两人用英语飞速交换着意见,但很快脸上浮现出喜悦的表情。

"我喜欢这两个,就决定是它们了。"

杰克用铅笔在纸上圈出两处,然后将笔记纸从餐桌上滑过来。雅树轻轻按住纸张,读出画了圈的名字。

Hiroki——弘树。

Yasuki——泰树。

就在这一刻,一幅画面展现在眼前。

修剪整齐的草坪上,两个年幼的男孩——弘树和泰树奔跑着。两人嬉闹在一起，一个孩子被拍了下脑袋，疼得大哭起来，他先是还了手，后又向父母告状。结果两人都受到了批评，但这对孪生兄弟却依然和睦成长着。外出时他们身穿同样的服装，圣诞节时则会收到颜色不同的礼物。一学期结束时，他们会相互展示成绩单，因为过去的贪玩而懊悔，继而坐在一起用功学习。

雅树与基树希冀共同成长的愿望，会由这对即将出生的可爱的双胞胎在未来的岁月中实现。

逝去的时光能够追回——即使现在也不算晚。

正当雅树望着那张黄色笔记纸沉思时，杰克轻松愉快的声音突然传入耳中。

"好了，接下来该考虑女孩的版本了。雅树、奈美，还得请你们帮忙啦！"

"等等，你们还不知道性别？！"

"我说过他们一定是儿子吗？"

"没有啊，可是你说希望以'树'字做结尾……"

"那只是雅树你自己误会了吧？不过以'树'做结尾的名字是男孩专用的吗？我和艾丽卡对日语都不太熟，不知道这一点。"

被突如其来的问题搞得有些措手不及。这时，奈美在一旁解围道："没关系的，肯定还有其他选择，比如说女孩可以叫瑞树之类的名字！"

感激着她的机智，雅树继续向上翘起嘴角，仿佛向要捉弄自己的弟弟抗议道：

"这种事情要提前说！我还以为已经知道是男孩了，所以认真想了好久，甚至比工作都要认真耶！"

"那就用同样的热情想个女孩的名字嘛。"

"没那个信心了，感觉大脑已经累了。"

"这里不是有的是糖分嘛，来吃点补充一下吧。"

杰克把手伸进面前的盘子里，拿起一个撒满砂糖的甜甜圈丢给雅树。雅树慌忙用双手接住，但撒在上面的砂糖都掉了，小小的白色颗粒四处飞散开来。

粘了一脸糖的雅树无奈地望着杰克。下一秒，两人同时爆发出一阵笑声。尽管很想教训同龄的弟弟几句，让他礼貌一点儿，却实在无法不跟着发笑。坐在斜对面的艾丽卡与身旁的奈美也捂着嘴巴，大声笑个不停。

杰克与艾丽卡的母语都是英语。

雅树与奈美的母语则是日语。

但此刻他们都意识到，笑声是没有国界的。

"你到底几岁啊？"

"什么傻问题，我们是同岁的双胞胎啊。"

"回答我就是了。"

"和雅树你一样，到今年夏天就三十一了。"

"……不知道的还以为你是小学生呢。"

"但我很快就要成为两个孩子的父亲了。"

一片和睦的客厅、充满年代感的壁炉、石灰抹的墙壁、敞开的窗户,还有摆满了日语与编程参考书的书架。

四人愉快的声音交织在一起,余音绕梁,久久未能平息。

文治

磨铁图书旗下子品牌

更好的阅读

特约监制　潘　良　于　北
产品经理　胡马丽花
特约编辑　李芳芳
版权支持　冷　婷　李孝秋　金丽娜
营销支持　金　颖　于　双　温宏蕾
封面设计　瓜田李下Design
封面插画　sekuda

关注我们

官方微博：@文治图书
官方豆瓣：文治图书
联系我们：wenzhibooks@xiron.net.cn

图书在版编目（CIP）数据

不在场证明谜案 / （日）辻堂梦著；张佳东译 .
贵阳：贵州人民出版社，2024.8. -- ISBN 978-7-221
-18465-8

Ⅰ . I313.45

中国国家版本馆 CIP 数据核字第 2024KA1113 号

著作权合同登记号　图字：22-2024- 063

NIJU RASEN NO SWITCH
by Yume Tsujido
Copyright © 2022 Yume Tsujido
All rights reserved.
Originally published in Japan by SHODENSHA PUBLISHING CO., LTD: , Tokyo.
Chinese (in simplified character only) translation rights arranged with SHODENSHA PUBLISHING CO. , LTD., Japan
through THE SAKAI AGENCY and BARDON CHINESE CREATIVE AGENCY LIMITED.

Cover illustration © sekuda

BU ZAI CHANG ZHENGMING MI AN

不在场证明谜案

[日] 辻堂梦　著　张佳东　译

出 版 人	朱文迅
策划编辑	胡马丽花
责任编辑	张　娜
封面设计	瓜田李下 Design
责任印制	蔡继磊

出版发行	贵州出版集团　贵州人民出版社
地　　址	贵阳市观山湖区中天会展城会展东路 SOHO 公寓 A 座
印　　刷	三河市中晟雅豪印务有限公司
版　　次	2024 年 8 月第 1 版
印　　次	2024 年 8 月第 1 次印刷
开　　本	880 毫米 ×1230 毫米　1/32
印　　张	10.5
字　　数	210 千字
书　　号	ISBN 978-7-221-18465-8
定　　价	52.00 元

如发现图书印装质量问题，请与印刷厂联系调换；版权所有，翻版必究；未经许可，不得转载。